ALEXANDER BEK

DIE ERNENNUNG

ROMAN

Mit einem Geleitwort von
Grigori Baklanow

Aus dem Russischen von
Helga Gutsche

Verlag Volk und Welt
Berlin

ISBN 3-353-00299-5

2. Auflage 1989

L. N. 302, 410/167/89
Originalausgabe: *Novoe naznačenie*

Printed in the German Democratic Republic

Redakteur: Liesbeth Hoffmann
Einbandentwurf: Hans-Joachim Petzak
Satz, Druck und Einband: Karl-Marx-Werk Pößneck V 15/30
LSV 7201
Bestell-Nr. 648 863 8

00840

Seinen letzten Roman, den wir den Lesern hiermit vorlegen, bezeichnete Alexander Bek als einen »Roman der Rechenschaft«. Der Rechenschaft gegenüber der Zeit, in der er lebte, gegenüber seinen Zeitgenossen, gegenüber seinem Gewissen und gegenüber der Zukunft.

Ich habe diesen wunderbaren Menschen gekannt, sehe ihn noch heute mit seinem seltsamen Gang auf mich zukommen, mich durch seine funkelnden Brillengläser schief anblicken und fragen: »Na, was gibt's Neues?« Ein scheinbar zerstreuter Blick, der unversehens scharf wurde und – von Pupille zu Pupille – in die verborgensten Gedanken eindrang. Alexander Bek war ein außerordentlich scharfsinniger Schriftsteller, ein weiser und tapferer Mensch mit seiner eigenen Art, das Leben und die Menschen zu studieren. »Mit der Zeit löste ich Knoten um Knoten«, notierte er in seinem Tagebuch, »suchte nach Leuten, die sich auskannten, fragte sie aus, überprüfte das, was die einen sagten, bei anderen, trug Einzelheit für Einzelheit zusammen und arbeitete nach meiner bewährten Methode, die ich bis heute noch nicht genau definieren kann. Ist es die Methode eines Untersuchungsführers? Eines Forschers?«

Alexander Bek, ein ausgesprochener Zivilist, schrieb eines der besten Bücher über den Großen Vaterländischen Krieg unseres Volkes: die berühmte »Wolokolamsker Chaussee«. Und dieses Buch inspirierte die Menschen nicht nur, es lehrte sie siegen. Seine ersten beiden Teile erschienen bereits damals, noch während des Krieges, in der Zeitschrift »Snamja«. Auch sein Debüt als Schriftsteller hatte Alexander Bek in ebendieser Zeitschrift gegeben: 1934 war in der »Snamja« seine erste Erzählung, »Kurako«, erschienen.

Und hier nun der Roman »Die Ernennung«, der, als Teil einer Serie geplant, zu Alexander Beks letztem Buch wurde. Zu einem Buch über eine Zeit mit vielen Siegen und viel Tragik, einem Buch über eine außergewöhnliche, von der Epoche geprägte Persönlichkeit. So protokollarisch der Roman auch sein mag, der Charakter Onissimows, des Helden dieses Buches, wird ungemein eindringlich und tiefschürfend analysiert, so daß weniger eine Gestalt als vielmehr ein Typ entsteht.

Wir wollen hier nicht auf die technologischen Probleme eingehen, die in dem Roman eine Rolle spielen. Technologien ändern sich in unserer Zeit rasch, die menschlichen Probleme sind langlebiger. »Hören Sie auf, sich zu quälen«, sagt ein Romanheld, das Akademiemitglied Tschelyschew, zu Onissimow. »Sie sollten sich innerlich aus dieser Zeit lösen. Warum klammern Sie sich so daran? Vor Ihnen liegt die Zukunft.« Onissimow war dazu nicht mehr imstande, er mußte zusammen mit seiner Zeit abtreten. Dem Buch aber ist ein anderes Schicksal beschieden. In unseren Tagen, da sich eine revolutionäre Umgestaltung der ganzen Gesellschaft vollzieht, da sich unsere Gesellschaft »innerlich von dieser Zeit löst«, wirkt dieses Buch hochaktuell.

Als der Roman fertig war, notierte Alexander Bek in seinem Tagebuch: »Irgendwie ist es traurig, wenn ein Werk, mit dem du viele Tage, die sich zu Jahren reihen, vom Morgen an allein zugebracht, für das du Kapitel an Kapitel gefügt und ausgefeilt hast, ein Werk, das dir ganz allein gehört hat – und erst recht dieser als dein wichtigstes Buch oder zumindest als der erste Teil eines solchen Buches gedachte Roman –, dich plötzlich verläßt, eigene Wege geht, um ein eigenes Leben zu führen und allein für sich einzustehen.«

Nun, lieber Alexander Bek, geht Ihr Buch eigene Wege. Ich bin sicher, daß ihm ein langes Leben beschieden ist.

Grigori Baklanow

I

Bei meinen Nachforschungen über das Leben von Alexander Leontjewitsch Onissimow, in meinen Gesprächen mit Leuten, die ihn mehr oder weniger gut gekannt hatten, stieß ich darauf, daß das erste Gerücht von seiner Absetzung schon im Sommer 1956 kursierte.

Anfangs bestätigte sich das Gemunkel nicht. Tag um Tag verstrich, Monate gingen ins Land, Onissimow aber blieb Chef des Komitees.

Im September allerdings erfuhren seine Sekretäre und Referenten, daß *die Sache zur Entscheidung gelangt* war: Onissimow, ab sofort für den diplomatischen Dienst vorgesehen, würde bald in ein nordeuropäisches Land gehen. Das hörte man nun bereits von vielen.

Von vielen. Aber nicht von Onissimow. Er betrat nach wie vor auf die Minute genau um neun Uhr früh sein Arbeitszimmer im ersten Stock des Ministerratsgebäudes am Ochotny Rjad. Wie gewöhnlich lagen auf seinem Schreibtisch die Tagesberichte über die Arbeit in den Werken der Schwarz- und Buntmetallurgie, die Erdöl- und Steinkohleförderung bereit. Er setzte sich auf den Eichenstuhl mit dem harten Kunstlederbezug (Onissimows Mitarbeiter kannten seit langem seinen Geschmack und seine Abneigung gegen teure Möbel) und griff nach der Lesebrille, die er seit einiger Zeit brauchte. Hinter den massiv gefaßten Gläsern verschwanden die dunklen Ringe unter seinen Augen – eine Folge jahrelangen Schlafmangels. Sein wie gedrechseltes Gesicht – von der schmalen, wohl eine Spur zu kurzen Oberlippe abgesehen, waren seine Züge regelmäßig – neigte sich über die Zahlenreihen. Seine kleine weiße, leicht gelblich schimmernde Hand unterstrich hin und wieder rasch mit dem Bleistift die eine oder andere Zahl. Seine knochigen Finger zitterten kaum merklich. Nein, ein greisenhaftes Zittern war das nicht – Onissimow war erst vierundfünfzig, und die wenigen grauen Fäden verloren sich in seinem kastanienbraunen Haar mit dem stets schnurgeraden, wie mit dem Lineal gezogenen Scheitel auf der linken Kopfseite. Das lästige Händezittern setzte ihm schon mehrere Jahre zu.

In ruhigen Stunden spürte er es kaum, sobald er gereizt war, verstärkte es sich jedoch.

Die Medizin kam gegen dieses merkwürdige Leiden nicht an. Übrigens hielt Onissimow nicht allzuviel von Ärzten und ärztlichen Vorschriften. Die Finger zittern? Sollen sie doch! Nicht darauf achten! Zumal dieses Zittern seine schöne, wie gestochene Schrift nicht im geringsten beeinträchtigte, die er sich schon in jungen Jahren an der Handelsschule angeeignet hatte, wo er sich seit der fünften Klasse durch das Abschreiben von Dokumenten ein paar Kopeken dazuverdiente. All seine Randbemerkungen waren makellos, jeder Strich mit dem Bleistift, der ihm nie hart und spitz genug sein konnte und seinen Untergebenen ein Begriff war, saß.

Von Zeit zu Zeit faßte die Linke nach der immer griffbereiten Schachtel Zigaretten, Marke »Drug«, mit dem aufgedruckten Hundekopf. Ohne den Blick von den maschinegeschriebenen Zeilen zu lösen, riß Onissimow ein Streichholz an und rauchte mit gewohnter Gier. Das Rauchen hatte er sich erst spät angewöhnt, 1938, in seinem Schicksalsjahr. Und seither konnte er es nicht mehr lassen.

Die Kippe qualmte noch im Aschenbecher, als er sich schon die nächste Zigarette ansteckte. Er blieb seinem in Jahrzehnten herausgebildeten Leitungsstil treu und beschränkte sich keineswegs auf das Studium der Unterlagen. Während er die Berichte durchging, wandte er sich immer wieder dem Telefontischchen zu, wählte eine Nummer der *R-Leitung* – wie man das separate Regierungsnetz nannte –, setzte sich mit Ministern und Leitern von Hauptverwaltungen in Verbindung und verlangte Auskunft: Warum ist in dem und dem Werk die Schmelzleistung gesunken, weshalb wurde der und der Auftrag nicht termingemäß ausgeführt, aus welchem Grunde werden die Analysenwerte der neuen Stahlsorte immer wieder verfehlt? Er gab sich mit den Erklärungen aus den Ministerzimmern nicht zufrieden, hielt an seinem Grundsatz fest, nichts auf Treu und Glauben hinzunehmen, drückte ungeduldig auf den Klingelknopf, befahl dem augenblicklich eintretenden Sekretär, ihn, Onissimow, mit dem Werk zu verbinden und den Direktor oder einen Abteilungsleiter, ja bisweilen sogar einen Meister ans Telefon zu holen. So prüfte er bei den Praktikern die über die R-Leitung erhaltenen Angaben auf ihren Wahrheitsgehalt. In allen Einzelheiten Bescheid zu wissen, besser Bescheid zu wissen als jeder andere, sich weder auf Worte noch auf Papiere zu verlassen – das war seine Devise. Den *Apparat* in Spannung halten – so hatte er seine Methode definiert.

Die Tagesberichte waren erledigt. Auch die Telegramme hatte er durchgesehen. In dem aufgeschlagenen, großformatigen Notizbuch mit dem schwarzen Aufdruck »Vorsitzender des Staatlichen Komitees für Metallurgie und Brennstoffe beim Ministerrat der UdSSR«* standen auf jeder Seite ein paar Vermerke – diesen Fragen würde sich Onissimow im Laufe des Tages noch zuwenden. Er holte eine Mappe mit Unterlagen über die Automatisierung in der Metallurgie aus dem Schreibtisch, vertiefte sich – zum wievielten Mal schon! – in die Lieferpläne für die Ausrüstung und die Montage- und Inbetriebnahmepläne, um bald darauf von neuem zu telefonieren, jede Einzelheit zu ergründen, das Staatliche Plankomitee und die Maschinenbauministerien auf Trab zu bringen, seine Mitarbeiter zu sich zu bestellen und ihnen Aufträge zu erteilen.

Auf dem runden Tisch neben dem Bücherschrank voller Bände der Technischen Enzyklopädie und dicker Nachschlagewerke über Schwarz- und Buntmetallurgie, über mineralische Brennstoffe, Chemie und Geologie lagen ordentliche Zeitungsstapel. Die »Prawda« hatte Onissimow schon zu Hause bei seiner ersten Zigarette gründlich studiert und die »Iswestija« und die »Komsomolka« im Wagen, auf dem Weg zur Arbeit, überflogen. Hier, in seinem Arbeitszimmer, erwarteten ihn die übrigen Moskauer Zeitungen. Auch ein Stapel mit der Tagespresse aus den Industriegebieten – Zeitungen aus dem Donbass, aus der Gegend um Dneprope-

* Der Name des Komitees ist ebenso frei erfunden wie die Namen einiger anderer Institutionen. Mit Ausnahme der bei ihrem wahren Namen genannten sind alle handelnden Personen verallgemeinerte Gestalten. Außerdem wurden einzelne Symptome der im Roman geschilderten Krankheit abgewandelt.

trowsk, aus dem Ural, aus Transkaukasien, aus den größten Industriezentren Sibiriens und des Fernen Ostens. Diese ganze lokale Presse hatte das Sekretariat schon durchgearbeitet und für Onissimow vorbereitet: Alles, was ihn interessieren könnte, war mit Buntstift angestrichen. Daneben lagen Zeitschriften der Akademie der Wissenschaften und vom Informationsinstitut zugesandte Übersetzungen von Artikeln ausländischer technischer Zeitschriften (Onissimow konnte nur Englisch). Auch Neuerscheinungen aus dem »Metallurgisdat«* und dem »Ugleisdat«** fanden hier Platz. Kein Buch, keine Zeitschrift wurden von dem runden Tisch geräumt, bevor Onissimow selbst dazu Anweisung gab.

Onissimow stand auf und ging über das spiegelblanke Parkett ohne Teppich – er mochte keine Teppiche, hielt sie für unnötigen Luxus – zu dem Tisch. Sein wohlgeformter Kopf war selbst für seine mehr als mittelgroße Gestalt ein wenig massiv geraten. Der Hals dagegen zu kurz, als ziehe Onissimow in ständiger Vorsicht den Kopf zwischen die Schultern. Im Sitzen hätte man ihn manchmal für bucklig halten können. Nein, gebeugt ging er nicht. Sein Schritt war energisch, wenn auch etwas schwerfällig. Kurz vor dem Tisch blieb er plötzlich stehen. Der große Kopf sank herab. Es war schon vorgekommen, daß ihn ein Sekretär, der unversehens die Tür aufmachte, in dieser Haltung, ganz in Gedanken versunken, mitten im Zimmer antraf. Eigentlich hätte sich Onissimow um die Perspektiven, um die Industrie von morgen kümmern müssen, aber seine Gedanken schweiften in die Vergangenheit. Immer häufiger überkamen ihn, wer weiß, warum, zum Teil völlig zusammenhanglose Bilder aus der Vergangenheit.

Da stand er also – in seinem stets dunklen, feingestreiften Anzug, im frischen weißen Hemd mit steifem Kragen und dunkler, schlichter Krawatte. Einmal hatte sein Sohn Andrej nach der Lektüre von Dickens' Büchern zu ihm gesagt: »Papa, du siehst aus wie ein Clerk.«

Der traurige Blick seiner grünlichen Augen ruhte unver-

* »Metallurgieverlag«

** »Kohleverlag«

wandt auf dem runden Tisch. Was sollte er jetzt noch mit alldem? Mit den Büchern: »Das Niederbringen von Bohrungen«, »Die magnetische Aufbereitung«, »Rohrschweißwalzwerke«? Oder der neuen Nummer von »Ugol«*? Morgen schon würde er vielleicht von Kohle und Stahl Abschied nehmen, diesen Posten, sein Arbeitszimmer verlassen.

Onissimow gab sich einen Ruck, schüttelte die Erstarrung ab, setzte sich, rückte die Brille zurecht, zog die Zeitungen heran und machte sich an die Arbeit.

Seine Mitarbeiter waren überrascht. Onissimow arbeitete mit dem früheren Elan, mit der früheren Energie. Er hielt nach wie vor Beratungen ab, ging den unscheinbarsten Einzelheiten jeder Sache auf den Grund, war unnachgiebig, streng und (um noch einmal den Wortschatz jener Zeit zu bemühen) *operativ* wie eh und je, studierte die gesamte Fachliteratur und arbeitete am Ansatz des Siebenjahrplans, wobei er die Begründung jeder Ziffer nachprüfte, als habe er vor, die Brennstoffindustrie und die Metallurgie noch jahrelang zu leiten.

Tage verstrichen, Monate gingen ins Land, der grünäugige, immer glattrasierte, korrekt gekleidete strenge Komiteevorsitzende arbeitete weiter, setzte weiter seinen Willen durch und hielt den Apparat in Spannung.

Erst spät im Herbst, kurz vor dem neununddreißigsten Jahrestag der Oktoberrevolution, bekam Onissimow das lang erwartete Kuvert. Er schnitt es mit einer Schere auf und las das Schreiben. Ja, wie vermutet, hatte man die Bitte, mit der er, der Walzwerkingenieur, sich an das Zentralkomitee gewandt hatte – die Bitte, ihn an beliebiger Stelle in seinem Beruf einzusetzen –, nicht berücksichtigt. Von diesem Augenblick an unterstand er dem Ministerium für Auswärtige Angelegenheiten.

Nun galt es zu prüfen, ob hier, in diesem Arbeitszimmer, in das er nicht mehr zurückkehren würde, alles à jour war. Er mußte seinen letzten Amtspflichten nachkommen. Noch einmal benutzte er die R-Leitung, forschte, klärte, trieb an, gab Anweisungen.

* Kohle

Dann rauchte er einige Minuten schweigend. Und wieder griff er nach dem Hörer. Nun mußte er sozusagen der zuständigen Instanz melden, daß er das Schaltpult übergab.

Über die R-Leitung nahm Onissimow Verbindung zum stellvertretenden Vorsitzenden des Ministerrats Tewossjan auf, in dessen Zuständigkeitsbereich unter anderem einige staatliche Komitees fielen.

»Iwan Fjodorowitsch, ich habe Bescheid bekommen und meine Arbeit beendet. Hiermit melde ich mich ab.«

Als alte Freunde duzten sie sich. Tewossjan sagte: »Gut. Wann gedenkst du bei deinen diplomatischen Chefs vorzusprechen?«

»Noch heute, wenn du nichts dagegen hast.«

»Warum noch heute? Wozu die Eile? Ansonsten tust du gut daran, die Sache nicht auf die lange Bank zu schieben.«

Aus diesen in ruhigem Ton gesprochenen Worten hörte Onissimow nicht nur den Rat eines ihm wohlgesonnenen älteren Genossen heraus, sondern auch eine *Weisung*. Anschließend kam Tewossjan auf dienstliche Belange zu sprechen und hörte sich an, was Onissimow zu sagen hatte. Zum Schluß erklärte er: »Wir sehen uns vor deiner Abreise sicher noch. Ruf mich an, vergiß es nicht.«

Damit war das Gespräch beendet. Noch einmal betrachtete Onissimow den Schreibtisch und das Arbeitszimmer.

So, das wär's wohl: Jetzt konnte er einen Punkt setzen. Alle laufenden wie auf lange Sicht geplanten Angelegenheiten, die sein Stellvertreter übernehmen würde, waren klar. Nur eine Sache blieb noch offen, durchaus nicht die wichtigste – keine von denen, um die es in den Regierungsdirektiven ging –, aber für Onissimow hatte sie dennoch besondere Bedeutung. Wieder drängte sich ungerufen ein Bild aus der Vergangenheit auf. Onissimow sah das braungebrannte, hakennasige Gesicht von Pjotr Golownja, auch Golownja junior genannt, vor sich. Eine eigenwillige Mundpartie, unter den Wangenknochen arbeitete es – so saß er, Golownja junior, Direktor des Kurako-Werkes, in jener denkwürdigen Julinacht des Jahres 1952 vor ihm, in der er sich auf einer Sitzung erdreistete, Onissimow etwas am Zeuge zu flicken. Und wo Onissimow gezwungen war . . . Jawohl, gezwungen.

Aber wozu jetzt daran denken? Neuerdings passierte ihm das oft: Ganz zur Unzeit tauchten die zusammengezogenen Brauen, der furchtlose, eigensinnige Blick und der ziemlich schwere Unterkiefer Pjotr Golownjas vor ihm auf. Da war nichts zu machen, ihm, dem Hochofeningenieur und Werkdirektor, gegenüber hatte Onissimow noch eine Schuld abzutragen, eine Schuld, von der außer ihm niemand wußte. Sozusagen eine Ehrenschuld.

Eigentlich war er ja nun nicht mehr berechtigt, von seiner Macht als Komiteevorsitzender Gebrauch zu machen. Ein paar Sekunden lang schwankte er. Dann griff er wieder zum Hörer, rief den Minister für Schwermaschinenbau an und erkundigte sich nach dem Hochleistungsgebläse für das Kurako-Werk. Der Minister kannte den Auftrag. Er kannte auch Golownja junior, der diese nicht serienmäßig gefertigte, ungewöhnlich leistungsstarke und zugleich raumsparende Maschine bestellt hatte, die in die enge, alte Kurakowka passen sollte. Der Komiteevorsitzende erhielt sofort die gewünschte Auskunft: Der Auftrag wird planmäßig ausgeführt, in ungefähr einem Monat beginnt die Montage und anschließend der Probelauf.

»Kümmere dich bitte persönlich darum«, sagte Onissimow zum Minister. »Sieh zu, daß das Gebläse rechtzeitig fertig und abtransportiert wird. Schick die besten Monteure mit.«

»Jawohl. Werd's mir notieren. Keine Sorge, Alexander Leontjewitsch.«

»Ich verlasse mich auf dich. Für mich ist das eine Sache der Ehre. Ich muß möglicherweise bald abreisen.«

Seinen Gesprächspartner überraschte diese Nachricht nicht, er begnügte sich mit einem knappen: »Aha.«

Wahrscheinlich wußte er von seiner bevorstehenden Abreise in jenes stille, saubere Land. Onissimow fuhr fort: »Sorg dafür, daß alles dem Standard entspricht: Qualität, Fristen und so weiter. Betrachte das als meine persönliche Bitte.«

»Jawohl! Ich mache drei Ausrufezeichen dahinter, Alexander Leontjewitsch!«

Wenn uns nicht alles täuscht, war das das letzte Telefongespräch Onissimows aus seinem Arbeitszimmer, genauer gesagt, aus seinem ehemaligen Arbeitszimmer.

Dann drückte er auf den Klingelknopf. Wie immer so gut wie lautlos trat der Sekretariatsleiter Serebrjannikow ein. Klein und hager, den kahlgeschorenen Kopf leicht gesenkt, blieb er am Schreibtisch stehen. Seit fast zwanzig Jahren war er Onissimows Sekretär; zusammen mit ihm war er auch hierher, ins Gebäude des Ministerrats, umgesiedelt und hatte längst gelernt, im Fluge zu erfassen, ja zu erraten, was sein Chef von ihm wollte, ihm diskret den einen oder anderen Tip zu geben und stets geschickt die wichtigsten Papiere bereitzulegen, kurz, er war ihm einfach unentbehrlich geworden.

Onissimow stand auf.

»Gestatten Sie, daß ich mich vorstelle: sowjetischer Botschafter in Friedland.«

Selbst in diesem Augenblick konnte er noch scherzen und das Land seiner Bestimmung Friedland taufen. Im selben Atemzug nannte er auch dessen richtigen Namen. Wir aber gestatten uns, seinen Einfall zu nutzen und diesen Staat auch weiterhin Friedland zu nennen.

Wie immer kam Onissimow sofort zur Sache: »Setz dich. Ich wäre froh, wenn du mir in der ersten Zeit helfen würdest. Kommst du mit?«

Serebrjannikow setzte sich nicht. Seine leicht vorstehenden blauen Augen waren bescheiden niedergeschlagen. Seine Haltung war ehrerbietig wie eh und je.

Onissimows Beobachtungsgabe bewährte sich wieder einmal. Er begriff.

»Du ziehst es vor, dich rechtzeitig von mir zu trennen?«

»Alexander Leontjewitsch, ich glaube, daß . . .«

»Daß du mir mehr nutzen kannst, wenn du in Moskau bleibst?«

Ja, genau das hatte Serabrjannikow sagen, ebendiesen Vorwand hatte er vorbringen wollen. Oder war das kein Vorwand? Glaubte der kahlgeschorene Sekretariatsleiter tatsächlich, daß – wie sag ich es am besten? Natürlich war eine Zeit einschneidender Veränderungen angebrochen. Soweit war alles klar. Aber wer weiß. Es konnten auch wieder andere Umstände eintreten. Und Onissimow, der im Eifer des Gefechts abgesetzt worden war, würde in die Schwerindustrie zurückkehren. Solange aber ... Solange blieb er, Michail Borissowitsch Serebrjannikow, als ein Onissimow ergebener Mann hier. Bei Gelegenheit würde er ihm Briefe in das Land schreiben, das er im Scherz Friedland getauft hatte. Und hier seine Aufträge und Bitten erfüllen. Na, und wenn's anders kam, wenn es Onissimow nicht beschieden war, wieder in der Industrie zu arbeiten, stünde er, Serebrjannikow, mit reinem Gewissen vor den Menschen und auch vor Ihnen, Alexander Leontjewitsch.

Onissimow, der diese unausgesprochenen Gedanken auch ohne Worte verstand, verwarf sie sofort. Seine rasierte Oberlippe glitt hoch und entblößte kräftige weiße Zähne. Onissimows Untergebene kannten dieses furchtgebietende Zähnefletschen. In solchen Augenblicken schlug Onissimow mit erbarmungslosen Worten zu. Hastig griff er nach einer Zigarette und versuchte vergeblich, sie anzuzünden. Das Streichholz zwischen seinen Fingern hüpfte, brannte ab und landete im Aschenbecher.

»Geh. Und schick mir zwei Schreibhefte. Dann will ich nichts mehr von dir.«

2

Onissimow saß beim Mittagessen.

Das matte Licht der Moskauer Straße fiel durch die breiten Fenster mit den doppelten Vorhängen – schweren, zur Seite gezogenen rötlichen Übergardinen und hochgerafften weißen Seidenstores. Den langen Eßtisch, an dem zwölf Stühle mit Schonbezügen standen, bedeckte ein schneeweißes Tuch. Das Parkett war spiegelblank, die Glasscheiben und die Politur des Büfetts glänzten.

Der Einrichtung des Speisezimmers fehlte eine persönliche Note. Jeder Wohnkomfort, ja die ganze Zimmerflucht ließen Onissimow kalt. Ebenso gleichgültig war das alles Jelena Antonowna, seiner Frau, die in der Verwaltung zur Ausbildung von Arbeitsreserven der UdSSR keinen geringen Posten bekleidete.

Die beiden hatten diese Wohnung nicht eingerichtet, zusammen mit dem Wohnraum hatten sie auch die Möbel übernommen. Das ans Speisezimmer angrenzende Wohnzimmer betrat wochenlang kein Familienmitglied. Dort standen ein Klavier und Sessel in Schonbezügen. Die schönen Vasen wurden nicht durch Blumen belebt, sie waren jahraus, jahrein leer. Die Kinder, die hin und wieder zu Onissimows Sohn Andrej kamen, verstummten in dieser Wohnung, hörten von selbst auf zu toben. Gäste verirrten sich nie hierher.

Nur ein paar alte Genossen von Onissimow waren in den letzten drei, vier Jahren hier gewesen. Sie, die in der Vergangenheit als *gemaßregelt* galten, verließen nun, nach Stalins Tod – dort an der Wand hing sein Porträt, in Öl gemalt und im vergoldeten Rahmen, mit dem Stern des Generalissimus auf den Schulterstücken –, die Lager hinter Stacheldraht, kehrten aus den Gefängnissen und aus der Verbannung zurück. An Onissimow war dieser Kelch der Repressalien, die auch ihn bedrohten, um Haaresbreite vorbeigegangen.

Hin und wieder rief einer der Zurückgekehrten bei Onissimow an. Sein reibungslos funktionierendes Sekretariat hielt sich streng an die Regel: Wenn sich ein Anrufer als »alter Genosse« bezeichnet oder von einer »persönlichen Angelegenheit« spricht, ist ihm das sofort zu melden. Einmal handelte sich Serebrjannikow einen tüchtigen Rüffel ein, weil er es vorzog, Onissimow, der in seinem Arbeitszimmer eine Beratung abhielt, nicht zu stören, und ihm erst hinterher von dem Anruf berichtete.

Allerdings waren solche Anrufe selten. Onissimow legte dann jede Arbeit aus der Hand, griff zum Hörer, sprach zur Begrüßung ein paar freundliche Worte – auch das feinste, durch Leiden und Erniedrigungen geschärfte Ohr hätte aus seinem Verhalten, aus seinem Ton keine Herablassung heraushören können –, blätterte im Kalender, knapste sich einen Abend ab und vereinbarte ein Treffen bei sich zu Hause. Hier saß er bis spät in die Nacht mit seinen Gästen zusammen, frischte Erinnerungen an gemeinsam Erlebtes auf, gedachte der Lebenden und der Toten. Und bemühte sich stets, etwas für den Zurückgekehrten zu tun, half ihm, wieder Fuß zu fassen, das heißt eine angemessene Wohnung, eine geeignete Arbeit oder eine Rente zu bekommen.

Danach standen die großen Räume der Wohnung wieder lange Abende und Tage leer. Das Dutzend Stühle rund um den Tisch diente nie einer fröhlichen, ausgelassenen Runde. Selbst an Onissimows fünfzigstem Geburtstag war kein einziger Gast geladen, und in der Wohnung blieb alles still. »Ein kaltes Haus«, hatte Andrej einmal gesagt, wieder frei nach Dickens. Den Vater nannte er im stillen den »großen Schweiger«. Sonntags fand sich die Familie im Speisezimmer zum Frühstück und zum Mittagessen zusammen, aber ein gemeinsames Gespräch kam nicht zustande. Hin und wieder machte der Vater einen Scherz. Nur sehr selten ging er einmal aus sich heraus, erzählte etwas oder gab eine Erinnerung zum besten.

Jetzt aß Onissimow wie gewöhnlich allein. Seine Frau kam später zum Essen, er immer Punkt halb zwei. Vorbei war die Zeit der aufreibenden Nachtwachen, da alle bis früh um vier oder fünf in den Ministerien und Komitees saßen – so arbeitete Stalin, der unter Schlaflosigkeit litt, und der Regierungsapparat paßte sich seinem Tagesablauf an. Damals aß Onissimow abends zu Mittag oder (seine Familie erinnerte sich noch an diesen Scherz von ihm), ähnlich Friedrich dem Großen, erst am nächsten Tag. Zur Zeit aber war es durch eine spezielle Verordnung, die in allen Zeitungen zu lesen stand, verboten, sich außerhalb der Arbeitszeit in den Diensträumen aufzuhalten. Onissimow, der sich in allem der Disziplin unterwarf, verließ trotzdem als Letzter das Komitee. Die Abende ohne Arbeit waren ihm unerträglich, und er steckte sich eine dicke, mit Papieren vollgestopfte Mappe ein, in die er sich zu Hause vertiefte.

Heute würde er sich diese Mappe nicht vornehmen. Er hatte seinen letzten Arbeitstag im Komitee hinter sich gebracht und sich von seinen Kollegen verabschiedet. Sein Stellvertreter hatte alle laufenden Angelegenheiten von ihm übernommen, ein neuer Komiteevorsitzender war nicht ernannt worden. Wahrscheinlich war auch das ein Zeichen für die offensichtlich auf sie zukommende Umgestaltung. Sie, diese erwartete Umgestaltung in der Leitung der Industrie, bezeichnete man schon als »revolutionäre Umwälzung«. Eine Sonderkommission war damit beschäftigt, Vorschläge auszuarbeiten. Onissimow hatte man nicht in diese Kommission berufen. Und jetzt ... Jetzt hatte man ihn ganz aus der Industrie entfernt. Warum nur? Warum?

Ihm fiel der vor ihm stehende Teller mit der erkaltenden Suppe ein. Der Löffel, den er zum Munde führte, tanzte in seinen zitternden Fingern. Er, immer maßvoll im Essen und alles andere als ein Gourmand, schluckte die Suppe hinunter, ohne etwas zu schmecken.

Unweit von ihm stand die Hausangestellte Warja in makellos weißer Schürze und weißem Kopftuch und beobachtete ihn. Warja war es gewohnt, daß Onissimow werktags sein Essen hastig hinunterschlang. Schon morgens hörte sie sein ungeduldiges: »Schnell, schnell, ich komme zu spät.« Nach dem Mittagessen legte er sich in der Regel eine Viertelstunde hin. Warja mußte danach pünktlich auf die Minute an seine Tür klopfen. Abends kam er manchmal nur nach Hause, um sich umzuziehen und dann zu einem Empfang zu fahren. Und wieder hatte er es eilig. Trotz der Eile aber ließ er den ausgezogenen Anzug niemals herumliegen, sondern hängte ihn auf jeden Fall eigenhändig in den Schrank. Warja würde Onissimow nicht als Schweiger bezeichnen. Er hatte ihr beigebracht, Kaffee zu kochen und sehr starken Tee zu brühen. Wenn er von der Arbeit kam, hatte er immer ein paar freundliche Worte für sie.

Heute aß er langsam. Nach ein paar Löffeln Suppe versank er von neuem in Gedanken. Er hatte Warja schon gesagt, sie brauche während seiner Mittagsruhe nicht mehr auf die Uhr zu sehen und an seine Tür zu klopfen. Und scherzhaft hinzugefügt: »Bald fahre ich zur Erholung in ein fernes Reich.«

Ja, von nun an kümmerte ihn die Industrie nicht mehr. Sie brauchte ihn nicht – die Schwerindustrie, sein ein und alles, brauchte ihn nicht. Morgen früh würde er seine Arbeit im Außenministerium aufnehmen und sich auf seine Abreise, auf seine neue Mission vorbereiten. Heute aber war er frei, ungewohnt frei. Warum nur? Wie konnte es dazu kommen?

Ja, er hatte die Ansicht geäußert, man müsse die Leitung der Industrie vorsichtig, Schritt für Schritt umgestalten und dürfe nichts übers Knie brechen. Ja, er hatte die Zweckmäßigkeit seines Komitees und der ihm unterstellten Ministerien verteidigt und auf einer Tagung der ZK-Kommission eine Reihe von Argumenten dafür angeführt. Sein Beitrag, in dem er sich, wie üblich, auf rein sachliche Erwägungen beschränkte, wurde mit Schweigen aufgenommen. Dabei war das nur eine der allerersten Diskussionen. Als diszipliniertes, treues Parteimitglied – wer könnte daran zweifeln? – hätte er doch jede Entscheidung akzeptiert. Warum nur, warum hatte man ihn aus der Industrie entfernt?

Warja trug das Hauptgericht auf. Sie sah: Onissimow war sehr blaß. Eine frische, gesunde Gesichtsfarbe kannte man an ihm, der nicht einmal bei Frost rosig anlief, übrigens gar nicht, jetzt aber war seine Blässe, der stets ein lebendiger Braunton beigemengt war, einem fahlen Aschgrau gewichen. Was war los mit ihm? Onissimow empfand eine unangenehme Trockenheit im Mund. Seine schönen großen Augen mit dem gelblich schimmernden Weiß suchten auf dem Büfett nach der Wasserkaraffe. Herrenallüren haßte er. Niemals würde er zu Hause sagen: »Bringt mir . . .« oder »Gebt mir . . .« Nein, was er brauchte, das holte er sich selbst. Auch jetzt stand er auf und machte ein paar Schritte aufs Büfett zu.

Plötzlich wurde ihm schwarz vor Augen, er bekam keine Luft mehr, die Hand griff krampfhaft nach dem gestärkten Kragen, er versuchte, das Gleichgewicht zu wahren und sich an einem Stuhl festzuhalten, der Stuhl aber kippte um, und Onissimow plumpste aufs Parkett.

3

Eine halbe Stunde später saß Antonina Iwanowna Chishnjak, eine erfahrene, grauhaarige Ärztin mit lauter Stimme, bereits in Onissimows Arbeitszimmer. Sie, die einst Uniform trug und die Jahre des letzten Krieges in Frontlazaretten zubrachte, arbeitete in der Klinik des Ministerrats, kurz »Kremljowka« genannt.

Seit sechs oder sieben Jahren wachte sie über Onissimows Gesundheit. Er war ein schwieriger Patient. Jede Klage mußte sie ihm aus der Nase ziehen. Fragte sie ihn: »Was fehlt Ihnen?«, dann antwortete er lächelnd: »Nichts.« Ihn zum Professor in die Poliklinik zu bestellen war völlig aussichtslos. Antonina Iwanowna suchte Onissimow gewöhnlich von sich aus auf, paßte ihn einfach zur Mittagszeit ab. Er begrüßte sie wie eine gute Bekannte, ohne sich im geringsten aufzuspielen. Wozu es verschweigen: In manchen Wohnungen des riesigen Gebäudes an der Moskwa, wo vornehmlich leitende Angestellte verschiedener zentraler Institutionen wohnten, wurde sie, die alte Militärärztin, bisweilen durch einen herablassenden Ton verletzt. Onissimow dagegen war ein lebhafter, kluger Gesprächspartner, der mit ihr über Gott und die Welt, nur nicht über seine Unpäßlichkeiten redete. In den Kreisen der Metallurgen, in denen er sich bewegte, glaubte man seit eh und je an seinen eisernen Organismus. Noch heute rühmte man dort seine physische Unermüdlichkeit. Antonina Iwanowna aber wußte, daß dieser Ruhm weit, sehr weit von der Wahrheit entfernt war.

Eines Tages gelang es ihr trotz allem, Onissimow einem bekannten Professor, dem Begründer und Leiter des Instituts für Innere Medizin, Nikolai Nikolajewitsch Solowjow, vorzustellen. Dieser umgängliche, bewegliche Mann mit grauem Lockenkranz um die spiegelblanke Glatze, der ständig eine Fliege trug, glich eher einem Künstler oder einem Regisseur als einem Arzt. Er fragte Onissimow lange aus und untersuchte ihn. Und zu guter Letzt sagte er: »Sie haben die Gefäße und das Herz eines Siebzigjährigen.« Er riet ihm dringend, seine Lebensweise zu ändern, und fügte hinzu: »Vermeiden Sie vor allem Zusammenstöße.« – »Was für Zusammenstöße?« Der Professor erklärte ihm, Iwan Petrowitsch Pawlow habe diesen Begriff geprägt. Der große russische Physiologe hatte, soviel Onissimow verstand, eine Erscheinung erforscht, die er als Zusammenstoß zweier gegensätzlicher, von der Großhirnrinde ausgehender Impulse oder

Befehle bezeichnete. Ein innerer Antrieb befiehlt dem Menschen, so oder so zu handeln, der Mensch aber zwingt sich, das Gegenteil zu tun. Im Alltagsleben passiert das jedem einmal, mitunter aber ist der Zusammenstoß ungewöhnlich heftig. Und es kommt zu einer Erkrankung. Ja, sogar zu mehreren Erkrankungen. Bei der Gelegenheit erzählte Solowjow von einer bestimmten kybernetischen Maschine. Als ihr zwei einander widersprechende Befehle eingegeben wurden, erkrankte sie: Sie fing an zu vibrieren. »Und womöglich, Alexander Leontjewitsch, ist das Zittern Ihrer Hände auf die gleiche Ursache zurückzuführen.«

Im stillen wunderte sich Onissimow zwar über den Scharfblick des graugelockten Professors, vertraute sich ihm jedoch nicht an. Von Jugend auf verschlossen, führte er schon lange keine offenherzigen Gespräche mehr, verstand es, seine Gemütsbewegungen zu verbergen.

Die Begegnung mit dem Professor änderte nichts an Onissimows Lebensweise. Immer wieder drängte ihn Antonina Iwanowna, das Rauchen aufzugeben. Und Onissimow erwiderte stets und ständig: »Ja, ja ...« Aber bei ihrem nächsten Besuch sah sie wieder die rote Zigarettenschachtel auf dem Tisch und Kippen im Aschenbecher. Ganz spurlos blieb die Visite bei Solowjow übrigens doch nicht: Auf dem Bücherregal in Onissimows häuslichem Arbeitszimmer tauchten Solowjows »Allgemeine Therapie« und ein dickes »Therapeutisches Handbuch« auf. Ob er die Bücher jemals aufschlug, wußte Antonina Iwanowna allerdings nicht.

Hin und wieder warf sie einen Blick in die Hausapotheke der Onissimows und entdeckte dort Medikamente, die sie ihrem Patienten vor langer Zeit verschrieben hatte – sie waren unberührt. Als Antwort auf ihren vorwurfsvollen Blick lächelte Onissimow schuldbewußt – er verstand es, sehr sanft und entwaffnend zu lächeln.

Auch jetzt, da er mit aufgeknöpftem Hemd, das die leicht fettgepolsterte weiße Brust entblößte, vor der Ärztin auf der harten, unbequemen, eher in ein Büro passenden Couch saß, lächelte er so freundlich und unbeschwert, als wäre er nicht eben erst in Ohnmacht gefallen.

»Es ist nichts weiter, Antonina Iwanowna«, sagte er. »Ich bin gestolpert und unglücklich gefallen.«

Zur Bestätigung seiner Worte rieb er sich den blauen Fleck an der Stirn.

»Gestolpert?« fragte Antonina Iwanowna ungläubig. »Na, da sehen wir uns mal Ihre Füße an.«

Onissimow zog die tadellos geputzten, warmen, pelzgefütterten Schuhe aus – seit einiger Zeit war er sehr kälteempfindlich – und streifte die Socken ab. Seine Füße waren wie seine Hände klein, fast feminin. Schon seit einigen Jahren starben ihm die Füße ab, und kein Puls war in den Arterien zu fühlen – diese Gefäßerkrankung nennt man Endarteriitis. Ihre Ursache hat die Medizin noch nicht restlos geklärt, nicht selten aber hängt das Leiden mit übermäßigem Rauchen zusammen. Onissimow fiel das Gehen schwer – nach zehn Minuten mußte er eine Pause einlegen –, und er konnte auch nicht lange stehen. Schon zweimal hatte Antonina Iwanowna Onissimow mit unerbittlicher Strenge gezwungen, sich einer Behandlung zu unterziehen. Monatelang legte man ihm jeden Morgen einen Salbenverband an, und er fuhr damit zur Arbeit, wo natürlich niemand etwas davon ahnte. Als sich herausstellte, daß das Werk »Elektrometall« mit der Regierungsauflage nicht zurechtkam, einen speziellen hitzebeständigen Stahl für Strahltriebwerke bereitzustellen, ließ er sich nicht weiter behandeln. Sofort fuhr er in das Werk. Dort trat er, der Komiteevorsitzende und Walzwerkingenieur, sich jedes Schmerzgefühl verbietend, auf der Ofenbühne stundenlang von einem Fuß auf den anderen und beobachtete den Schmelzprozeß von Anfang bis Ende. Jeden Abend hielt er kurze Produktionsberatungen ab und stellte Kreuzverhöre an, um zum Kern der Dinge vorzustoßen. Und nach drei Wochen kehrte er mit der Meldung nach Moskau zurück: Die gestellte Aufgabe ist erfüllt; aus dem Ofen fließt ein neuer, nie dagewesener hitzebeständiger Stahl. Seinen Namen aber strich er aus der Liste derer, die das Ministerium dieser Leistung wegen für den Staatspreis vorschlug. Er, der unerbittlich jeden Versuch ihm unterstellter hoher Leiter – von Ministern bis zu Werkdirektoren – durchkreuzte, ihren Namen ohne eigenes Verdienst mit prämienwürdigen Entdeckungen, Erfindungen oder Verbesserungen zu verbinden, gestattete auch sich selbst nicht, Preisträger zu werden, obwohl er es nach allgemeinem Dafürhalten verdient hätte.

Antonina Iwanowna hätte nur den Kopf geschüttelt, wenn ihr jemand geweissagt hätte, ihr Schützling könne ohne Puls in den Füßen auch nur eine halbe Schicht lang am Ofen stehen. Noch nicht einmal jetzt begriff sie, wie er das tagelang vermocht hatte. Im Fuß war nach wie vor kein Puls zu spüren, und die Gelenke ließen sich nur schwer bewegen. Antonina Iwanowna versuchte es trotzdem. Onissimow stöhnte nicht und verzog keine Miene, als tue ihm das alles gar nicht weh. Nein, ein eiserner Organismus war das nicht, ganz und gar nicht. Aber zweifellos ein eiserner Mensch.

Am großen Zeh, ebenfalls schmal und feingliedrig, mußte einmal ein eingewachsener Nagel entfernt werden. Antonina Iwanowna hatte nicht vergessen, wie standhaft Onissimow diese äußerst schmerzhafte Operation über sich ergehen ließ. Unter dem Messer benahm er sich, als wäre er aus Stein. Als der Fuß bereits verbunden war und der Schmerz zunahm, weil das Betäubungsmittel allmählich seine Wirkung verlor, ergriff die Ärztin Onissimows Hand und spürte ein Beben, das von unterdrücktem Schmerz zeugte. Sie fragte ihn: »Na, wie war's?« – »Es hat weh getan.« – »Und jetzt?« – »Jetzt geht's.« Aus dem Operationssaal fuhr er geradenwegs zur Arbeit.

Und auch jetzt würde sie ihm keine Klage entlocken. Die männlich robuste und gewöhnlich ein wenig poltrige Antonina Iwanowna verstand es, die Stimmung ihrer Patienten zu heben. Aber war das hier überhaupt nötig?

»Alexander Leontjewitsch, Sie sollten unbedingt ausspannen.«

So ganz allerdings war sie selbst nicht von dem überzeugt, was sie da sagte. Die chronische Raucherbronchitis, die ständige Heiserkeit und der zur Gewohnheit gewordene, mitunter quälende Husten – all das verschlimmerte sich in der Sonne des Südens, am Meer, wo Onissimow am liebsten seinen Urlaub verbrachte, regelmäßig, artete in eine Lungenentzündung oder eine Angina aus. Die Krankheiten, die sich, solange Onissimow arbeitete, in respektvoller Entfernung hielten und nicht an ihn heranwagten, fielen über ihn her, sobald er einmal ausspannte.

»Ach«, antwortete Onissimow, »ich erhole mich in meinem Friedland.«

Dieses »in meinem« entschlüpfte ihm hier zum erstenmal. Gleich darauf versuchte er, seine Bitterkeit hinter einem Hüsteln zu verbergen. Dieses Hüsteln ging unverhofft in einen quälenden, trockenen Husten über und erschütterte die bloße Brust. Endlich war der Anfall vorüber.

»Sie müssen das Rauchen aufgeben«, sagte Antonina Iwanowna kategorisch.

Onissimow lächelte.

»Wenn ich mal nach Moskau zurückkomme, erstatte ich Meldung: Meine teure Antonina Iwanowna, ich rauche nicht mehr.«

»Alexander Leontjewitsch, bei Ihrem Gesundheitszustand dürfen Sie nicht reisen. Wir müssen Sie vorher gründlich untersuchen.«

»Ach was. Ich fahre.«

»Das kann ich nicht verantworten. Wir müssen ein Konsilium anberaumen.«

Onissimow meinte schroff: »Keine Untersuchungen, keine Konsilien!«

»Wenn's so ist, schreibe ich Sie einfach krank und verbiete Ihnen zu reisen.«

»Unterstehen Sie sich!« schrie Onissimow.

Ja, dieser drohende, herrische Ton war für ihn typisch. Wie schon erwähnt, hatte Onissimow *höheren Orts* darum gebeten, ihn an beliebiger Stelle in seinem Beruf einzusetzen, aber eine Absage erhalten. Also mußte er fahren. Noch nie – seit er mit sechzehn Jahren Parteimitglied wurde – hatte er versucht, sich vor Beschlüssen von Partei und Staat zu drücken. Auch jetzt kam das nicht in Frage.

»Wenn Sie das tun«, fuhr er fort, »kriegen Sie Ärger. Dann behaupte ich einfach, daß Ihr medizinisches Gutachten falsch ist. Wie Sie sich dann aus der Affäre ziehen, ist Ihre Sache. Ich glaube, liebe Frau Doktor, wir streiten uns besser nicht.«

Und wieder lächelte er – diesmal wie üblich sarkastisch. Was macht man mit so einem Menschen? Wie verhält man sich da als Arzt?

»Alexander Leontjewitsch, legen Sie sich ein paar Tage hin. Ich werde Sie beobachten.«

Onissimow ging bereitwillig darauf ein.

»Gut. Heute lege ich mich hin.«

Antonina Iwanowna verfiel wieder in ihren lauten Kommandoton: »Ich bitte mir aus, daß Sie sich in meiner Gegenwart ins Bett legen.«

»Wenn Sie gestatten, lege ich mich hier hin.«

Warum nicht, hier fühlte er sich sicherlich am wohlsten. Die strenge, grobschlächtige Ärztin dachte voller Unbehagen an das Schlafzimmer der Onissimows. Dort standen mitten im Raum zwei breite Betten nebeneinander. An jedem Kopfende ein Nachtschränkchen. An den Wänden zwei Kleiderschränke. Das war alles. Wie in einem Hotel.

Anscheinend hatte nur dieses verräucherte Arbeitszimmer etwas Persönliches. Hier standen hohe Regale, gefüllt mit Fachbüchern, aktueller politischer Literatur, Lenins Werken und einer unvollendeten, durch Stalins Tod beim dreizehnten Band abgebrochenen Stalin-Ausgabe. Zwischen den Fenstern hing ein Foto in schlichtem Rahmen: Stalin und Sergo Ordshonikidse, beide noch jung, beide in Uniformmänteln, beide mit spitz zulaufendem schwarzem Schnurrbart. Onissimow hatte diese Aufnahme einst selbst vergrößern lassen und selbst einen Platz dafür ausgesucht.

Vor die Couch war ein runder Tisch gerückt. Darauf stand neben der Zigarettenschachtel und der Tischlampe ein schwarzer Apparat der R-Leitung, der sich durch seine gefällige Form von den sonst üblichen Apparaten unterschied. Auch zwei Bücher lagen dort griffbereit: Neuerscheinungen zur Geschichte der sowjetischen Industrie. Für diese Thematik interessierte sich Onissimow in letzter Zeit besonders.

Die Ärztin stimmte zu: Mochte sich Onissimow im Arbeitszimmer hinlegen.

»Aber zuerst müssen wir hier gründlich lüften, Alexander Leontjewitsch. Nur keine Angst vor frischer Luft.«

Antonina Iwanowna erhob sich, um die Fensterklappe zu

öffnen. Onissimow ließ nicht zu, daß sie das tat, stand hastig auf und ging barfuß zum Fenster. Plötzlich aber erbleichte er, ihm wurde schwarz vor Augen, er blieb stehen und stützte sich schwer auf den Tisch. Für Augenblicke war er wie abwesend und starrte auf einen Punkt. Dann spannte er seinen ganzen Willen an, um in die Wirklichkeit zurückzukehren, und seine erloschenen Augen bekamen wieder Glanz. Die Ärztin musterte ihn beunruhigt.

»Soeben haben Sie in meiner Gegenwart das Bewußtsein verloren.«

»Aber nicht doch. Keine Spur.«

Wieder lächelte er spöttisch. Als wolle er sagen: Na bitte, mach was dagegen. Ja, da war wirklich nichts zu machen.

Antonina Iwanowna sah zu, wie Warja das Bettzeug auf der Couch zurechtlegte und wie Onissimow sich auf diesem unbequemen, harten Lager ausstreckte. Auch die Medikamente waren bereits verschrieben. Schweren Herzens und mit schlechtem Gewissen verabschiedete sich Antonina Iwanowna bis zum nächsten Tag.

Langsam ging sie durchs Wohnzimmer. Die Fenster waren schon hinter den doppelten Vorhängen verschwunden, der Kronleuchter brannte mit halber Kraft und warf einen matten Schein auf die Schonbezüge der Möbel und die leeren, mit Figuren verzierten Vasen. Das große Zimmer wirkte staubig und unbewohnt. Schien sogar modrig zu riechen.

In der Diele begegnete die Ärztin überraschend Jelena Antonowna. Sie war gerade heimgekommen – eine stattliche, ja geradezu stramme, grauhaarige Frau im strengen grauen Mantel, mit grauer Persianerkappe. Antonina Iwanowna hatte selten mit ihr zu tun, sie traf sie sonst nicht an, wenn sie Onissimow besuchte. Gelegentlich telefonierten die beiden Frauen miteinander. Auf die Frage nach der Gesundheit und dem Befinden ihres Mannes antwortete Jelena Antonowna gewöhnlich: »Ich frage ihn gleich mal.« Eine merkwürdige Antwort. Da wohnten sie unter einem Dach und schliefen im selben Zimmer, und dann dieses »Ich frage ihn.«

Jetzt war Jelena Antonowna vor Aufregung und Hast leicht außer Atem.

»Was ist mit ihm, Antonina Iwanowna?«

Man sah ihre guterhaltenen kleinen Zähne. Erstaunlich, daß man bei einem so kräftigen Körperbau so kleine Zähne haben konnte.

»Sein Nervensystem ist völlig zerrüttet«, antwortete die Ärztin. »Und das wirkt sich auf alles andere aus. Heute hat er das Bewußtsein verloren.«

Und als streite sie mit jemandem, als wolle sie diesem Jemand etwas beweisen, fügte sie hinzu:

»Zweimal sogar.«

Die grauen Augen der Ehefrau blickten besorgt. Sie griff nach der Hand der Ärztin.

»Ist es wirklich ... Ist es wirklich so schlimm?«

»Ich weiß nicht. Ich kann mir kein klares Bild machen. Meiner Meinung nach müßte er zur Untersuchung ins Krankenhaus. Aber er will nicht. Ich habe ihm gesagt: ›Ich schreibe Sie einfach krank.‹ Er aber schrie mich an: ›Unterstehen Sie sich.‹«

»Nein, das dürfen Sie auch nicht.«

Jelena Antonowna zog rasch den Mantel aus und nahm die Kappe ab. Auf ihrer rechten Stirnseite zeigte sich ein kinderfaustgroßes blaurotes Blutmal, das auch einen Teil der Schläfe einnahm. Sie hätte es hinter einer raffinierten Frisur verstecken können, tat das aber seit ihrer Jugendzeit nicht. Und erstaunlicherweise verunstaltete dieses Mal sie nicht, sondern harmonierte sogar mit ihrem ernsten Gesicht, dem jede Koketterie abging.

Sie wiederholte noch einmal: »Das dürfen Sie nicht.« Nach kurzem Zögern erklärte sie leise: »Das hat seinen Grund, Antonina Iwanowna. Man könnte es so auslegen, als wolle er nicht fahren.«

Damit war der Grund ehrlich, klar und überzeugend dargelegt. Und Antonina Iwanowna entwaffnet. Trotzdem ... Trotzdem hätte sie sich weniger logische, dafür heftige, ja unzusammenhängende Worte gewünscht. Aber wer hatte das Recht, Heftigkeit von Jelena Antonowna zu fordern? Schließlich hatte sie ihr eigenes Leben, ihre eigene Beschäftigung. Und sie war sofort vom Dienst nach Hause geeilt, hereingestürzt und hatte sich aufgeregt, ja fast weinend nach ihrem Mann erkundigt. Antonina Iwanowna konnte sie nicht verurteilen.

»Auf Wiedersehen. Er muß liegen. Ich sehe morgen nach ihm.«

4

Schon am nächsten Tag schaltete sich Onissimow nach kaum vierundzwanzig Stunden Erholung in seinen neuen Aufgabenkreis ein und bezog ein kleines Arbeitszimmer im Außenministerium. Zusammen mit ihm übersiedelte einer seiner langjährigen Mitarbeiter, der hochstirnige, bedächtige Makejew, hierher, der Onissimow, seine schroffe Art, seine Genauigkeit und seine bedingungslose, strikte Einsatzbereitschaft für die Erfüllung der Direktiven vergötterte. Makejew, dessen Schwerfälligkeit Onissimow gelegentlich zu Wutanfällen trieb, die in den letzten Jahren häufiger wurden, strahlte, als Onissimow ihm vorschlug mitzufahren, und stimmte sofort zu.

»Wann geht's los, Alexander Leontjewitsch?«

»Warten wir das Kommando ab.«

»Und was soll ich so lange tun?«

»Besorg dir Literatur und lies.«

Das tat Onissimow auch. Statt der Mappen mit Berichten und Meldungen über die Förderung von Erdöl und Kohle, die Kokserzeugung, den Einsatz von Sauerstoff und Erdgas in metallurgischen Öfen, die beschleunigte Erschließung von Erzlagerstätten und die Erprobung von festen Treibstoffen für Raketen lagen nun auf seinem Schreibtisch Akten zur Geschichte der diplomatischen, ökonomischen und sonstigen Beziehungen Rußlands zu den Ländern Nordeuropas. Onissimow begnügte sich nicht mit dem Material aus unserem Jahrhundert, für ihn wurden auch Aktenbündel aus dem vergangenen Jahrhundert aus dem Archiv geholt.

Statt der Neuerscheinungen zu bestimmten Fragen der industriellen Entwicklung beschäftigten Onissimow jetzt Bücher über das Land, in das seine neue Mission ihn führen würde. Tausende und aber Tausende Druckseiten füllten sein kleines – ebenfalls neues! – Arbeitszimmer. Außer russischer und ins Russische übersetzter Literatur verschlang er auch Ausgaben in englischer Sprache – Onissimow, der einst ein zweijähriges Praktikum in Werken von Glasgow und Birmingham absolviert hatte, las und sprach fließend Englisch.

Es war erstaunlich, ja beinahe unvorstellbar, daß ein Mensch in so kurzer Zeit, in den drei oder vier Wochen, die ihm bis zur Abreise verblieben, solche Unmengen von Gedrucktem bewältigen sollte.

Na, er würde sich schon durchbeißen. Etwas Ähnliches war ihm schon einmal passiert. Eines Tages, kurz nach Sergo Ordshonikidses Tod, versetzte man ihn in die Panzerindustrie und beauftragte ihn, diesen für ihn neuen Zweig zu leiten, der erweitert, rekonstruiert und wahrhaft leistungsfähig werden sollte. Auch damals besorgte er sich Fachliteratur, kniete sich hinein und stopfte sein rastloses Hirn, das rasch zum Kern der Dinge vorstoßen und zugleich wie auf einem Zauberfilm eine Unmenge von Einzelheiten festhalten konnte, voll. Schon einen Monat später unterhielt er sich mit Panzerbauexperten wie mit seinesgleichen. Und genierte sich durchaus nicht, hier und da eine Wissenslücke einzugestehen. Er fragte die Leute aus, verstand es, ihnen zuzuhören, und lernte auch als Leiter der Hauptverwaltung Panzerindustrie unermüdlich weiter.

Und als man ihn erneut in den Kreml bestellte – nie würde er jenen Herbstabend, jenes Jahr 1938 und die Verhaftungen vergessen, der nach und nach fast alle Mitarbeiter Sergos zum Opfer fielen –, als er, der Leiter einer großen Hauptverwaltung, der auf dem XVII. Parteitag zum Kandidaten des ZK gewählt worden war, das Vorzimmer voller Uniformierter durchquerte, die nur auf ihn zu warten schienen, als er die Tür öffnete und Stalin, der in seinen weichen Stiefeln auf und ab schritt, von hinten erblickte ...

Weg mit den Erinnerungen, Schluß mit den Gedanken! Hatte er, Onissimow, sich etwa nicht mehr in der Gewalt? Konnte er sein erprobtes, zuverlässiges Hirn nicht mehr zwingen, ihm genauso einwandfrei zu dienen wie bisher? Das stimmte nicht! Seine inneren Bremsen funktionierten noch sehr gut. Eine leichte Willensanstrengung, und weg waren die Ablenkungen. Von nun an galt Onissimows ungeteilte Aufmerksamkeit wieder Friedland und seinen Nachbarn.

Sein Tagesablauf hatte sich nicht geändert. Niemand sollte auf die Idee kommen, daß der heutige Onissimow nicht mehr der alte war. Genau wie vor zehn und vor zwanzig Jahren arbeitete er auch heute noch so präzise wie eine Maschine. Punkt neun Uhr früh betrat er frisch rasiert sein Arbeitszimmer, setzte sich auf den Stuhl, der genauso hart war wie in seinem bisherigen Domizil, holte die Zigaretten, Marke »Drug«, heraus, setzte die Brille auf und las.

Für seine Notizen und Auszüge genügten ihm die zwei Hefte. Mit seiner kleinen, gestochenen Schrift trug er in das eine Heft historische Daten und Angaben über politische und gesellschaftliche Gruppierungen Nordeuropas und seine bedeutendsten Persönlichkeiten ein. Das andere Heft war der Wirtschaft der Staaten in diesem Zipfel des Kontinents gewidmet.

Getreu den Prinzipien, die längst unabdingbar für jene Schule von Leitern geworden waren, zu der Onissimow gehörte, gab er sich auch hier nicht mit Papieren – Dokumenten, Büchern und Artikeln – zufrieden. In seinen zeitweiligen Amtssitz im Außenministerium bestellte er Wissenschaftler, die sich auf das Land seiner künftigen Akkreditierung spezialisiert hatten, und einfach kluge Leute mit guter Beobachtungsgabe, die vor kurzem dort gewesen waren. Er forschte sie aus, interessierte sich für jede Einzelheit und sammelte Kenntnisse über dieses Land.

Es gab Augenblicke, da er mit geheimer Genugtuung registrierte, daß sein Gedächtnis, sein ungewöhnliches Gedächtnis, das in den letzten Jahren ein wenig nachzulassen schien, ihm wieder treu diente. Man hätte ihn nachts aus dem Schlaf reißen und nach dem sauberen, ordentlichen Land fragen können – er hätte augenblicklich Hunderte von Namen und Bezeichnungen, genaue Zahlen und Daten parat gehabt.

Nach Dienstschluß nahm sich Onissimow Bücher mit nach Hause. Und wieder arbeitete er, ohne sich von lästigen, aufdringlichen Gedanken ablenken zu lassen. Spät, erst nach drei Uhr morgens, legte er sich hin, versuchte erst gar nicht, diese alte Gewohnheit zu überwinden.

Im Bett konnte er lange nicht einschlafen. Und in der Dunkelheit kamen die Gedanken, die er tagsüber verdrängt hatte, und lähmten seinen Willen.

5

In so einer schlaflosen Morgenstunde durchfuhr Onissimow einmal ein eisiger Schreck.

Das kam so. Er lag da, blickte durch die halbgeschlossenen Lider ins Dunkel des Schlafzimmers und sann darüber nach, wie es hatte geschehen können, daß er seine heißgeliebte Arbeit aufgeben mußte. Wieder versuchte er, die Gedanken zu vertreiben. Er hatte sich genug herumgequält. Für solche Grübeleien hatte er – er lächelte spöttisch in die Dunkelheit – in Friedland wahrscheinlich Zeit genug. Er zwang sich, an dieses Land zu denken und die Zeilen zu rekapitulieren, die er tagsüber in seine Hefte eingetragen hatte. Plötzlich versagte sein Gedächtnis. Sein Hirn war leer, völlig leer. Ihm waren nicht nur die Notizen von gestern und vorgestern entfallen, nein, er hatte auch alle Daten, Namen und ökonomischen Kennziffern, all das, was er über die Länder gelesen und in Erfahrung gebracht hatte, vergessen, völlig vergessen.

Diese furchtbare Gedächtnislücke erschütterte Onissimow zutiefst. Er fuhr sich mit der Hand durch sein plötzlich feucht gewordenes sprödes Haar. Er mußte sich beruhigen, wenigstens an einen Strohhalm klammern. Es gelang ihm, sich das Nächstliegende in Erinnerung zu rufen: die Zahlen über die Stahlerzeugung in Friedlands Werken. Na, und weiter? Er erwartete, daß das Vergessene auf einen Schlag, blitzartig wieder vor ihm erstehen würde. Aber nein, nur langsam, ganz langsam fiel es ihm wieder ein.

Er hielt es nicht länger aus und sprang auf. Aus dem breiten Bett neben ihm drang der regelmäßige Atem seiner Frau. Barfuß tappte er ins Arbeitszimmer, knipste Licht an, stürzte zum Schreibtisch, zu seinen Heften, und schlug mit zitternden Fingern aufs Geratewohl eine Seite auf. Und erst jetzt vergingen die schrecklichen Minuten, kam die ersehnte blitzartige Erleuchtung. Nun brauchte er die Aufzeichnungen nicht mehr, mit einemmal standen sie ihm wieder, wie auf einen wundersamen Film gebannt, vor Augen. Er steckte sich eine Zigarette an, blätterte und blätterte und prüfte sich immer wieder. Dann verharrte er still am Tisch.

Barfuß, im weißen Nachthemd mit offenem Kragen, stand Onissimow da, die ungesund gelbliche Brust entblößt, den großen Kopf wie immer zwischen die Schultern gezogen.

Was war eben mit ihm los gewesen? Wie ließ sich ein so plötzlicher Gedächtnisschwund erklären? Interessierte ihn denn seine neue Arbeit so wenig? Zwang er sich tatsächlich nur aus Pflichtgefühl dazu? Wo war die Leidenschaft, mit der er sich sonst in die Arbeit stürzte?

Damals, als er zum Leiter der Hauptverwaltung Panzerindustrie ernannt und in einen ihm völlig fremden Industriezweig versetzt wurde, hatte er sich doch auch dafür zu begeistern vermocht und seine Niedergeschlagenheit überwunden. Nein, nicht überwunden, sondern bezwungen. Natürlich steckte sie tief in ihm und wurde täglich mit jeder neuen Nachricht von den Verhaftungen, vom fast allnächtlichen Läuten an den Wohnungstüren des riesigen, »Haus der Regierung« genannten Häuserblockes, in dem auch er wohnte, neu belebt. Jeden Augenblick darauf gefaßt, das Schicksal seiner Kollegen zu teilen, blieb Onissimow jedoch verschont. All seine Stellvertreter in der Hauptverwaltung Walzstahl, die er zu Sergos Lebzeiten geleitet hatte, waren bereits verhaftet, er aber fuhr nach wie vor frei im Wagen durch die Moskauer Straßen zum Dienst und wieder nach Hause.

Frei? Die elementare Logik ließ nur einen Schluß zu: Wenn seine engsten Mitarbeiter Schuld auf sich geladen und Schaden angerichtet hatten, war auch er schuldig.

Und Onissimow forderte das Schicksal heraus. Er schrieb Stalin in einem Brief, er, Onissimow, der, wie die Partei es verlangt, sein Arbeitsgebiet bis in die letzte Einzelheit kenne, übernehme die volle Verantwortung für jede Anweisung seiner Untergebenen und bürge mit seinem Kopf und seinem Parteibuch dafür, daß es in der Hauptverwaltung Walzstahl keine Schädlingsarbeit gegeben habe. Und er bitte darum, ihm die Möglichkeit zu geben, dies in einem Partei- oder Gerichtsverfahren, je nach Stalins Ermessen, zu beweisen.

Der Brief gelangte in Stalins Hände – was schon nicht einfach war. Daraufhin holte man Onissimow zu Verhören und Gegenüberstellungen. Fast unerträgliche Nächte und Tage des Wartens brachen an. In dieser Zeit griff er zur Zigarette und gewöhnte sich das Rauchen an. Trotzdem arbeitete er selbst damals voller Leidenschaft und Hingabe, um sich von seiner Niedergeschlagenheit und Traurigkeit nicht unterkriegen zu lassen. Und dann . . .

6

Dann bestellte man ihn in den Kreml.

Inzwischen hatte er sich gesetzt, rieb die erstarrten Füße gegeneinander und erinnerte sich an jenen Abend.

Nachdem er das Vorzimmer mit den vielen Uniformierten durchquert hatte, die nur auf ihn zu warten schienen – warum nur waren die Wachen heute so zahlreich? –, gelangte er in einen kleinen Saal und erblickte Stalin von hinten. Er schritt auf und ab und drehte sich nicht einmal nach dem Geräusch der auf- und zugehenden Tür um. Er trug damals noch die anspruchslose Uniform des einfachen Frontsoldaten – die in die Stiefel gesteckten, militärisch geschnittenen Hosen fielen in Falten über die Schäfte –, aber das betont bedächtige Gebaren, den schleppenden Schritt hatte er schon.

Stalin war nicht allein im Saal. Dort befand sich noch ein zweiter Mann. Ein attraktiver Mann mit funkelnden, runden Gläsern im Zwicker, einer leicht gewölbten Stirn und schräg gescheiteltem Blondhaar, das eine frühe, noch relativ kleine Glatze kaschierte. Das war Berija. Er stand in Zivil an einem langen Tisch und blickte Onissimow lächelnd an. Bei diesem Lächeln lief es Onissimow kalt über den Rücken.

Vor vielen Jahren war dieser Mann, damals ein bescheidener Angestellter in Baku, von Onissimow, wie es so schön hieß, überprüft worden. Onissimow war zu jener Zeit Politoffizier der 11. Armee und zugleich Vorsitzender einer Kommission zur Neuregistrierung der Parteimitglieder von Baku. Onissimows Fragen zuvorkommend, äußerte Berija den Wunsch, eine schwierigere, gefährlichere Arbeit – in der Sonderabteilung der Armee oder in der Aserbaidshanischen Tscheka – zu übernehmen. Bei verschiedenen Widersprüchen, ja beim Lügen ertappt, versuchte er, sich herauszuwinden und zu lavieren. Genosse Sascha – so nannte man Onissimow zu der Zeit – gelangte zu der Überzeugung: »Ein verdächtiger Typ. Meinem Gefühl nach ein Abenteurer.« Und er stellte ihm kein neues Parteibuch aus. Bei einer übergeordneten Instanz konnte Berija allerdings seine Wiederaufnahme durchsetzen.

Und bisher hatte dieser attraktive ehemalige Bakuer Erfolg gehabt. Die Begegnung mit Stalin zu Beginn der dreißiger Jahre wurde zur entscheidenden Wende in seiner phantastischen Karriere. Stalin war zweifellos ein Menschenkenner. Er, der sich mit Plänen trug, von denen außer ihm niemand wußte, spürte instinktiv sofort: Dies war sein Mann.

Jetzt leitete der Georgier aus Baku eine riesige Verhaftungs-, Verhörs-, Erschießungs-, Gefängnis- und Lagermaschinerie. Lächelnd betrachtete er Onissimow durch seine starken Gläser.

Nun war alles klar. Das würde sein letztes, von Stalin persönlich angestelltes Verhör sein. Und von hier würde er nicht mehr mit seinem Fahrer und in seinem Wagen wegfahren. Fürsorglich hatte er sich, als er nervös zum Aufbruch rüstete, noch einmal vergewissert, ob er sein Parteibuch, den Ausweis, den Passierschein für den Kreml und das Notizbuch bei sich hatte, seine Frau angerufen und, völlig im klaren darüber, daß das Telefon an ein geheimes Netz angeschlossen war, nur lakonisch gesagt: »Bin hinbestellt. Ich fahre jetzt. Mach dich auf alles gefaßt.«

Endlich wandte sich Stalin um und kam langsam zurück. Sein recht schwerer, finsterer Blick musterte Onissimow, glitt über dessen tadellos geputzte Schuhe, das dunkle, gestreifte Jackett und den gestärkten weißen Kragen um den kurzen Hals, auf dem sein großer Kopf ruhte, und saugte sich an seinen grünlichen Augen fest.

Onissimow hielt dem Blick stand. Stalin schritt langsam weiter. Nichts regte sich in diesem Augenblick in seinem unbeweglichen, schläfrigen, von unzähligen Bildern und Fotos bekannten Gesicht, dessen große Pockennarben auf den Wangen und unter dem leicht herabhängenden, schweren rötlich-schwarzen Schnurrbart niemand wiederzugeben wagte. Die wenigen grauen Fäden in seinem sich lichtenden Schnurrbart und im Haar ließen erkennen, wie kräftig – fast wie bei einem Pferd – ein einzelnes Haar war. Eine ganze Weile unterbrach niemand das Schweigen.

»Guten Tag«, sagte Stalin leise. »Treten Sie näher.«

Einen Stuhl bot er Onissimow nicht an.

Er schritt noch einmal bis zur Wand und zurück, blieb vor Onissimow stehen und begann mit der Befragung. Seine Fragen galten der Lage und den Perspektiven der Panzerindustrie. Sein Gesicht war jetzt nicht mehr starr. Die eben noch trüben Augen bekamen plötzlich Glanz. Onissimow antwortete. Die nervliche Anspannung wirkte auf die Stimmbänder – seine Stimme klang heiser –, erhöhte jedoch seine Konzentration und schärfte seinen Verstand. Der plötzlich heiser gewordene Chef der Hauptverwaltung Panzerindustrie gab, ohne aus dem Konzept zu geraten oder zu stocken, exakt und sicher Auskunft. Und er brauchte nicht zum Notizbuch zu greifen, um die Lage in dem einen oder anderen Werk oder gar in einer Werkhalle umreißen, in Labors und auf dem Versuchsgelände gewonnene Ergebnisse darlegen und genaue Zahlen nennen zu können. Er hielt Stalin die Schwierigkeiten vor Augen und berichtete von der vorläufig noch vergeblichen Suche der Konstrukteure und Technologen nach neuen Lösungen. Stalin fragte methodisch immer weiter und kam ständig auf diese neuen Lösungen zurück.

Die Befestigung der Laufplatte! Die verflixten Ausgleichgetriebe! Wie machten sie Onissimow zu schaffen, was plagten sie sich in den Werken damit herum! Sie plagten sich, aber fanden keine effektive Lösung! Auch dieses Bekenntnis holte Stalin aus ihm heraus. Er tastete sich bis zu den verborgensten Geheimnissen der Produktion vor. Onissimow erstattete Bericht, ohne sich selbst zu schonen.

Unterdessen trat durch eine Seitentür der Volkskommissar für Verteidigung, der trotz der Orden an seiner Feldbluse merkwürdig still und unauffällig wirkte. Ihm folgten einige Mitglieder des Politbüros, die sich weniger gehemmt gaben und geräuschvoll Stühle rückten. Der grauhaarige Kalinin lehnte sich, die Hände auf dem Rücken, an den offenbar geheizten weißen Kachelofen und wärmte sich. Alle lauschten schweigend der Befragung, die Stalin noch immer fortsetzte.

Warum, zu welchem Zweck hatten sie sich hier versammelt? Unwillkürlich dachte Onissimow wieder daran, was ihm drohte. Wahrscheinlich würde man ihn erst durch einen Beschluß des Politbüros aus der Partei ausschließen und anschließend verhaften. Ja, jetzt setzte sich auch eine Stenographin an den Tisch, griff nach den Bleistiften und legte ein Heft zurecht.

Stalin aber enthüllte weiter Mängel und Schwächen der sowjetischen Panzerindustrie, vielmehr zwang er Onissimow, das zu tun. Der Pressenbetrieb. Das Schaltgetriebe. Die thermische Behandlung des Graugusses. Die Panzerung. Die Testverfahren. Warum sind die Ergebnisse unbefriedigend? Wie sehen die entsprechenden Kennziffern in Deutschlands und Amerikas Werken aus?

Zweifellos hatte sich Stalin gründlich informiert. Aber bei wem? Höchstwahrscheinlich bei einer der mysteriösen Abteilungen jener Behörde des Mannes aus Baku, die ihre Augen überall hatte. Ja, Onissimow mußte zugeben: Die Auskünfte stimmten. Und Stalin hatte sie aufmerksam, sehr aufmerksam studiert.

Während des Gesprächs erwähnte Stalin weder Onissimows Brief noch seine frühere Arbeit in der Hauptverwaltung Walzstahl. Besorgt fragte sich Onissimow: warum tut er das nicht? Aber es war ja ohnehin alles klar – wozu erst noch die Vergangenheit bemühen? Er selbst hatte doch gerade so viele technische Mängel aufgedeckt, daß man ihm gut und gern Schädlingsarbeit vorwerfen konnte. Oder, wie es damals hieß, feindliche Betätigung. Nach dem Erreichten fragte Stalin nicht. Die Leistungen und Erfolge der Panzerbauer – die, wie Onissimow ebenfalls hätte mitteilen können, nicht gerade gering waren – blieben unerwähnt: Die Disziplin, die zu Onissimows zweiter Natur geworden war, gebot ihm, nur Stalins Fragen zu beantworten.

Stalin zog die Pfeife aus der Hosentasche, trat an den Tisch, klopfte die Asche in einen Marmoraschenbecher, daß es durch die Stille schallte, und hantierte mit dem Tabak. Wieder waren seine Bewegungen schleppend oder, besser gesagt, gebieterisch langsam. So gibt sich ein Mensch, der weiß, daß niemand ihn drängen, niemand sein Schweigen unterbrechen wird.

Seine berühmte Pfeife qualmte. Sofort rauchten auch einige der Versammelten. Onissimow wagte natürlich nicht einmal an eine Papirossa zu denken.

Stalin schritt wieder auf und ab.

»Ich denke, die Frage ist klar«, sagte er schließlich. »Wie entscheiden wir nun, Genossen?«

Ohne eine Antwort abzuwarten, fuhr er fort: »Ich schlage folgendes vor . . .«

Alle Muskeln in Onissimows Brustkorb verkrampften sich, das Atmen bereitete ihm Schmerzen. Er hatte das quälende Verlangen, Berija anzusehen, aber er bezwang sich – wagte nicht einmal zu ihm hinzuschielen. Stalin aber wiederholte nach kurzem Zögern: »Ich schlage folgendes vor. Erstens die Hauptverwaltung Panzerindustrie in ein Volkskommissariat für Panzerbau umzuwandeln. Gibt es Einwände?«

Und wieder legte er eine Pause ein.

»Zweitens . . . Zum Volkskommissar für Panzerbau . . . Genossen, welche Kandidaturen liegen vor? Ich denke, wir gehen nicht fehl, den Genossen Onissimow einzusetzen. Gibt es andere Meinungen?«

Und er schloß mit den Worten: ». . . zum Volkskommissar für Panzerbau den Genossen Alexander Leontjewitsch Onissimow zu ernennen. Gibt es Einwände?«

Diesen Augenblick würde Onissimow nie vergessen. Er verlor die Fassung nicht. Nur seine Wangen waren plötzlich eiskalt. Bestimmt war sein Gesicht eine Spur blasser geworden.

Erst jetzt wandte Stalin sich an ihn: »Warum stehen Sie denn, Genosse Onissimow? Setzen Sie sich doch. Treffen wir weitere Entscheidungen.«

Und wieder fuhr er, ohne jemand zu Wort kommen zu lassen, fort: »Drittens . . . Ihn zu verpflichten . . .«

Onissimow setzte sich und steckte sich eine Papirossa an. Er konnte es nicht fassen: Gab es denn so was? Er war fast als Verhafteter hergekommen und würde als Volkskommissar fortgehen? Aber . . . Hatte man Stalin etwa nicht unterrichtet? Wußte er es denn nicht? Onissimow griff nach einem Schreibblock auf dem Tisch und notierte mit gestochener Schrift: »Genosse Stalin. Mein Halbbruder Iwan Nasarow ist verhaftet worden als . . .«

Einen Augenblick stockte seine Feder. Er wollte Iwan, den jüngeren Bruder aus der zweiten Ehe seiner Mutter, nicht eigenhändig brandmarken, den Bruder, den er, der junge Sascha, vor langer Zeit für seine Ideale begeistert und für die Parteiarbeit gewonnen hatte und der vor einem halben Jahr vom Bahnhof weg verhaftet worden war, nachdem man ihn, den Sekretär eines Gebietskomitees, nach Moskau beordert hatte.

Onissimow bezwang seine Zweifel. Von neuem glitt die Feder übers Papier: »Volksfeind. Ich halte es für meine Pflicht, Sie darauf aufmerksam zu machen.« Nachdem er unterschrieben und die Tinte sorgfältig getrocknet hatte, wartete er noch einen Augenblick.

Stalin fuhr unterdessen fort zu formulieren: »Viertens: den Genossen Onissimow aufzufordern, innerhalb von zehn Tagen . . .«

Onissimow stand auf und reichte Stalin das Blatt Papier. Der guckte unwillig, entfaltete das und las es.

7

Und jetzt saß Onissimow barfuß und im Nachthemd auf der harten Couch. Vor ihm auf dem Tisch lag aufgeschlagen das Heft mit den Notizen über Nordeuropa. Im Zimmer war es warm, vom Fenster drang kein Lufthauch durch den langen, dichten Vorhang. Onissimows kranke gelbliche Füße waren wie abgestorben – schon seit Jahren mußte er sie warm einpacken. Also griff er auch jetzt nach dem schweren, flauschigen Plaid neben der Schlummerrolle und umhüllte sie damit.

Im untersten Schreibtischschubfach lag ein Blatt Papier versteckt. Onissimow zog das Fach auf, holte eine Kunstledermappe heraus und merkte wohl zum erstenmal, wie verblaßt die Tinte war. Trotzdem war jeder der mit seinen schlanken Fingern geschriebenen Buchstaben noch deutlich zu erkennen. »Genosse Stalin. Mein Halbbruder Iwan Nasarow . . .« Quer über das Blatt zogen sich schwungvoll ein paar Zeilen. Handschrift und Namenszug von vielen Faksimiles her bekannt. »Gen. Onissimow. Ich habe Sie von jeher zu meinen Freunden gezählt und zähle Sie noch heute dazu. Ich habe Ihnen immer vertraut und vertraue ihnen auch heute. An Nasarow aber erinnern Sie mich besser nicht. Bei Gott. J. Stalin.«

Iwan ging im Gefängnis zugrunde. Und auch seine Frau – die heißblütige, bezaubernde Südländerin Lisa – siechte im Lager dahin und starb. Beide wurden postum rehabilitiert. Aber wo sie ihre letzte Ruhe gefunden hatten, wußte bis heute niemand. Lisas dunkle, reifen Kirschen ähnelnde Augen sah Onissimow jetzt besorgt und gleichsam im Vorgefühl eines nahen, unabwendbaren Unglücks glanzlos vor sich: So hatte sie geblickt, als sie und Iwan Ende 1937 zum letztenmal hier bei ihm, in diesem verräucherten Arbeitszimmer, saßen. Nein, damals rauchte Onissimow noch nicht. Und nun mußte er in die Fremde, ohne etwas über seinen Bruder in Erfahrung gebracht zu haben, ja sogar ohne ein Foto von ihm. Heute tat es ihm leid, daß er auch jenes Kinderbild vernichtet hatte, auf dem Iwan, höchstens zehn Jahre alt, ins Objektiv schaute.

»Ich habe Ihnen immer vertraut und vertraue Ihnen auch heute.« Diese Worte Stalins waren Onissimows Schild, sein Panzer und Allheilmittel. Oder sein Talisman, wie Onissimows Frau einmal mehr im Ernst als im Scherz gesagt hatte. Jenes sorgsam aufbewahrte Blatt Papier, über das Stalins harte Feder geglitten war, bedeutete für Onissimow so viel, daß nicht einmal Berija, dessen Lächeln ihn nach wie vor erschauern ließ, sein Schicksal bestimmen konnte.

Onissimow hob den Kopf und blickte zu dem großen Foto zwischen den Fenstern, dem einzigen in seinem Arbeitszimmer. Die Lippen unter Stalins störrischem Schnurrbart lagen ruhig aufeinander, Sergo aber lächelte, er war glücklich und quicklebendig, das Grübchen am Kinn war deutlich zu erkennen, der spitz zulaufende Schnurrbart keck gezwirbelt. Ja, es hatte eine Zeit gegeben, da Sergos Gesicht aufleuchtete, von einem verliebten Lächeln erhellt, sobald er Stalin sah oder auch nur mit ihm telefonierte. Onissimow konnte das bezeugen. Gegen Ende seines Lebens aber stand Sergo, der plötzlich sein offenes Wesen verlor, sich aber nicht hinter einer Maske verstecken, sich nicht verstellen mochte, Stalin bereits ganz anders gegenüber und rief ihn nur noch ungern und lustlos an, was damals vielen auffiel, die mit ihm zu tun hatten. Onissimow ahnte nicht, daß sich Sergo eine Kugel ins Herz gejagt hatte. Das war eines der am sorgsamsten gehüteten Geheimnisse, bis dann auf dem XX. Parteitag ...

Onissimow saß inmitten anderer Delegierter in der zweiten Reihe – so verschlossen und unerschütterlich wie eh und je. In ihm paarte sich ungewöhnliche Empfindsamkeit mit ungewöhnlicher Verschlossenheit. Als er jedoch hörte, daß Sergo Selbstmord begangen hatte, zuckten seine Lider. Er merkte, daß ihm Tränen über die Wangen rollten. Vor Überraschung – hatte er doch seit der Kindheit nicht mehr geweint – griff er nicht gleich nach dem Taschentuch, und ein paar Tränen tropften ihm von den Wangen. Ein alter Kampfgefährte neben ihm blickte ihn an und traute seinen Augen nicht: Der eiserne Onissimow, diese Maschine in Menschengestalt, weinte.

8

Einsam und traurig betrachtete Onissimow auf der harten Couch noch immer den Talisman, der seine Wirkung längst verloren hatte.

Anderthalb Wochen vor Sergos Tod hatte Onissimow ihn zum letztenmal besucht und gesprochen. Und an dem Tag begegnete er in Ordshonikidses Wohnung jenem Mann, der auf dem alten Foto unter der Glasscheibe neben Sergo stand, dem Mann, der später die gut lesbaren Zeilen schrieb: »Gen. Onissimow. Ich habe Ihnen immer vertraut und vertraue Ihnen auch heute.«

Warum hatte Stalin Onissimow ausgewählt? Weil der im Kampf gegen alle möglichen oppositionellen Strömungen nicht schwankte? Oder wegen seiner tatsächlich außergewöhnlichen fachlichen Qualitäten?

Nein, auch etwas anderes fiel dabei ins Gewicht. Ein einziger Augenblick . . . Ein Augenblick hatte womöglich Onissimows Schicksal entschieden.

Ja, das war sein letzter Besuch bei Ordshonikidse. In jenen Februartagen des Jahres siebenunddreißig war Onissimow gerade aus einigen Werken zurückgekommen. Er meldete sich telefonisch bei Sergo zurück. Sergo sagte zu ihm: »Komm heute abend zu mir nach Hause. Paßt es dir um acht?«

Ordshonikidse behandelte seine Untergebenen stets ausgesucht rücksichtsvoll. Der pünktliche Onissimow traf genau zur festgesetzten Zeit ein. Sergo empfing ihn im Flur und drückte seine kleine Hand fest mit seiner fleischigen Pranke. Dann führte er ihn durch einen wenig wohnlichen Raum voller Bücherschränke, dessen ganzen großen, schwarzlakkierten Tisch Geschenke einnahmen, die Sergo lieb und teuer waren: flache Stücke des ersten Roheisens aus Magnitka und aus Kusnezk, des ersten Kupfers aus Balchasch, Schliffproben von Flugzeug- und Trafostahl, Fotoalben neu erbauter Werke. In Sergos gemütlichem kleinem Arbeitszimmer setzten sich die beiden auf die Couch.

»Na, Genosse Sascha?«

Aus unerfindlichen Gründen sprach Sergo ihn so wie einst in der Armee an, als Onissimow, damals noch ganz jungenhaft, die Politabteilung der Division leitete und Ordshonikidse, Mitglied des Revolutionären Kriegsrates der Kaukasusfront, noch kein graues Haar hatte und nicht schwerfällig wirkte.

»Na, Genosse Sascha, wo warst du überall?«

Und Onissimow erzählte. Sinaida Gawrilowna, Sergos Frau, brachte Tee und Gebäck. Sie beteiligte sich nicht an dem Gespräch und wechselte nur ein paar Grußworte mit dem Gast, Onissimow aber fing einen besorgten, ja beunruhigten Blick auf, den sie ihrem Mann zuwarf.

Sergo sah tatsächlich angegriffen aus, in seinem blassen Gesicht zeigten sich Ödeme unter der breiten Augenpartie, wohl eine Folge des Herzanfalls, den er kürzlich nachts im Volkskommissariat erlitt – Onissimow hatte davon gehört –, die Augen selbst aber spiegelten rührende Zärtlichkeit, sie hatten ihren Glanz noch nicht verloren und sprühten von Interesse für das, was Onissimow erzählte.

Wie immer fragte Sergo vor allem nach den Menschen. Auch jetzt erkundigte er sich lebhaft nach einem Ingenieur, einem Altersgenossen und ehemaligen Kommilitonen Onissimows – unauslöschlich hatten sich ihm Sergos letzte Worte und Fragen eingeprägt.

»Den mußte ich in die Zange nehmen«, sagte Onissimow. »Wegen seiner Eigenmächtigkeit. Er hat sich nicht an die Instruktionen gehalten. Bei den Deutschen wirst du für so was zur Kasse gebeten: Da heißt's Strafe zahlen.«

Sergo murmelte: »Ach, du Deutscher, du mein Deutscher.«

Plötzlich warf er den Kopf in den Nacken. Aus dem großen Nebenraum drang gedämpft Sinaida Gawrilownas Stimme. Sie sprach mit jemandem.

Sergo erhob sich rasch und sagte: »Entschuldige bitte.«

Er ging aus dem Zimmer. Ein paar Minuten saß Onissimow allein da, ohne auf die Stimmen hinter der Tür zu achten. Dann aber sprach Sergo laut und erregt. Sein Gesprächspartner antwortete ruhig, ja anscheinend betont langsam. War das etwa Stalin? Die beiden unterhielten sich georgisch. Da Onissimow von dieser Sprache kein Wort verstand, wurde er zum Glück nicht zum Lauscher. Trotzdem war es besser, wenn er unverzüglich ging, denn die Auseinandersetzung hinter der Wand schien immer erbitterter zu werden. Wie kam er nur weg? Der einzige Ausgang führte durch das große Zimmer. Onissimow stand auf und überschritt die Schwelle.

Sergo sprach nach wie vor laut, ja er schrie beinahe. Seine Blässe war hektischer Röte mit einem Stich ins Violette gewichen. Er schüttelte die Fäuste und redete vorwurfsvoll auf Stalin ein. Der aber stand in seinem Soldatenrock vor ihm, die Arme auf der Brust verschränkt.

Onissimow wollte wortlos an den beiden vorbeigehen. Stalin aber sprach ihn an: »Guten Tag, Genosse Onissimow. Sie haben anscheinend unsere Unterhaltung mit angehört?«

»Entschuldigen Sie, ich konnte ja nicht ahnen . . .«

»So was kommt vor. Aber wem geben Sie recht? Dem Genossen Sergo oder mir?«

»Genosse Stalin, ich kann nicht Georgisch.«

Stalin überhörte den Satz, als wäre er nie gesagt worden. Er warf Onissimow unter seiner niedrigen Stirn hervor einen schweren Blick zu und wiederholte, ohne die Stimme zu heben, noch langsamer: »Wem geben Sie recht? Ihm?« und nach einer Pause: »Oder mir?«

Und jetzt kam der Augenblick, der später so schwer ins Gewicht fallen sollte. Onissimow wagte Sergo nicht mehr anzusehen. Eine Art Urinstinkt kam seinem Denken zuvor und zwang ihn. Ohne zu zögern, sagte er: »Ihnen, Jossif Wissarionowitsch.«

Nein, wozu quälte er sich so? Was sollten diese Erinnerungen, diese Gedanken? Vor ihm lag der Morgen, ein neuer Arbeitstag. Sein Blick fiel auf die beiden Hefte. Er mußte sich zwingen, sich mit Leib und Seele in seine neue Arbeit stürzen.

9

Wenn der Autor mit dem Recht des Schriftstellers in Onissimows Innenleben eindringt, wohin dieser so gut wie keinem Einblick gewährte, so verletzt er, wie ich meine, damit nicht den Forschungscharakter dieses Buches. Phantasie und Mutmaßung stützen sich auch hier auf zuverlässige Quellen und mitunter auf »menschliche« Dokumente. Auf Art und Herkunft eines solchen mir anvertrauten Dokumentes komme ich mit Erlaubnis des Lesers später zurück: Der Roman selbst wird uns darauf stoßen lassen.

Jetzt soll das Thema »Die letzten Tage vor Onissimows Abreise« abgeschlossen werden.

In Onissimows abgeschiedenem Arbeitszimmer, in seinem zeitweiligen Domizil im 5. Stock des Außenministeriums läutete nicht selten das Telefon. Seine langjährigen Mitstreiter brachten sich in Erinnerung: der schwerfällige Schechtel, Leiter der Verwaltung Erfindungswesen und Rationalisierung, der ewig rotwangige Zichonja, Minister für Stahlindustrie, der lange Stremjannikow, Leiter der Hauptverwaltung Erze, und viele andere. Wie oft mußte Onissimow ihnen seinerzeit Grobheiten sagen, sie unter vier Augen und auf Beratungen abkanzeln und antreiben, doch sie trugen ihm nichts nach, vergaßen ihn, ihren abgesetzten strengen Chef, nicht, erwiesen ihm Respekt und ließen von sich hören.

Trotz seiner Reisevorbereitungen ging Onissimow lebhaft auf jeden Anrufer ein. Sobald er eine bekannte Stimme hörte, nahm er die Brille ab, setzte sich bequem zurecht, schob die Seite über noch immer dasselbe Nordeuropa, die er gerade las, weg und schaltete sich ganz leicht auf die geliebte, so einzigartige Arbeitsatmosphäre in den Industriestäben um, fühlte sich wieder in seinem Element. Man berichtete ihm von Neuigkeiten und beriet sich mit ihm. Er interessierte sich für alle Feinheiten, drang wieder, getreu seinem Grundsatz, in die Technologie, in die Organisation der Produktion und in die Werkpraxis ein. Nicht weniger bereitwillig vertiefte er sich, wenn es sich ergab, in ressortübergreifende Fragen und ließ beiläufig ein paar Worte darüber fallen, was zu tun war, um so rasch wie möglich eine gewünschte Entscheidung herbeizuführen oder, wie es so schön heißt, *durchzuboxen.* Mit so manchem heißen Tip konnte er aufwarten.

Dem Ton seiner Gesprächspartner und anderen Anzeichen entnahm Onissimow voller Genugtuung: Noch gehörte er zu ihnen, noch glaubten sie, er werde eines Tages in die Industrie zurückkehren. Und er war selbst felsenfest davon überzeugt. Die Gespräche mit Kollegen waren für ihn eine Art Lebenswasser, regten ihn an, er wurde unerwartet gesprächig, scherzte sogar.

Mitunter rief er selbst einen seiner ehemaligen Untergebenen an.

»Na, wie geht's euch so? Was treibt ihr? Womit schlagt ihr euch heute herum? Wie kommt ihr zurecht?«

Und wieder hörte er zu, gab Ratschläge, atmete gleichsam wieder die Luft der Industriestäbe, die Schwefelgase der metallurgischen Öfen.

Eines Tages telefonierte er noch einmal mit dem Minister für Schwermaschinenbau, plauderte mit ihm über alles mögliche und erkundigte sich dann: »Na, was machen unsere drei Ausrufezeichen?«

»Welche meinen Sie?« Offensichtlich hatte der Minister mehr als eine Angelegenheit mit Ausrufezeichen versehen. Doch ihm fiel es sogleich wieder ein: »Das Gebläse für die Kurakowka? Wir haben mit der Vormontage begonnen, Alexander Leontjewitsch. Ihr Pjotr Golownja bombardiert mich übrigens mit Telegrammen und bittet um Erlaubnis, seine Leute zur Montage zu schicken, damit sie sich eine Meinung bilden. Ich weiß nicht. Vorläufig stören sie wahrscheinlich bloß.«

»Wieder das alte Lied.« Onissimow liebte diese Redensart. »Tu mir den Gefallen und mach, was er will.«

»Jawohl, Alexander Leontjewitsch. Werd's mir notieren.«

»Geht's diesmal ohne Ausrufezeichen?«

»Ich diktiere gleich ein Telegramm. Der Sekretär ist schon unterwegs.«

»Bist du heute operativ!«

»Ich hatte da einen guten Lehrer, Alexander Leontjewitsch.«

Solche Bekenntnisse taten ihm gut.

Doch je näher der Abreisetag rückte, desto verschlossener und finsterer wurde Onissimow. Bisweilen scherzte und witzelte er zwar noch, seine Augen aber waren traurig.

Als Onissimow sein erstes Gehalt im Außenministerium

erhielt, war er empört – man hatte ihm für die Kenntnis einer Fremdsprache einen Zuschlag gewährt. Dabei haßte er solche Zuschläge schon als Hauptverwaltungsleiter und später als Minister und bewilligte weder sich noch seinem *Apparat* irgendwelche zusätzlichen Vergütungen. Auch auf seinem neuen Posten blieb er sich treu: Er nahm das Geld, das der Kassierer ihm über sein Gehalt hinaus auszahlen wollte, nicht an. Ließ sich auch nicht überreden. Seine Englischkenntnisse seien kaum befriedigend, ja eher gering, und überhaupt brauche er solche zweifelhaften Zuschläge nicht, sein Gehalt sei ohnehin hoch genug.

Bereit, auf ein Kommando hin jederzeit abzufliegen, hielt Onissimow es für nötig, noch einmal zum Zahnarzt zu gehen. Seine kräftigen, einst schneeweißen Zähne, die durch jahrelanges Rauchen cremefarben schimmerten, waren mit zwei, drei Plomben rasch saniert.

Ärztlich untersuchen aber ließ er sich nicht. Eine Durchleuchtung von Brustkorb und Magen, ein Blutbild und ein Elektrokardiogramm hielt er für überflüssig. Seltsam: Kein Sowjetbürger bekam ohne ärztliches Attest einen Auslandspaß, einen sowjetischen Botschafter aber fragte niemand danach. Die Ernennung war erfolgt – das ersetzte jedes Attest.

10

Onissimow mit seinem unüberwindlichen Hang zur Reinlichkeit trug stets und ständig einen frisch gestärkten, blütenweißen Kragen, auch auf Dienstreisen, im Staub und Sinter der Werke, wo er ihn täglich zwei-, dreimal wechselte. Noch eine ähnliche Schwäche hatte er: Er fühlte sich nur mit einem tadellosen Haarschnitt wohl. Jahraus, jahrein, seit er das Komitee für Metallurgie und Brennstoffe leitete, ließ er sich im Frisiersalon im Gebäude des Ministerrats von einem gesetzten, älteren Meister die Haare schneiden. Auch jetzt, kurz vor der Abreise, hätte er noch einmal unters Messer gemußt.

Er saß in seinem neuen Arbeitszimmer, ein Werk über Nordeuropa vor sich, und strich sich mit den Fingern über den leicht behaarten Nacken. Er müßte zum Friseur fahren. Doch er mochte das Gebäude mit den vertrauten Granitstufen, in dem er einst seinen Amtssitz hatte, nun, wo er nicht mehr Vorsitzender eines Staatlichen Komitees war und man ihn aus der Leitung der Industrie entfernt hatte, nicht mehr betreten. Ob er einen anderen Salon aufsuchte? Ärgerlich ertappte sich Onissimow beim Bedenken, bei einer, wie er meinte, seiner unwürdigen Kleinmut.

Die Devise seines Lebens lautete: Makellosigkeit. Er bemühte sich, immer so zu handeln, daß er sich nichts vorzuwerfen hatte. Und jede noch so winzige kritische Bemerkung eines Vorgesetzten verletzte ihn tief.

Eines Tages erstattete er Tewossjan, dem stellvertretenden Vorsitzenden des Ministerrats der UdSSR, über die Erfüllung einer Reihe staatlicher Auflagen Bericht. Einmal im Monat suchte er ihn zur festgesetzten Stunde im Gebäude der sowjetischen Regierung im Kreml auf, über dem Tag und Nacht die rote Fahne wehte. Tewossjan und Onissimow waren alte Gefährten, beide waren sie ausgebildete Ingenieure und beide Metallurgen geworden – der eine Stahlwerker, der andere Walzwerker –, beide hatten einst zu Ordshonikidses engsten Mitarbeitern gehört und waren wie Akopow, Lichatschow und ein paar andere Zöglinge Sergos in dem schlimmen Jahr der Verhaftungen verschont geblieben. Aber trotz ihrer jahrelangen Freundschaft durfte Onissimow von Tewossjan nicht die geringste Nachsicht erwarten. Der kleine brünette stellvertretende Vorsitzende des Ministerrats mit dem wie Tusche glänzenden schwarzen Haar und dem kleinen ebenso tiefschwarzen Armenierschnurrbart behandelte Onissimow genauso streng wie jeden anderen Untergebenen. Ein Leben lang hatte er Iwan Towadrossowitsch geheißen, als Stalin aber den Befehl über seine Auszeichnung mit dem Titel Held der Sozialistischen Arbeit unterschrieb, änderte er den Vatersnamen kurzerhand in Fjodorowitsch und machte so – überzeugt, auch dazu berechtigt zu sein – aus dem verstorbenen Handwerker aus Baku, Towadros, einen Fjodor.

Gewöhnlich bestand Onissimow die monatliche strenge Prüfung ehrenvoll, brauchte sich keinerlei kritische Bemerkungen anzuhören und stand wie immer ohne Makel da.

So auch diesmal. Nach Beendigung des dienstlichen Gesprächs lehnte sich Tewossjan im Sessel zurück und fragte mit freundlichem Lächeln: »Hast du den Roman ›Fern von Moskau‹ gelesen?«

»Nein, Iwan Fjodorowitsch, ich hatte noch keine Gelegenheit.«

»Noch keine Gelegenheit? Schade. Ein gutes Buch.«

Dieses scheinbar völlig belanglose, beiläufige »Schade« versetzte Onissimow einen Stich. In sein Arbeitszimmer am Ochotny Rjad zurückgekehrt, ließ er sich den Roman unverzüglich besorgen, übertrug die laufende operative Arbeit anderen und las zwei Nächte lang.

Der gewissenhafte Onissimow verzieh sich nicht die geringste Ungenauigkeit. Offen gesagt, stöhnte er noch heute innerlich auf, wenn er an eine andere, ebenfalls noch nicht lange zurückliegende Geschichte dachte.

Das war so. Eines Tages rief Stalin ihn an: »Genosse Onissimow, ich würde gern Ihre Meinung über das neue metallurgische Zentrum in Ostsibirien hören.«

»Wann soll ich Bericht erstatten, Genosse Stalin?«

»Haben Sie den Orientierungsplan fertig?«

Onissimow erwiderte bescheiden: »Die Aufgabenstellung noch nicht. Nur einen Vorentwurf.«

»Na, wenigstens den. Sagen wir in einer Woche?«

Mit buchstäblich verdreifachtem Elan zog Onissimow Wissenschaftler, Leute aus den Projektierungszentren und aus seinem Apparat zusammen, wenn er von Stalin persönlich einen Auftrag erhielt, arbeitete er stets unter Hochdruck – und *bereitete*, um in der Sprache der Ministerien und Komitees zu sprechen, *die Frage vor.* Tag und Nacht wurden mitunter in jahrelanger Arbeit gewonnene Berechnungen, Untersuchungen und Projekte ausgewertet. Onissimow schrieb die wichtigsten Daten in sein Notizbuch, überlegte unablässig, was er bei Stalin vorweisen könnte, formulierte in Gedanken seinen Vortrag und verlieh dem Projekt der künftigen ostsibirischen Metallurgie Klarheit und Glanz – den besonderen Glanz seiner Sachlichkeit.

Der von Stalin festgesetzte Abend war da. Onissimow hatte sich fieberhaft darauf vorbereitet. Ein paar Belege und

Gutachten, geschrieben auf bestem, exquisitem Papier, wollte er mitnehmen. In solchen Dokumenten für den Ministerrat oder gar für Stalin duldete Onissimow keine einzige Korrektur. Beim kleinsten Tippfehler schickte er das Blatt unweigerlich ins Schreibbüro zurück und ließ es noch einmal abschreiben. So erging es auch dem zusammengefaßten Kostenvoranschlag für die Investitionen, in dem der Leiter der Finanzabteilung drei oder vier Zahlen mit der Hand berichtigt hatte. Schon wurde es Zeit aufzubrechen, schon fand sich Akademiemitglied Tschelyschew ein, ein Stellvertreter Onissimows, der ebenfalls zu Stalin bestellt, anscheinend aber überhaupt nicht aufgeregt war und dennoch finster dreinschaute, der zusammengefaßte Kostenvoranschlag, dieses wichtige Dokument, aber war noch nicht fertig. An so einem Tag waren auch die Stenotypistinnen nervös und verdarben ein Blatt nach dem anderen durch Tippfehler. Endlich kam der Finanzchef mit feucht glänzender, roter Glatze, die frischen, soeben aus der Maschine gerissenen Seiten in der Hand, angekeucht.

»Bitte sehr, Alexander Leontjewitsch!«

»Haben Sie alles kontrolliert? Sie persönlich?«

»Jede Ziffer, Alexander Leontjewitsch.«

Onissimow warf einen Blick auf die Wanduhr und rief, obwohl so gut wie keine Zeit mehr blieb: »Ein Rechenbrett! Ich rechne noch mal nach.«

Er setzte sich an einen Tisch im Vorzimmer und rechnete, den Kostenvoranschlag vor sich, alles noch einmal durch. Die Kugeln schossen klappernd hin und her. In wenigen Minuten überzeugte sich Onissimow davon, daß die Rechnung stimmte, und sagte befriedigt: »Jetzt sind wir à jour.«

Und er zeichnete den Kostenvoranschlag ab. Dann legte er ihn sorgsam zu den wenigen Unterlagen, die er in einer nagelneuen Ledermappe mitnahm. Und erst im Wagen, die Mappe auf den Knien und in Gedanken noch ganz bei den letzten Minuten der Vorbereitungen, sagte er zu Tschelyschew neben sich:

»Sie kennen meinen Grundsatz: Wer sich auf andere verläßt, muß es ausbaden!«

Tschelyschews Äuglein lugten unter den struppigen

Brauen hervor: »Ich verlasse mich immer auf andere und muß, wie Sie sehen, durchaus nichts ausbaden.«

Eine halbe Stunde später stand Onissimow bereits vor einer bis zur Decke reichenden Karte und erläuterte Stalin, wobei er hin und wieder den Zeigestock zu Hilfe nahm und die nötigen Zahlen aus dem Gedächtnis zitierte, kurz und knapp, in trockenen, präzisen Sätzen, den Plan für die Errichtung von Hüttenkombinaten auf der Ostsibirischen Hochebene.

Stalin blieb seiner Gewohnheit treu, beim Zuhören auf und ab zu schreiten. Er war bereits siebzig. Sein dichtes Haar und auch die Brauen und der herabhängende Schnurrbart waren ergraut. Die sehnigen Hände und das pockennarbige Gesicht zeigten Altersflecken. Seine Gestalt – Stalin trug eine Uniformjacke mit Schulterstücken und über die Stiefel fallende Hosen mit roten Streifen – wirkte jedoch keineswegs kraftlos. Trotz seines kleinen Wuchses und seiner niedrigen Stirn hatte er etwas Majestätisches an sich. Mit den Jahren waren seine Schritte noch langsamer, seine Gesten noch sparsamer geworden. Er wandte seinem Gesprächspartner nicht das Gesicht zu, dieser Gunst fand er keinen mehr würdig. Hinter ihm schienen unsichtbar die großen Taten jener Epoche zu stehen, die man damals schon die Stalinsche nannte. Auch jetzt, gegen Ende seines Lebens, stellte er dem Land ungeheuere Aufgaben, führte er es im Eiltempo neuen Zielen entgegen. Der wilden Tundra und der rauhen Taiga Ostsibiriens, der industriellen Erschließung dieser weiten, fast unbesiedelten Räume galt seit einiger Zeit sein Denken. Er sah das bisher öde Ostsibirien als ungewöhnlich leistungsfähigen Energie-, Chemie-, Forstchemie- und Metallurgiekomplex vor sich. Seit Jahren schon wurde an den wichtigsten Projekten gearbeitet. Und heute verlangte Stalin Rechenschaft, bereitete er, ohne andere, nach und nach reifende Pläne aus dem Auge zu verlieren, diese Angriffsoperation, die Schlacht im Osten, vor.

Anders als in den Vorkriegsjahren empfing Stalin Minister und andere zum Vortrag Bestellte nicht mehr im Sitzungssaal und diktierte seine Entscheidungen nicht mehr in Gegenwart von Politbüromitgliedern – selbst diese Formalität hatte er aufgegeben. Auf seine alten Tage ungesellig geworden, duldete er in seinem Arbeitszimmer, so wie jetzt, außer den Herbestellten nur noch zwei, drei Vertraute.

Zusammen mit Stalin lauschte Berija, der in einem Ledersessel saß, Onissimows Bericht. Mit der Zeit schwerfällig und beleibt geworden, trug Berija, obwohl er längst Marschall war, nach wie vor Zivil, ein gediegenes Sakko. Das helle Haar war kunstvoll über die durchschimmernde Glatze gekämmt. Die kalten blauen Augen musterten Onissimow durch die runden Zwickergläser.

Berija, der nach wie vor die Organe des Inneren unter sich hatte – schon 1937 hatte Stalin sie als etwas Besonderes über die höchsten Partei- und Staatsorgane gestellt –, riß alljährlich mehr volkswirtschaftliche Aufgaben an sich. Kein bedeutendes Bauvorhaben war ohne ihn denkbar. Berija, dem die Hauptverwaltung Lager unterstand und der auf den Schwerpunktbaustellen unzählige Häftlingskolonnen einsetzte, befehligte den Bau mächtiger neuer Wasserkraftwerke oder, wie man damals sagte, der Großbauten des Kommunismus. Hierbei – gestatten wir uns diese kleine Abschweifung – trat das tragische Paradoxon jener Zeit unverhüllt zutage.

Übrigens kam jener Onissimow von damals, der Stalin das Problem der ostsibirischen Metallurgie erläuterte, gar nicht auf den Gedanken, daß es Paradoxa und Widersprüche der Epoche gab. Alle Fragen, die ihn als Kommunisten, seinen Verstand und sein Gewissen, empören konnten, verdrängte er einfach: Das geht mich nichts an, nicht ich habe darüber zu befinden. Sein geliebter Bruder Iwan war im Gefängnis umgekommen, und im stillen trauerte er um ihn, hielt aber selbst da an seinem Wahlspruch fest: »Nicht darüber nachdenken!« Für ihn war der Begriff »Soldat der Partei« keine leere Phrase. Später, als es sich einbürgerte, vom »Soldaten Stalins« zu sprechen, hielt er sich voller Stolz und zweifellos zu Recht für einen solchen Soldaten. Und jede Begegnung mit Stalin wühlte ihn im Innersten auf.

Vor Berija nahm er sich in acht. Als ZK-Mitglieder duzten sie einander, aber jene Episode vor dreißig Jahren – »Ich habe kein Vertrauen zu Ihnen, Berija!« – hatten natürlich beide nicht vergessen. Onissimow wußte genau, daß Berija nur auf eine Gelegenheit wartete, es ihm heimzuzahlen und mit ihm abzurechnen. Dazu aber bedurfte es Stalins – zumindest schweigenden – Einverständnisses. Sò lebte Onissimow in ständiger Gefahr und gewöhnte sich allmählich daran, daß das Damoklesschwert Tag und Nacht über ihm schwebte. Stalin aber ließ ihn nicht fallen. Seine von Onissimow sorgsam gehüteten Zeilen taten nach wie vor ihre Wirkung.

Innerlich gesammelt und nur hin und wieder durch eine Frage des auf und ab schreitenden Generalissimus unterbrochen, legte Onissimow die wichtigsten Daten des Projekts dar. Gerade wies er mit dem Zeigestock auf eine jüngst an einer Angarabiegung entdeckte Eisenerzlagerstätte. Als er aus dem Gedächtnis Mutmaßungen über die dort erkundeten Erzvorräte, die es aufzubereiten galt, anstellte, sah er zu seiner Überraschung die schmalen, verkniffenen Lippen des alten Tschelyschew spöttisch zucken. Was bedeutete das? Stimmte etwas nicht?

Unwillkürlich blickte Onissimow noch einmal auf die Karte. Tatsächlich, er hatte auf die falsche Angarabiegung gezeigt. Fassungslos über dieses Versehen, wollte er sich sofort berichtigen, da aber sagte Stalin: »Wieviel Elektroenergie werden Ihre Aufbereitungsanlagen verbrauchen?«

Onissimow nannte mühelos die Stalin interessierende Kennziffer.

»Diese Kennziffern, Genosse Stalin, beruhen auf den Erfahrungen unserer besten Aufbereitungs- und Sinteranlagen.«

»Auf den Erfahrungen . . .«, wiederholte Stalin halb fragend, halb unzufrieden. »Sie wollen also wieder Kohle verheizen, um Sinter herzustellen?«

»Aber andere Verfahren«, antwortete Onissimow, »haben die Metallurgen vorläufig noch nicht. Genosse Tschelyschew wird das, wie ich hoffe, bestätigen.«

Tschelyschew beschränkte sich auf ein Nicken.

»Damit sind die von uns zugrunde gelegten Kennziffern . . .», fuhr Onissimow fort.

Stalin hörte jedoch nicht weiter zu.

»Was soll das eigentlich?« unterbrach er ihn. »Das Wasserkraftwerk am Jenissej und die Angarakaskade werden Unmengen Elektroenergie erzeugen. Wer soll die verbrauchen? Die Metallurgie?«

Er sprach, ohne die Stimme zu heben, sein Ton aber verriet Gereiztheit. Er warf Onissimow vor, lieber teure Kohle zu vergeuden, als bei der Verhüttung mehr Strom einzusetzen. Unzufrieden wiederholte er noch einmal: »Auf den Erfahrungen . . .«

Im Weitergehen dozierte er: »Erfahrungen sind gut, aber solche Bedingungen, wie sie die Metallurgen in Ostsibirien vorfinden, ein solches Übermaß an Elektroenergie, hat es noch nirgendwo gegeben. Neue Bedingungen verlangen neue Technologien und neue Erfahrungen. Ist es nicht so?«

Mit seinen klaren und logischen Worten zufrieden, sprach Stalin zuletzt schon nicht mehr in gereiztem Ton. Dann trat er an den kleinen Tisch, auf dem neben Onissimows Mappe eine offene Flasche Borshomi stand, goß sich ein Glas viertelvoll und trank ein paar Schlucke.

»Es ist also Ihre Aufgabe, Genossen, überall dort, wo die Möglichkeit besteht, die Energieintensität zu erhöhen. Warum soll man beispielsweise Wärm- und Tieföfen nicht auf Strom umstellen können?«

Wieder einmal, wie schon in anderen Fällen, bewies Stalin Detailkenntnis. Onissimow antwortete nur kurz und bündig: »Jawohl!«

»Und auch im Hochofenbetrieb muß man nach Möglichkeiten für den Einsatz von Elektrizität suchen. Was meinen Sie, Genosse Tschelyschew, kann man Koks in gewissem Umfang durch Elektrizität ersetzen?«

Tschelyschew antwortete: »Bei uns, Genosse Stalin, heißt es: Chef einer Hochofenanlage ist ein guter Koks.«

»Diesen Spruch habe ich schon vor vielen Jahren gehört. Ihrer Ansicht nach läßt sich Elektrizität beim Hochofenprozeß also nicht einsetzen?«

»In kleinen Öfen schon.«

»Und in großen nicht?«

Der verdrossene Ton dieser Frage war nicht zu überhören. Stalin, gewohnt, daß alles nach seiner Pfeife tanzte, ärgerte sich, weil die Technologie ihm den Gehorsam versagte. Tschelyschew bewahrte angesichts des drohenden Gewitters die Ruhe. Ja, sogar seine Spottlust.

»Möglich ist's schon«, sagte er. »Alles ist möglich, wenn's befohlen wird, Genosse Stalin. Aber dann sitzen wir bald ohne Roheisen da.«

Berija hob die weißblonden Brauen. Sein Blick fixierte Tschelyschew durch die runden Brillengläser und wanderte zu Stalin.

Das Gewitter entlud sich jedoch nicht. Stalin machte ein paar Schritte, wandte sich dann von neuem Onissimow zu und verlangte die Energiebilanz zu sehen.

Stalins Verhalten und seine Fragen zeugten davon, daß die Anwendung von Elektrizität in der Metallurgie bald zu einer neuen Leidenschaft, zu einem neuen Steckenpferd des HAUSHERRN werden würde oder schon geworden war. Onissimow registrierte das im stillen. Gleichzeitig aber ärgerte er sich noch immer darüber, daß er auf die falsche Flußbiegung gezeigt hatte. Und während des ganzen Gesprächs über das zukünftige metallurgische Zentrum im fernen Ostsibirien behielt er den dünnen, langen Zeigestock in der Hand. Nun war es jedoch unangebracht, noch einmal zur Karte zurückzukehren.

Später, als er neben Tschelyschew in dem Wagen saß, der sie aus dem Kreml brachte, quälte ihn das weiter: »Ein entsetzlicher Fehler. Unbegreiflich, wie ich mich so irren konnte.«

»Ach was. Das ist doch eine Lappalie.«

Ja, der alte Mann nahm so etwas auf die leichte Schulter, für ihn war Onissimows Irrtum wirklich eine Lappalie. Onissimow aber konnte sich das nicht verzeihen, er war wie erschlagen. Wie hatte er sich nur so vertun können? Er, der nicht die geringste Nachlässigkeit duldete! Und wo, vor wem!

»Ach was«, wiederholte Tschelyschew genauso gutmütig grob. »Es weiß doch keiner, daß Sie woandershin gezeigt haben.«

»Aber ich weiß es! Das genügt.«

Noch tagelang litt er unter dieser Geschichte.

Jetzt, da er zerstreut aus dem Fenster seines neuen Arbeitszimmers, in dem er noch nicht recht heimisch geworden war, auf die Moskauer Straßen mit dem ersten Novemberschnee blickte und den langsam fallenden Schneeflocken zusah, fragte er sich: Ob wohl bald die Zeit kommt, in der ich mich voll und ganz auf die mir übertragene Arbeit konzentriere? Er zwang sich, näher an den ungewohnt kleinen Schreibtisch voller Abhandlungen über das nordeuropäische Land, das ihm so gleichgültig war, heranzurücken. Ja, er mußte die ihm fremde Zerstreutheit bekämpfen.

Wirklich, da hatte er beispielsweise beschlossen, sich die Haare schneiden zu lassen, und plötzlich war ihm eine Bemerkung Tewossjans oder Stalins undurchdringlicher Blick auf die Karte Ostsibiriens eingefallen.

Er mußte eben ständig auf der Hut sein und die aufdringlichen Visionen vertreiben. Und arbeiten! Und wenn es Zeit war zum Haareschneiden, dann durfte er es nicht aufschieben!

Natürlich hätte er im Frisiersalon des Ministerrats anrufen und den Meister, an den er gewöhnt war, zu sich nach Hause bestellen können. Das taten auch einige seiner Kollegen, die wie er zu den höchsten Leitungskadern gehörten. Onissimow aber hatte noch nie von dieser Möglichkeit Gebrauch gemacht, ihm waren solche Herrenallüren zuwider.

Und überhaupt, warum sollte er nicht zum Friseur gehen? Zu dem im Ministerratsgebäude! Nun gerade! Wo, zum Teufel, blieb seine Würde als unbescholtenes Parteimitglied?

Eine halbe Stunde später fuhr Onissimows Wagen über den glänzenden Asphalt, auf dem keine Schneeflocke liegenblieb – sie wurde sofort weggekehrt –, zu dem grauen Steinklotz am Ochotny Rjad. Mit einem dunklen, weichen Hut auf dem Kopf, im Wintermantel mit einem unauffälligen, billigen schwarzen Lammfellkragen stieg er rasch die vertrauten Stufen empor. Sein hageres, blasses Gesicht wirkte ruhig. Jemand kam ihm auf der Treppe entgegen und grüßte ihn mit einer Verbeugung. Onissimow lächelte und nickte freundlich. Seine Miene schien zu sagen: Jawohl, ich habe in der Industrie gearbeitet, jawohl, ich war Partei und Regierung gegenüber für Metalle und Brennstoffe verantwortlich, aber jetzt habe ich einen neuen, außerordentlich wichtigen Staatsauftrag erhalten. Basta! Und sonst gar nichts!

Immer wieder erwiderte er, während er den hellen, breiten Korridor entlangging, Verbeugungen mit einem Lächeln. Im Frisiersalon legte er Hut und Mantel ab, setzte sich zu seinem Meister in den Sessel, nahm sich eine Zigarette, riß ein Streichholz an, und die Flamme hüpfte und flackerte zwischen seinen knochigen Fingern – der Gang hierher war ihm nicht leichtgefallen. Überraschend kam ihm der Satz in den Sinn: »Vermeiden Sie Zusammenstöße.« Als ob das immer möglich wäre.

Der gesetzte und im Unterschied zu vielen seiner Berufskollegen recht wortkarge Meister – Onissimow wußte diese Eigenschaft zu schätzen – legte ihm ein Tuch um, fuhr mit der Hand über sein kastanien- oder, genauer, eichelbraunes Haar, betrachtete es kritisch und schnitt dann mit der Schere den Haaransatz im Nacken. Später, als er mit einem leichten Druck der Klinge ein paar einzelne Härchen am strengen, schnurgeraden Scheitel auf der linken Kopfseite entfernte, fragte Onissimow: »Werd ich immer noch nicht grau?«

»Nein, graue Haare sieht man kaum. Aber der Schmelz, Alexander Leontjewitsch, der Schmelz ist weg.«

»Was für ein Schmelz?«

»Nichts für ungut, aber Ihrem Haar fehlt der Glanz.«

»Was für ein Glanz?«

»Der seidige Glanz. Das Haar ist stumpf und spröde geworden.«

Und als wolle er seine Worte prüfen, griff der Friseur wieder in Onissimows Haar und fragte nach kurzem Zögern: »Sie sind doch nicht etwa krank, Alexander Leontjewitsch?«

An diese Frage sollte Onissimow später noch oft zurückdenken.

11

Mitte November erteilte die Regierung des nördlichen Landes endlich offiziell ihre Zustimmung zur Entsendung Onissimows als Vertreter der Sowjetmacht in ihr Land – das sogenannte Agrément.

Von diesem Augenblick an überstürzten sich die uns interessierenden Ereignisse. Das Agrément traf, soweit der Autor das feststellen konnte, an einem Freitag ein, und schon am Sonnabend stand in den Morgenzeitungen unter der Rubrik »Chronik« die Nachricht, daß Onissimow zum Botschafter ernannt worden war, noch am selben Tag wurden ihm sämtliche Papiere ausgehändigt und der Abflug für Dienstag früh festgesetzt.

Natürlich waren bis dahin noch unzählige Kleinigkeiten zu erledigen. Die Liste der offenen Fragen und allerletzten Besorgungen war, in Onissimows gestochener Schrift angelegt, mehrere Seiten lang. Auf die wenigen Mitarbeiter gestützt, die ihn in den soliden nördlichen Staat begleiten würden, klärte Onissimow unermüdlich und systematisch Punkt für Punkt alle Dinge, bis sie à jour waren – diese Worte aus der Kanzleisprache gehörten ebenso wie das metallurgische »dem Standard entsprechend« zu seinen Lieblingsausdrücken.

Natürlich mußte auch der Sonntag dazu herhalten, die zahllosen Kleinigkeiten zu erledigen. Onissimow packte eigenhändig aufs sorgfältigste seine Koffer – es war nicht seine Art, eine derartige Arbeit auf andere abzuwälzen. Eine Stunde aber, das sonntägliche Frühstück, gehörte von jeher (falls Onissimow nicht gerade auf Reisen war) der Familie. Oder, richtiger, dem Sohn Andrej. Auch das hatte Onissimow mit eigener Hand auf der Liste vermerkt: »Mit A. zusammen sein.«

Werfen wir einen Blick auf dieses letzte gemeinsame Frühstück, in das geräumige Speisezimmer der Onissimows. Durch die beiden großen Fenster, deren dichte rötliche Vorhänge aufgezogen waren, fiel das matte Licht eines städtischen Spätherbstmorgens. Von den zwölf Stühlen um den Tisch mit dem Damasttuch waren nur zwei besetzt. Ein dritter Stuhl wartete abgerückt auf die Hausfrau.

Onissimow saß auf seinem Stammplatz am Tischende. Seine hageren, fast eingefallenen Wangen waren frisch rasiert, er rasierte sich jeden Morgen selbst, von dieser Regel gab es keine Ausnahme. Zu Hause waren alle an seinen ungesunden, gelblichen Teint gewöhnt. Gekleidet war Onissimow wie immer. Er trug den Anzug, in dem er jeden Tag zum Dienst ging. Als Bescheidenheitsapostel – diesen Spitznamen erhielt er, der Genosse Sascha, schon in der Armee – trug er jahrelang dieselben, hinten speckig glänzenden dunklen Hosen mit den feinen Streifen und ein ebenso abgewetztes Jackett. Dafür war das Hemd immer tadellos sauber. Da er als erster ins Speisezimmer kam, hatte er sich ein paar neue Zeitungen mitgebracht, nun aber war der ganze Stapel beiseite geschoben, die Brille daneben gelegt, und er blickte schweigend seinen Sohn an, der ihm gegenüber Platz nahm.

Weder Andrejs Gesicht noch seine Figur ähnelten dem Vater. Sein helles Haar war leicht gelockt, der zarte, rosige Teint wirkte mädchenhaft. Seine grauen Augen glänzten lebhaft und blickten manchmal unsicher, fragend. Sein Kinn war sanft gerundet. Die Nase aber, gleichsam als Kontrast zu diesen zarten Zügen, keck nach oben gebogen. All das hatte er natürlich nicht vom Vater. Und auch nicht von der Mutter.

Hatte dieser stille Junge denn gar nichts von den Onissimows? Doch, er kam nach seinem Großvater Leonti, einem wandernden russischen Zimmermann, den die Suche nach der Wahrheit oder dem Glück aus den Wäldern an der Wjatka nach Charkow verschlagen hatte und der dort aus leidenschaftlicher Liebe die Ukrainerin Anna oder Hanus, wie ihre Freundinnen sie nannten, heiratete. Die schwarzbrauige Anna wurde Mutter und damit Begründerin einer Familie, war ständig auf der Suche nach Verdienstmöglichkeiten für sich und ihren leichtsinnigen, unpraktischen Mann, verdingte sich als Tagelöhnerin oder wusch zu Hause für fremde Leute Wäsche, um aus dem Elend herauszukommen. Ihre Zielstrebigkeit und Energie vererbte sie neben ihrem gedrechselten Gesicht ihren beiden Söhnen Alexander und Iwan. In dem kleinen Andrej aber waren durch eine Laune der Natur wieder Züge des Großvaters zum Vorschein gekommen.

Onissimow, der so geradlinig wirkte und nur eine Leidenschaft – die Arbeit – zu kennen schien, hatte eine überraschende Eigenschaft: einen starken Familiensinn. Niemand ahnte, wie sehr er um seinen unglücklichen, im Gefängnis umgekommenen Bruder trauerte. Diese Wunde war bis heute nicht verheilt. Und obwohl sich Onissimow gut genug kannte, überraschte es ihn doch, daß sein so spät geborener Sohn derart heftige Gefühle in ihm weckte. Wenn er zum Mittagessen nach Hause kam, nahm er ihn auf den Arm, drückte den warmen kleinen Körper an sich und herzte ihn. Traf er den Kleinen einmal nicht zu Hause an, dann ging er in dessen Zimmer, schloß die Tür hinter sich, preßte sein Gesicht in das kleine Kissen und atmete den vertrauten Geruch ein. Später, als das Bewußtsein für die Wirklichkeit, das Denken in dem Jungen erwachte, ließ der Vater seinen Gefühlen nicht mehr so freien Lauf, sondern bewies seine gewohnte Zurückhaltung.

Und heute war sein Sohn bereits Schüler der Oberstufe. Onissimow schaute zu ihm hinüber: Bald würde er einen eigenen Ausweis bekommen. Das blasse, rosige Gesicht aber war noch unbestimmt und kindlich. Man konnte nicht sagen, wozu er neigte, was aus ihm werden, welchen Weg er einmal einschlagen würde. Was vermengte sich bei ihm nicht alles! Manchmal schwärmte er für Technik, fing an, irgendwelche Modelle zu bauen, und ließ sie dann halbfertig irgendwo herumliegen. Er las gern, ja manche Bücher, vor allem schöngeistige Literatur, verschlang er regelrecht. Auch das hatte er nicht vom Vater. Und nicht von der Mutter.

Onissimow mußte mit dreizehn schon Geld verdienen, er schaffte es, die Handelsschule zu beenden und zugleich die Familie zu unterstützen. Mit sechzehn hatte er bereits seinen Weg gewählt und wurde zu einem treuen Soldaten der Partei der Bolschewiki. Um nie wieder von diesem Weg abzuweichen.

Andrej betrachtete den nachdenklichen Vater, allerdings nicht offen, sondern von der Seite. Er fuhr mechanisch mit dem Finger über die Tischdecke (diese Angewohnheit hatte auch Iwan gehabt) und blickte nur hin und wieder auf. Und sein Blick hatte, genau wie seine Gesichtszüge, etwas Unbestimmtes, Vages, Widersprüchliches. Der Junge mochte seinen Vater und bemitleidete ihn, aber die Zeit der gedankenlosen Verehrung war vorbei.

In Erwartung des Frühstücks drehte Onissimow den Teller zum Licht, pustete ein Stäubchen, das er darauf zu sehen meinte, weg und rieb sorgfältig mit der Serviette nach. Dieses übertriebene, fast krankhafte Reinlichkeitsbedürfnis hatte Andrej früher gefallen. Damals war der rastlos arbeitende, ganz in seinem Beruf aufgehende, Tag und Nacht beschäftigte Vater ein unerreichbares Vorbild, eine unantastbare Autorität für ihn. Später hörte diese Vergötterung auf. An ihre Stelle trat eine andere, kompliziertere oder, besser gesagt, bis jetzt noch nicht ganz eindeutige Beziehung.

12

Wann hatte Andrej aufgehört, den Vater zu vergöttern? Wie war es dazu gekommen?

Als sie eines Sonntags vor vier oder wohl schon vor fast fünf Jahren so wie heute am Frühstückstisch saßen, sagte Andrej, damals Schüler der dritten Klasse, nachdem er einen Schluck Kaffee getrunken hatte, plötzlich mit heller Stimme: »Papa, gestern hat mir Goloweschka was über dich vorgeflunkert.«

»Wer?« fragte Jelena Antonowna nervös.

Als Goloweschkas* bezeichnete sie mehr oder weniger gedankenlos alle Mitglieder der Familie Golownja, ja selbst den ältesten von den Brüdern, Alexej Afanassjewitsch, Onissimows ersten Stellvertreter, der weitaus umgänglicher war als der manchmal etwas grobe Direktor der Kurakowka, Pjotr. »Was vorgeflunkert« hatte Andrej jener »Goloweschka«, mit dem er auf dem Hof spielte – Ljonka Golownja, der Sohn von Alexej Afanasjewitsch.

»Was hat er denn gesagt?« fragte Onissimow betont ruhig.

Wie sich herausstellte, war alles ganz harmlos. Ljonka

* verkohlte Holzscheite

hatte einfach etwas geschildert, was tatsächlich vor kurzem geschehen war.

Folgendes hatte sich zugetragen. Eine Woche zuvor war Onissimow, Minister für Walzstahl und Gußerzeugnisse aus Stahl, zusammen mit seinem ersten Stellvertreter – Golownja senior – auf einer ressortübergreifenden Beratung beim Minister für Verkehrswesen, der, nebenbei gesagt, zugleich Sekretär des Zentralkomitees der Partei war. Wir erinnern noch einmal daran, daß sich in jenen Jahren – den Jahren, da der alternde Stalin bis zum Morgengrauen nicht schlief – Tag und Nacht für einen großen Kreis höchster Funktionäre nicht unterschieden: Der Verwaltungsapparat kam bis zum Morgen nicht zum Stillstand. Beratungen um null oder auch um ein Uhr nachts waren gang und gäbe. Auch die Beratung beim Verkehrsminister fing erst nach Mitternacht an. Bekanntlich redete dieser Minister gern, und deshalb dauerten die Sitzungen bei ihm besonders lange. Onissimow und Golownja, die je einen Dienstwagen hatten, pflegten, wenn sie annahmen, vor dem Morgengrauen nicht wegzukommen, einen Fahrer nach Hause zu schicken – mochte er sich ausschlafen –, um dann zusammen im anderen Wagen heimzufahren. Zum Glück wohnten sie dicht beieinander, in verschiedenen Aufgängen des riesigen Gebäudes an der Moskwa.

Auch diesmal sollte sich ihre Vermutung bewahrheiten. Erst nach fünf Uhr früh erklärte der redselige Minister die Beratung für beendet und verabschiedete die Teilnehmer schließlich, nachdem er noch ein paar erbauliche Geschichten aus seiner Praxis zum besten gegeben hatte.

Auf der riesigen quadratischen Uhr am Turm des Ministeriumsgebäudes am Krasnyje-Tor war es schon nach sechs, als das Häufchen der wichtigsten Nutzer der Eisenbahnen, der obersten Kommandeure der Wirtschaftsstäbe, auf die Straße hinaustrat. Die mild wärmende Sonne war bereits aufgegangen, der Frühling machte sich immer stärker in Moskau bemerkbar, die Luft war morgendlich frisch, und aus der nahen Grünanlage roch es nach soeben umgegrabenem, feuchtem Erdreich. Das übliche morgendliche Treiben hatte bereits eingesetzt.

Die übrigen Teilnehmer der Beratung waren schon in ihren Wagen davongefahren, unsere beiden Metallurgen aber standen noch am Straßenrand und guckten ungläubig nach allen Seiten. Wie sich herausstellte, waren sie an diesem Morgen ohne Wagen. Offensichtlich hatten sich beide Fahrer aufeinander verlassen und Feierabend gemacht. Was tun?

Auf der gegenüberliegenden Seite des Platzes bewegte sich eine schier endlose Menschenschlange auf ein halbrundes, einer Orchestermuschel ähnelndes Bauwerk zu, über dem ein großes »M« aufragte. Aha, die Metro! Ohne lange zu überlegen, schlug der breitnasige Alexej Afanassjewitsch, dessen Augen trotz der durchwachten Nacht klar und munter waren, vor: »Fahren wir mit der Metro. Von hier kommen wir rasch zur Station ›Lenin-Bibliothek‹. Und schon sind wir zu Hause.«

Und der Minister und sein erster Stellvertreter gingen zur Metro.

Lieber Leser, kennst du das Gedränge früh um sechs in der Moskauer Metro? Um sieben fängt in vielen Betrieben die Arbeit an, und alles hastet zu den Eingängen. Der Menschenstrom riß die Minister mit sich, aber kurz vor den Kassen blieben sie stehen. Die Leute ringsum empörten sich: »Stehen Sie nicht im Weg rum!«

Von ungenierten Püffen und unfreundlichen Zurufen begleitet, arbeiteten sie sich aus der Menge heraus und suchten, amüsierte Blicke wechselnd, nach Bargeld. Beider Leben war derart eingerichtet, daß sie ohne Taschengeld auskamen. An einem »Spezialbüfett« konnte sich das Kollegium des Ministeriums kostenlos bedienen, was Onissimow übrigens niemals mißbrauchte. Er bestellte sich nur hin und wieder ein Glas Tee, schwarz wie Teer, und ein Käsebrot. Und ein paar Schachteln Zigaretten. Damit begnügte er sich. Und seine Mitarbeiter richteten sich mehr oder weniger nach ihm.

Der erste Stellvertreter fand schließlich in einer Tasche einen Dreirubelschein. Sie reihten sich in die Schlange an der Kasse. Onissimow fragte: »Was kostet ein Fahrschein bis zur ›Lenin-Bibliothek‹?«

Die Kassiererin musterte den gut angezogenen Fahrgast erstaunt.

»Bei uns, Bürger, kosten alle Fahrscheine dasselbe.«

Die Leute hinter ihnen drängten nervös zur Eile.

»Und wieviel ist das?«

Die Kassiererin konnte sich nicht vorstellen, daß diese Frage ernst gemeint war.

»Wollen Sie mich veralbern? Fünfzig Kopeken.«

So waren endlich mit Mühe und Not die Fahrscheine erstanden. Als sie sich in den Wagen quetschten, trat jemand auf Onissimows kranken, bandagierten Fuß. Er ertrug es stoisch. Sollte er, der die Arbeit am heißen Ofen und in der Gießgrube kannte, wegen einer vorübergehenden, geringfügigen Unbequemlichkeit das Gesicht verziehen? Die Oberlippe hochgezogen und die kräftigen Zähne entblößt, lächelte er seinem in eine Ecke gepreßten Gefährten zu, der in drolliger Verzweiflung den Kopf schüttelte.

An der Station »Lenin-Bibliothek« verließen sie die Metro.

Am anderen Ufer der Moskwa sahen sie ihr düsteres, dunkel verputztes, völlig schmuckloses Haus, ein Kind der dreißiger Jahre, mit seinen vielen Fenstern aufragen. Inmitten anderer Passanten gingen sie den Bürgersteig entlang: Onissimow in seinem ewigen dunklen, gestreiften Jackett, mit dem auch über Nacht nicht zerdrückten steifen weißen Hemdkragen, den er eben erst umgelegt zu haben schien, eine billige Schirmmütze auf dem Kopf – ganz ein strebsamer Werkangestellter, der frühmorgens überpünktlich zur Arbeit eilt –, und Golownja mit seinem runden Rücken und seiner Bärengestalt im gediegenen, halbmilitärischen feldgrauen Anzug, der über den sonnigen Tag und das unerwartete Abenteuer, den Spaziergang, zu lächeln schien.

Die Kremlmauer und die von einer Brustwehr gesäumte, zu der Stunde menschenleere Auffahrt zum Borowizki-Tor im Blick, überquerten sie geradenwegs den Platz zur Kamenny-Brücke. Warum aber ertönten plötzlich von allen Seiten Trillerpfeifen? Und wieso näherten sich Milizionäre den Zufallswanderern?

»Halt! Wo wollen Sie hin?«

Verdutzt blieben die beiden Minister stehen.

»Darf man denn hier nicht rüber?«

Genau wie an der Metrokasse glaubte man ihnen auch hier ihre Unkenntnis nicht.

Die disziplinierten Moskauer Milizionäre musterten die sonderbaren Verkehrssünder mißtrauisch. Ja, sie schnupperten sogar: Hatten die beiden etwa eine Fahne? Nein, anscheinend waren sie stocknüchtern.

»Wo kommen Sie her? Sind Sie Moskauer?«

»Ja.«

»Und Sie wissen nicht, wie man über den Platz hier geht? Hat man Sie heute etwa zum erstenmal auf die Straße gelassen?«

Die Antwort war betretenes Schweigen.

»Ihre Ausweise bitte.«

Einen Ausweis aber hatte keiner bei sich. Verärgert, äußerlich jedoch wie immer ruhig, zückte Onissimow seine Legitimation als Regierungsmitglied. Einen Augenblick lang neigten sich die Milizionäre über das aufgeschlagene Büchlein mit dem festen Einband. Dann standen sie stramm, salutierten, stoppten den Verkehr auf dem Platz und geleiteten das verirrte Paar ehrerbietig zur Brücke.

Ebendiese Geschichte hatte Andrej auf dem Hof von Golownjas Sohn erfahren. Und am Frühstückstisch fragte er daher: »Papa, das ist doch nicht wahr?«

Onissimow erwiderte kurz: »Dieses Vorkommnis hat es gegeben.«

Und ob es das gegeben hatte. Für die damalige Zeit war daran nichts Erstaunliches.

In der Familie wurde nie wieder darüber gesprochen. Aber die von Andrej grenzenlos verehrte Gestalt des Vaters büßte plötzlich etwas von ihrem Glanz ein. Wahrscheinlich hätte der Junge selbst nicht zu sagen vermocht, warum er sich gerade damals in Gedanken zum erstenmal kritisch mit dem Vater auseinandersetzte. Wenn auch noch sehr vage und unkonkret.

Heute achtete und liebte Andrej seinen Vater, aber ... Aber es war ihm unangenehm, daß er neben diesem Bild im vergoldeten Rahmen saß, auf dem Generalissimus Stalin in

Uniform, die Hände auf dem Bauch gefaltet, in voller Größe prangte. Andrej sah den Vater den Teller abwischen, um das kaum sichtbare oder auch überhaupt nicht vorhandene Stäubchen zu entfernen. Unangenehm . . . Aber wer weiß, ob es ihm nicht noch unangenehmer gewesen wäre, wenn der Vater übereilt, wie das in einigen Nachbarwohnungen geschehen war, das Porträt abgenommen hätte. Der Junge ahnte etwas von dem Seelendrama, das sich in seinem Vater abspielte. Mitleid mit ihm, dessen Gesicht neuerdings so eingefallen und grau war, drückte ihm das Herz ab.

13

So saßen die beiden schweigend da, bis Jelena Antonowna, wie immer geschäftig, das Speisezimmer betrat.

So lange Andrej zurückdenken konnte, kannte er die Mutter nur streng und korrekt gekleidet. Das war sie auch jetzt: Das ergrauende Haar war glattgekämmt, der Kragen der hellen Bluse über die graue Kostümjacke geschlagen. Die hochgewachsene Frau, die sich immer gerade hielt, trug auch zu Hause, da sie Hauskleider nicht ausstehen konnte, meistens ein strenges Kostüm. Das einzige, was nicht zu ihrem nüchternen Äußeren paßte, waren ihre Hängebacken – sie verliehen ihr etwas Weibliches und ließen ahnen, daß auch ihr, der erfahrenen Funktionärin, die in ihrer fünfunddreißigjährigen Parteizugehörigkeit keine einzige Strafe bekommen hatte, die Gefühle einer Frau und die Sorgen einer Mutter nicht fremd waren.

Onissimow sah zu ihr hin. Genau dieselbe Frisur, die das blaurote Blutmal auf ihrer Stirn nicht verdeckte, hatte Jelena vor gut dreißig Jahren getragen, als Onissimow sie auf einer Beratung im Kreiskomitee zum erstenmal sah – als wolle sie mit der Frisur allen zu verstehen geben: Ich habe vor der Partei nichts zu verbergen. Ihm gefiel das, es sprach ihn an. Er erinnerte sich noch, wie er im stillen registriert hatte: Eine standhafte Genossin. Die Parteiarbeit, der harte Kampf gegen die Opposition – erst die trotzkistische, dann die Sinowjewsche und schließlich die vereinigte – brachten sie einander näher, und eines Tages präsentierten sie sich der Welt als Mann und Frau. Wahrscheinlich beruhte diese Ehe nicht auf Liebe, sondern auf ideologischer, geistiger Verwandtschaft. Und Onissimow hatte sich nicht getäuscht. Heute, nach so vielen Jahren, konnte er mit Fug und Recht wie damals sagen: Eine standhafte Genossin.

Auch an diesem Morgen hatte Jelena Antonowna trotz der vielen Sorgen, die die bevorstehende Abreise ihres Mannes mit sich brachte, ihre sonntäglichen Mutterpflichten nicht versäumt: Sie war im Zimmer des Sohnes gewesen, hatte kontrolliert, ob er im Wäscheschrank, auf dem Schreibtisch und im Bücherregal Ordnung hielt. Als sie sich nun auf den Platz der Hausfrau zu Andrej und ihrem Mann begab, hielt sie einen dunkelbraunen Leninband mit Goldschrift in der Hand. Sie setzte sich, legte das Buch auf den Tisch und sagte: »Es ist sehr erfreulich, Andrej, daß du angefangen hast, Lenin zu lesen.«

Zu ihrem Sohn sagte sie zwar »erfreulich«, in dem Blick, den sie ihrem Mann unauffällig zuwarf, aber lag Besorgnis. Onissimow verstand sie auch ohne Worte. Schließlich gab es im Moment genug aufsässige junge Leute, die, ohne feste Hand geblieben, über die Stränge schlugen und voreingenommen gewisse Lenin-Zitate auswählten. Von den Befürchtungen der Eltern erfuhr Andrej nichts. Die Mutter nahm den dunkelbraunen Band vom Tischtuch und las dem Jungen aus einem anderen Grund die Leviten: »Es ist gut, daß du dich für Lenins Werke interessierst, aber man sollte ein Buch nicht so respektlos behandeln.«

»Respektlos?« fragte der Sohn schüchtern.

Warja kam in einer weißen Schürze und einem frischen weißen Kopftuch herein. Geschickt verteilte sie Würstchen und Kartoffelbrei auf die Teller und verschwand lautlos wieder. Nun konnten sie das Gespräch fortsetzen. Jelena Antonowna hatte eine für ihr Alter sehr klangvolle Stimme. Selbst jetzt, wo sie die fünfzig bereits überschritten hatte, verblüffte sie auf Versammlungen mitunter durch ihre klare, kräftige Stimme. Und auch hier, in dem geräumigen Speisezimmer mit der hohen Decke, war jedes Wort der Hausfrau deutlich zu vernehmen.

»Du hast es zwischen einen Haufen anderer Bücher gesteckt und dort offenbar vergessen.«

Andrej, dieser Tolpatsch, nahm sein Würstchen, statt es mit dem Messer zu zerschneiden, in die Hand und biß ab. Der Vater bremste ihn wortlos. Die mütterliche Strafpredigt ging weiter.

»Wenn du diesen Band von Papas Regal genommen hast . . . Ich wiederhole, wir sind nur froh darüber. Aber wenn du ihn gelesen hast, dann stell ihn auch wieder an seinen Platz zurück. Vielleicht braucht ein Erwachsener das Buch plötzlich. Verstehst du?«

Der Junge nickte. Die Mutter fing an zu frühstücken. Die Moralpredigt aber war noch nicht zu Ende: »Und noch etwas: Wenn du dir etwas merken willst, dann leg dir ein Heft an und mach dir Notizen. Du kannst ein Buch nicht mit deinen Anmerkungen verderben.«

»Was für Anmerkungen?«

Onissimow legte die Gabel aus der Hand und zog sich den mit Goldbuchstaben verzierten Band heran. Es fehlte noch, daß sein Sohn Anmerkungen zu Lenin machte. Aber immer mit der Ruhe! Das letzte gemeinsame Frühstück sollte nicht in einem Streit enden, seine Frau war ohnehin schon übers Ziel hinausgeschossen. Onissimow fragte seinen Sohn ruhig: »Du hast doch nichts dagegen, wenn ich's mir mal ansehe?«

Der Junge lebte plötzlich auf, seine Augen blitzten schelmisch: »Papa, du redest schon wie ein Diplomat.«

Andrejs Kopf war wie der des Vaters leicht zur Seite geneigt (da war es, das väterliche Erbteil). Onissimow wußte, wozu sein Sohn fähig war: Immer still, unauffällig und brav, sagte er plötzlich etwas, was allen die Sprache verschlug. Aber der Vater blieb ihm die Antwort nicht schuldig: »Merkst du das heute zum erstenmal?«

»Nein, wenn ich ehrlich sein soll, nicht.«

»Na also . . . Du bist nicht der einzige, der an mir diplomatische Fähigkeiten entdeckt.«

Er sagte das in forschem Ton. Im Hause der Onissimows versuchte man noch vor Andrej zu verheimlichen, wie schwer und bitter es für den Vater war, die bisherige Arbeit aufgeben zu müssen. Daher fügte Onissimows Frau noch hinzu: »Seine Fähigkeiten und sein Wissen! Deshalb ist Vater ernannt worden. Er hat jetzt eine sehr wichtige neue Aufgabe.«

Der disziplinierte Andrej widersprach nicht und äußerte keinen Zweifel, er wandte nur aus Gewohnheit die großen grauen Augen ab. Onissimow zog das Buch näher zu sich heran, öffnete es und setzte die Brille auf.

In diesem Augenblick läutete es leise an der Wohnungstür. Man hörte, wie Warja öffnen ging. Wer mochte das sein? Zum Frühstück erwarteten sie niemanden. Die Post wurde lautlos durch den Briefschlitz geworfen. Ein Telegramm? Jelena Antonownas Gesicht spiegelte Aufmerksamkeit. Man merkte, daß sie noch immer auf etwas hoffte, womöglich auf eine plötzliche Wende im Schicksal ihres Mannes. In der Tür erschien Warja: »Für Sie, Alexander Leontjewitsch, der Schneider aus dem Ministerium. Er bringt den Anzug.«

»Nehmen Sie ihn entgegen.«

»Ohne Anprobe geht das nicht.«

»Ach, wieder das alte Lied.«

»Ich hab ihm gesagt, er soll warten.«

»Nein, nein, warum soll er warten? Führen Sie ihn in mein Arbeitszimmer, Warja.«

Onissimow stand rasch auf, setzte die Brille ab und verließ das Speisezimmer. Sein Sohn rief ihm nach: »Papa, ohne dich trinken wir den Kaffee nicht! Nicht wahr, Mama?«

»Natürlich nicht. Deshalb brauchst du nicht so zu schreien.«

Der Junge fuhr zusammen, aber als Warja die Kaffeekanne nahm, um sie auf der Herdplatte warmzuhalten, sagte er leise, während er irgendwelchen Gedanken nachlächelte: »Und Shurkewitsch hat schon die Fräcke für die Diplomaten genäht, die ins Ausland reisen.«

»Was für ein Shurkewitsch? Was redest du da?«

»Na, man hält ihn für einen Akademiker. Den Oberschneider des Volkskommissariats für Auswärtige Angelegenheiten. Erinnerst du dich nicht? Bei Ilf und Petrow.«

Ilf und Petrow interessierten Jelena Antonowna, ehrlich gesagt, herzlich wenig. Natürlich leugnete niemand die erzieherische Bedeutung dieser Autoren. Sie selbst hatte seinerzeit in ihren Büchern geblättert. Aber in dem Zitat des Sohnes witterte sie sogleich eine Mißachtung des Volkskommissariats und des Oberschneiders, ja vielleicht sogar der Diplomaten. Ganz sicher war sie sich allerdings nicht. Deshalb schwieg sie lieber.

14

Mutter und Sohn saßen schweigend am Tisch. Bald darauf kehrte Onissimow ins Speisezimmer zurück. Er trug die Uniform des ranghöchsten Diplomaten. Das mausgraue Tuch war mit Goldstickereien verziert: Palmenwedel auf den Revers und Sterne auf den Schulterklappen. Solche Diplomatenuniformen waren unter Stalin eingeführt worden, der auf seine alten Tage eine Behörde nach der anderen in Uniformen steckte. Onissimow wußte, daß er das gute Stück kaum jemals brauchen würde – sowjetische Diplomaten zeigten sich im Ausland keineswegs in Uniform, und auch im Inland wurden diese Paradeuniformen, ein Überbleibsel der Vergangenheit, immer seltener getragen. Aber abgeschafft hatte man sie noch nicht. Was soll's, Ordnung mußte sein: Onissimow fügte sich in allem dem Schneider.

Die Uniform kam übrigens gerade zur rechten Zeit. Sollte Andrej sie sich ansehen. Unter anderen Umständen hätte Onissimow natürlich nie sein nagelneues Galagewand zu Hause vorgeführt, jetzt aber ließ er sich wieder von dem unausgesprochenen Gedanken leiten: Der Sohn durfte auf keinen Fall erraten, welch harter Schlag den Vater getroffen hatte. Es war nichts passiert, es hatte überhaupt keinen Schlag gegeben! Ja, ja, er hatte einfach einen neuen, verantwortungsvollen Posten übernommen. Und war, sieh an, sogar mit goldenen Tressen bedacht worden.

Der Junge sah zum Vater hin, der wieder seinen Platz neben dem in Öl gemalten, ergrauten Generalissimus eingenommen hatte, und ihn überkam erneut Mitleid: Die graue Uniform, die der Vater heute zum erstenmal trug, machte noch deutlicher, wie mager und gelb er geworden war.

Der sonntäglichen Tradition folgend, schenkte Jelena Antonowna eigenhändig Kaffee ein. Onissimow trank einen Schluck, griff nach der Brille und schlug den Leninband auf. Dem Text war ein Foto vorangestellt. Offensichtlich hörte Wladimir Iljitsch, den Hals vorgereckt und ein Auge leicht zugekniffen, einem Gesprächspartner zu. Eine selten gelungene, lebendige Aufnahme. Das Objektiv hatte genau den Augenblick erfaßt, da Lenin spöttisch zu lächeln anfing. Die Oberlippe war schon ein wenig verschoben. Jeden Moment würde er sein »Hm . . . hm . . .« hören lassen.

Fast vierzig Jahre waren vergangen, seit Onissimow zum erstenmal Lenin las. Das war eine zerfledderte Broschüre ohne Einband. »Was tun?« Weder vorher noch nachher machte ein Buch einen so starken Eindruck auf ihn. Lenins klare Gedanken, seine Überzeugungskraft und Logik überwältigten den fünfzehnjährigen Sascha. Was tun? Sich zu einer Partei zusammenschließen, zu einer disziplinierten, geschlossenen Organisation proletarischer Revolutionäre – so lautete die Antwort, die sich Onissimow fürs ganze Leben einprägte. Lenins Worte »Gebt uns eine Organisation von Revolutionären, und wir werden Rußland aus den Angeln heben!« wurden zu seinem Programm, zu seinem Credo. Und haben wir es etwa nicht aus den Angeln gehoben, Wladimir Iljitsch? Nach wie vor ein Auge leicht zugekniffen, blickte Lenin aus dem Buch auf Onissimow und über dessen Kopf auf den Alleinherrscher und Generalissimus.

Onissimow rückte vom Tisch ab, um die Uniform nicht zu beschmutzen, und blätterte auf der Suche nach den Anmerkungen seines Sohnes rasch die Seiten um. Aha, ein paar Zeilen waren mit Bleistift angestrichen. Schon hatte das Auge sie erfaßt: ». . . der Marxist muß das lebendige Leben berücksichtigen . . .« Und später noch ein Bleistiftstrich. Alles klar. Über den Unterschied zwischen Marxismus und Anarchismus. Ihm fiel ein Stein vom Herzen. Um die Wahrheit zu sagen, hatte Onissimow befürchtet, sein Sohn, dieser kleine Büchernarr, hätte sich, wie das heute bestimmte, nach Stalins Tod mutig gewordene aufsässige junge Leute taten, voreingenommen gewisse Lenin-Zitate herausgesucht. Die Mutter hatte ja das Buch nur flüchtig durchgesehen. Außerdem hielt sich Onissimow auch zu Hause an den längst zur Gewohnheit gewordenen Grundsatz: Wer sich auf andere verläßt, muß es ausbaden! Jetzt überzeugte er sich mit eigenen Augen von der Harmlosigkeit der Anmerkungen seines Sohnes. Er blätterte weiter und fand noch einen Bleistiftstrich. Na ja, wieder nichts Schlimmes. Und bald hörten die Striche ganz auf. Das war typisch für Andrej: Erst war er Feuer und Flamme, und dann verlor er plötzlich jedes Interesse. Na gut, in diesem Fall sollte es damit gut sein. Es hätte schlimmer kommen können, wie es so schön heißt.

Onissimows knochige Finger griffen nach der Schachtel mit dem aufgedruckten Hundekopf und angelten sich eine Zigarette heraus. Er rauchte sie an. Die Hände zitterten in diesem Augenblick kaum.

Noch einmal – nun bereits erleichtert – blätterte er ein paar Dutzend Seiten um. Der Band ging bei einer mehrfach gefalteten Einlage auf – einem Faksimile Lenins. Aber was war das? Dort lugte noch eine Ecke eines anderen Blattes hervor. Nein, nicht umsonst hatte Onissimow von den Metallurgen den Spitznamen »der Untersuchungsführer« erhalten! Mit einem beredten Blick auf seine Frau – so hast du nachgesehen! – zog er das Blatt heraus. Sieh mal an, ein Gedicht! Ohne Überschrift, ohne Verfasser. Aber das war zweifellos die Handschrift seines Sohnes. Seine krakligen Buchstaben wirkten noch ganz kindlich. Ja, Andrej hatte weder die Handschrift des Vaters noch die – ebenfalls gut leserliche – der Mutter geerbt.

»Wenn das ein Geheimnis ist, Andrej«, sagte Onissimow, »dann lese ich es nicht.«

Der Sohn errötete und murmelte verlegen: »Das ist kein Geheimnis . . . Ich hab einfach ein Gedicht abgeschrieben.«

»Ein Gedicht? Von wem denn?«

»Ich weiß nicht.«

Andrejs graue Augen hielten dem forschenden Blick des Vaters stand. Jelena Antonowna war empört. Was waren das für neue Moden: Da gingen irgendwelche nie gedruckten Verse von Hand zu Hand.

Onissimow sagte: »Vergessen wir die Diplomatie und lesen wir.«

Und er las laut vor:

»Denk nicht schlecht von mir, grausame Zeit,
und verzeih mir meine Bitterkeit.
Ich ertrage gern mein Hungerlos,
bleibe deinetwegen nackt und bloß.«

Jelena Antonowna konnte sich nicht länger beherrschen: »Wieso nackt? Und was für ein Hungerlos? Was ist das für ein Blödsinn?«

Mit einer Handbewegung stoppte Onissimow den Wortschwall seiner Frau und fuhr laut fort:

»Nehm alles an.
Ertrage alles.
Stell alle Wünsche hintenan.
Will nur die Klarheit des Kristalles
und den Glauben, den man mir nahm.
Ist es denn viel, worum ich bitte
mein Leben lang –
um Offenheit.
Du aber schweigst und senkst die Blicke,
du alles sehende neue Zeit.«

»Das reicht!« unterbrach ihn Jelena Antonowna und wandte sich Andrej zu: »Was ist das für ein Glaube, den man dir mit deinen vierzehn Jahren genommen hat? Vielleicht erklärst du uns das mal?«

Der Vater sagte: »Das hat doch nicht er verfaßt.«

»Dann soll er solchen Unsinn auch nicht abschreiben!«

Schweigen trat ein. Onissimow las still für sich noch einmal:

». . . mein Leben lang –
um Offenheit.«

Nein, er konnte das nicht, er war nicht imstande, offen zu sein. Das hatte er schon vor langer, langer Zeit verlernt. Jetzt hätte er wohl sanft und herzlich zu seinem Sohn sagen sollen: Dein Vater war und bleibt ein Soldat seiner Partei. Der Soldat aber denkt an die bevorstehende Schlacht, nicht an den ganzen Verlauf des Krieges. Daran denken andere.

Dieses Bekenntnis blieb jedoch unausgesprochen. Onissimow trat zu seinem Sohn, strich ihm über das weiche, blonde Haar – auch diese Zärtlichkeit fiel ihm nicht leicht – und sagte etwas anderes:

»Betrachte das Leben nicht so«, erklärte er, den Blick gesenkt, die Hände wie Scheuklappen an den Augen, »sondern so.«

Der große Kopf des Vaters war jetzt hoch erhoben, die Hände lagen wie ein Schirm über der Stirn, und die grünlichen Augen schienen den Horizont abzusuchen. Auch bei seinen Besuchen in den Werken, in Gesprächen mit Ingenieuren und Direktoren, hatte Onissimow nicht selten so angedeutet, wie jeder denkende Mensch blicken sollte.

Nachdem Onissimow dem Jungen das mit auf den Weg gegeben hatte, steckte er die Schachtel »Drug« in die Tasche seiner goldbestickten Uniform, nahm den Leninband und ging in sein Arbeitszimmer.

Einen Augenblick blieb er vor dem Foto zwischen den Fenstern stehen.

Und überraschend fielen ihm die Zeilen ein:

»Denk nicht schlecht von mir, grausame Zeit,
und verzeih mir meine Bitterkeit.«

15

Das Flugzeug, mit dem Onissimow und seine wenigen Begleiter Moskau verlassen würden, sollte früh um sechs starten. In diesen Novembertagen des Jahres 1956 herrschte in Moskau, nachdem der erste Schnee geschmolzen war, herbstliches Matschwetter. Onissimows Wagen rollte durch die Pfützen auf dem schwarz glänzenden Asphalt, der sich quer durch die Felder zog, zum Flughafen.

Frau und Sohn saßen hinten. Der unausgeschlafene Andrej, den Warja in aller Frühe geweckt hatte, lehnte griesgrämig in den weichen Polstern. Jelena Antonowna war munter wie eh und je. Sie fragte sich besorgt: Wie würde der Abschied ausfallen? Es wäre kränkend, wenn nur wenige kämen. Schon am Abend zuvor hatte sie prophezeit, Serebrjannikow werde vorsichtshalber nicht auf dem Flughafen erscheinen. Auch jetzt hätte sie gern noch ein paar Vermutungen geäußert, aber in Gegenwart des Chauffeurs schwieg sie lieber.

Schon tauchte der hellerleuchtete Eingang des Flughafengebäudes auf. Genau dreißig Minuten vor dem Abflug fuhr der Wagen vor. Zu dritt – vornweg Onissimow mit dunklem, weichem Hut und einem ungewohnt modischen Übergangsmantel, hinter ihm die stattliche, streng gekleidete Jelena Antonowna mit ihrer grauen Persianerkappe und der blasse, ins Licht blinzelnde Andrej – so gingen sie auf die breite Freitreppe zu. Sofort wurde Onissimow überraschend von allen Seiten umringt. In der Halle erwarteten ihn noch ein paar langjährige Mitarbeiter, die sich gemeinsam mit ihm in einen besonderen Raum für Regierungsmitglieder und Deputierte begaben, der sich im Nu füllte. Mehr als fünfzig Leute hatten sich zu dieser ungemütlichen Morgenstunde eingefunden, um sich von Onissimow zu verabschieden.

Fast alle trugen sie, genau wie Onissimow, als wäre das eine Art Uniform, dunkle, weiche Hüte. Andrej, der endlich seine Schläfrigkeit abgeschüttelt hatte, sah sich neugierig um. Einige der Anwesenden kannte er vom Sehen, er war ihnen sonntags mitunter in der Siedlung bei Moskau begegnet, wo Onissimow, wie üblich, eine Datsche bekommen hatte. Da war ihr Datschennachbar mit dem grauen Schnurrbart, der Minister für Motorenbau Semjonow, der, wie die runzlige Haut erkennen ließ, seine frühere Gesundheit in drei Jahrzehnten Arbeit in der Industrie, Schulter an Schulter mit Onissimow, eingebüßt hatte. Und dort der stellvertretende Komiteevorsitzende mit den dicken Lippen und dem schweren, blankrasierten Kinn, ein Hüne, der Onissimows Arbeit übernommen hatte.

All diese Leute waren grundverschieden, und doch glichen sie einander irgendwie. Natürlich lag das nicht nur an den Hüten. Ja, hier hatten sich Arbeitstiere versammelt, die heute, genau wie in den vergangenen Jahren, die Last, die man ihnen aufgebürdet hatte, schleppten. Voller Stolz nannten sie sich wirtschaftsleitende Kader. Die Zeitungen bezeichneten sie auch als »Kämpfer für die Erfüllung von Direktiven«. Eines so blumigen Stils bediente sich Onissimow nicht, er bevorzugte, wie der Leser weiß, die lakonische Definition »Soldat der Partei«. Der Autor möchte zwar Banalitäten vermeiden, kommt aber an dieser Stelle nicht um die Binsenweisheit herum, daß es Menschen solchen Schlages in der Geschichte noch nicht gegeben hat. Die Epoche hat sie geprägt und ihnen die erste Tugend des Soldaten eingeimpft: unbedingte Pflichterfüllung! Ihre Devise, ihr »Crede«, ist der Grundsatz des Berufssoldaten: Befehl ist Befehl!

All die Gerüchte von nahenden Umwälzungen, von einer Revision, einer Aufgabe der früheren Prinzipien, der streng zentralisierten Leitung, von der Abschaffung der Ministerien für die einzelnen Wirtschaftszweige, von lokalen Initiativen, von Initiativen von unten, machten sie besorgt. Und wohl auch mißtrauisch. Möglich war alles – was hatten sie nicht schon erlebt –, vielleicht ging dieser Kelch an ihnen vorbei. Onissimows Absetzung war allerdings ein sicheres Zeichen dafür, daß tatsächlich Schlimmes auf sie zukam. Onissimows Mitstreiter, erfahrene Kader, urteilten so: Onissimow hat es im Eifer des Gefechts erwischt, warten wir ab, alles wird sich finden.

Und nun waren sie gekommen, um sich von Onissimow zu verabschieden. War er etwa nicht ihr Vorbild, nicht der Beste unter ihnen? Fast alle der hier, im Deputiertenzimmer, Versammelten waren so oder so seine Schüler. Manche blieben allerdings fern. Bei Serebrjannikow zum Beispiel bestätigten sich die Vermutungen von Onissimows Frau offenbar. Er, der es abgelehnt hatte, seinen früheren Chef ins Ausland zu begleiten, ließ sich schon hier nicht mehr sehen.

Der kerngesunde Minister für Stahlindustrie Zichonja dagegen war gekommen, um Onissimow zum Abschied die Hand zu drücken. Seine roten Wangen und die über die Unterlippe vorstehende Oberlippe verliehen ihm ein einfältiges Aussehen. Onissimow lächelte ihm zu.

»Grüß dich.«

»Seien Sie gegrüßt«, erwiderte der rotwangige Minister.

So redeten sie einander von jeher an, der eine mit du, der andere mit Sie.

»Ich werd jetzt aus der Ferne auf dich aufpassen. Und du kannst Gift drauf nehmen, daß ich anrufe, wenn ich erfahre, daß du den Plan nicht erfüllst.«

»Mir wär's lieber, Alexander Leontjewitsch, Sie würden anrufen, wenn ich ihn erfülle.«

Die erste Lehre, die Onissimow ihm seinerzeit erteilt hatte, würde Zichonja wohl nie vergessen.

Das kam so. 1940 wurde Onissimow zum Volkskommissar für Walzstahl und Gußerzeugnisse aus Stahl ernannt. Er bestellte nacheinander die Leiter der Hauptverwaltungen zu sich und besprach mit ihnen in langen Abend- und Nachtsitzungen in allen Einzelheiten die Arbeit der verschiedenen Zweige der Stahlindustrie. Zichonja kam als einer der letzten dran. Er leitete zu jener Zeit die Hauptverwaltung Stahlrohre. Dem Aussehen nach beschränkt und gutmütig, in Wirklichkeit aber außergewöhnlich energisch, aufmerksam, findig und zuverlässig, wartete er seelenruhig darauf, daß der neue Volkskommissar ihn zu sich rief. Alle Werke der Hauptverwaltung Stahlrohre erfüllten ihren Plan. Insgesamt hatte die Hauptverwaltung im letzten Quartal ihren Plan mit 102 Prozent erfüllt. Als der Volkskommissar, der schon als streng verschrien war, Zichonja endlich zu sich bat, ging der selbstsicher und vollkommen ruhig zu ihm. Nach der Begrüßung und der knappen Aufforderung, Platz zu nehmen, setzte sich Zichonja sorglos und betrachtete die schön geschnittenen, scheinbar leidenschaftslosen Augen und die klassisch gerade, an der Spitze leicht gespaltene Nase seines neuen Chefs.

»Fangen wir an«, sagte der Volkskommissar.

Zichonjas Vortrag fiel kurz aus, die Leistungen der Hauptverwaltung bedurften keines weitschweifigen Kommentars. Onissimow sagte: »Also. Gehen wir die Werke durch.«

Zichonja zählte die Werke auf, nannte ein paar Zahlen, und nirgendwo gab es etwas auszusetzen.

»So. Jetzt zu den Abteilungen.«

Wie sich herausstellte, waren einige von ihnen im Rückstand.

»Wieso?« fragte Onissimow.

Zichonja geriet in Verlegenheit. Von der Lage in den einzelnen Abteilungen besaß er keine allzu klare Vorstellung. Trotzdem konnte in dem anderthalb- bis zweistündigen Gespräch die Frage nach der Arbeit der Werkabteilungen mehr oder weniger geklärt werden. Zichonja glaubte, nun sei alles überstanden. Onissimow aber sagte unerbittlich: »Jetzt zu den Öfen.«

»Zu den Öfen?«

»Ja. Und dann zu den einzelnen Walzstraßen.«

»Aber das ist doch . . . Darüber weiß ich nicht Bescheid. Solche Informationen liegen mir nicht vor.«

»Sie wissen nicht Bescheid? Was suchen Sie dann hier? Wozu sitzen Sie hier herum? Wofür kriegen Sie Ihr Gehalt?«

Der eben noch so selbstzufriedene Leiter der Hauptverwaltung wurde erbarmungslos abgekanzelt. Seine runden Wangen waren feuerrot geworden. Onissimow setzte sein Examen fort.

»Was macht die Rekonstruktion des Rohrwalzwerkes von Sadneprowsk? Läuft alles nach Plan?«

»Ja. Ich fürchte nur, daß es bei einem Teil der Ausrüstung zu Verzögerungen kommt.«

»Bei welchem?«

Zichonja gab eine ausführliche, exakte Antwort.

»Zeigen Sie mir den Lieferplan für die Ausrüstung.«

»Den habe ich im Kopf, Genosse Volkskommissar.«

»Im Kopf?« fragte Onissimow gedehnt. »Wann soll das Werk in Betrieb genommen werden?«

Zichonja nannte mühelos den Termin.

»Wo steht das geschrieben?«

»Im Beschluß des Rates der Volkskommissare vom 12. Mai 1938.«

»Das stimmt nicht.«

Zichonja brach der Schweiß aus. Warum sollte das nicht stimmen? Er kannte doch dieses Datum ganz genau.

»Nein, Genosse Volkskommissar, ich irre mich nicht: Es ist der Beschluß vom 12. Mai.«

»Das stimmt nicht«, wiederholte Onissimow.

Seine glattrasierte Oberlippe glitt hoch. Ein starres Lächeln entblößte seine kräftigen weißen Zähne.

»Das stimmt nicht«, sagte er ein drittes Mal. »Es handelt sich nicht um einen Beschluß, sondern um eine Verfügung. Wie Sie sehen, hat Ihr Gedächtnis Sie im Stich gelassen.«

Und noch mehrmals drillte und schulmeisterte Onissimow den Leiter der Hauptverwaltung Stahlrohre. Der große Krieg hielt für Zichonja, wie für alle anderen, neue Prüfungen bereit. Vor der Nase der Deutschen wurde das einzigartige Rohrwalzwerk von Sadneprowsk abtransportiert. Zichonja harrte aus, bis der letzte Zug beladen war. Und fuhr mit diesem Zug ab. Granatwerferrohre, Rohre kleinsten Durchmessers für die Luftwaffe und gewaltige Rohrleitungen für die Betriebe, die im Osten entstanden, all das lieferten unermüdlich die Werke der Hauptverwaltung Stahlrohre, die nach wie vor Zichonja unterstanden. Gegen Kriegsende wurde er nach Tewossjan und Onissimow mit dem Stern des Helden ausgezeichnet. Als Onissimow das Komitee übernahm, trat er Zichonja seinen Ministerposten ab. Zwar gab es noch andere, nicht weniger würdige Kandidaten, aber Zichonja, der nach wie vor in allen mißlichen Lebenslagen wie ein Einfaltspinsel wirkte, war wohl der verträglichste von ihnen und fügte sich dem Chef des Komitees in allem. Onissimow duldete nämlich keinen Widerspruch. Das war wohl seine größte Schwäche. Vielleicht aber war es auch nur ein Zeichen der Zeit: Er selbst widersprach auch nie einem, dem er zu gehorchen hatte, und wenn das einer seiner Untergebenen wagte, explodierte er. In jungen Jahren – mit dreißig war er schon Leiter einer Hauptverwaltung – verstand es Onissimow noch, zuzuhören und Einwände gelten zu lassen, später aber konnte er Leute, die ihm nicht in allem zustimmten, nicht mehr ertragen. »Tu, was ich sage, auch wenn du's besser weißt.« Diesen Satz hörte man oft aus seinem Munde. Der einzige, der ihm widersprechen durfte, war seinerzeit Alexej Golownja, sein erster Stellvertreter. Als Onissimow jedoch vor etwa zehn Jahren in seine neue Residenz im Ministerratsgebäude übersiedelte, machte er Zichonja im Ministerium zu seinem Nachfolger und kümmerte sich genauso operativ wie früher um alle Einzelheiten und Feinheiten der laufenden metallurgischen Produktion, ja er leitete – das war nun einmal seine Leidenschaft – praktisch die Stahlindustrie.

Ein paar Sekunden lang blickten Zichonja und Onissimow einander stumm in die Augen und gedachten der alten

Zeiten. Was aber mochte die Zukunft bringen? Wer weiß, wer weiß, vielleicht zogen sie eines Tages wieder am selben Strang.

16

Andrej stand neben dem Vater und strich unauffällig mit den Fingerspitzen über dessen Mantelstoff. Er, der ein wenig menschenscheue, aufgeweckte Junge, betrachtete diese Ansammlung höchster Leiter von Ministerien und Industriestäben gleichsam als Außenstehender – nein, er würde nicht so einer werden, ihn lockte das nicht – und registrierte voller Stolz: Sie wissen die Verdienste seines Vaters zu würdigen.

In den großen, nun bereits etwas engen Raum drängten immer mehr Menschen, die die vierzig Kilometer Fahrt von Moskau hierher auf sich genommen hatten, um mit Onissimow eine Verbeugung und einen Händedruck zu tauschen, um ihn zum Flugzeug zu begleiten.

Auf dem vollen, rosigen Gesicht der Mutter bemerkte der Junge Genugtuung. Sie nickte jedem Eintretenden höflich zu. Viele Freunde oder, genauer, Kollegen ihres Mannes waren gekommen, um ihm ihre Achtung zu erweisen.

Andrej sah: Eben nickte die Mutter wieder jemandem höflich zu. Auch Onissimow schaute in diese Richtung. Sein Gesicht blieb völlig ausdruckslos, obwohl er erkannte, daß auch Serebrjannikow zu seiner Verabschiedung erschienen war. Sich sozusagen herabgelassen hatte. Vorsichtig, ohne jemanden anzustoßen, drängte er sich, mit seinen blauen Glotzaugen ehrerbietig dreinschauend, zu Onissimow durch.

Der machte sich sogleich einen Reim auf Serebrjannikows Erscheinen. Bedeutete das etwa, daß ein unsichtbarer Zeiger auf einem unsichtbaren Barometer auf »veränderlich« stand? Und er begrüßte seinen ehemaligen engsten Mitarbeiter trocken. Serebrjannikow trat würdevoll beiseite und blieb wenige Schritte vom Ehepaar Onissimow entfernt stehen. Jeder konnte sehen, daß auch er seiner Pflicht nachkam und Onissimow das Geleit gab.

Onissimow legte Andrej die Hand auf die Schulter. Den Jungen rührte diese knappe zärtliche Abschiedsgeste. Er schmiegte für einen Augenblick die Wange an den Ärmel von Vaters Mantel. Natürlich ahnte er nicht, daß er vor dreizehn Jahren, damals gerade ein Jahr alt, indirekt an einem Ereignis teilhatte, in dessen Folge Serebrjannikow durch seinen Vater befördert und in seine Nähe geholt worden war.

Flechten wir diese Geschichte hier ein. Irgendwo müssen wir in unserem Roman sowieso Platz für sie finden.

Es war im Jahre 1943. Im ersten Stock des Volkskommissariats – nicht jeder Mitarbeiter konnte dort hin –, wo der Volkskommissar, seine Stellvertreter und die Mitglieder des Kollegiums saßen, hatte man ein kostenloses Nachtbüfett eingerichtet. Bekanntlich gab es in jener harten Kriegszeit Lebensmittel im Hinterland nur auf Karten. Den Mitarbeitern des Volkskommissariats jedoch, deren Arbeitstag um Mitternacht noch nicht beendet war, stand dieses *Spezialbüfett* zur Verfügung, sie konnten ein Glas Tee oder Kaffee trinken und ein paar belegte Brote essen. Diese Zusatzverpflegung war nicht rationiert. Onissimow gab mit seiner Mäßigung allen ein Beispiel. Jedesmal, wenn der Wirtschaftsleiter, der umgängliche Filippowski, der ganz Moskau kannte, Äpfel, Kaviar oder etwa geräucherten Stör für das Büfett aufgetrieben hatte, ließ Onissimow unerbittlich diese seltenen Leckerbissen in den Kindergarten schicken. Er selbst begnügte sich mit Tee und einem einfachen Butterbrot. Nur mit Zigaretten deckte er sich reichlich ein.

Als er einmal kurz vor dem Morgengrauen durch den Korridor zu seinem Arbeitszimmer ging, sah er einen jungen Referenten, den braven Serebrjannikow, vom Büfett kommen. Ihm war, als erschrecke der Referent bei seinem Anblick. Serebrjannikow blieb stehen und ließ dem Volkskommissar ehrerbietig den Vortritt. Onissimows scharfem Blick entging nicht, daß er dabei eine Hand auf dem Rücken verbarg.

»Zeig her. Was hast du da?«

Serebrjannikow gehorchte. Er hielt einen in Pergamentpapier gewickelten großen Würfel in der Hand.

»Was ist das?«

»Butter.«

Schon damals konnte Onissimow seinen Jähzorn nicht

zügeln. Er explodierte und schrie Serebrjannikow an: »Wie können Sie es wagen?«

In diesem »Sie« lag bereits Verurteilung. Jedermann wußte: Onissimow verzieh jede Panne, duldete aber keine Unredlichkeit, keinen Betrug. Serebrjannikow schlug die Augen nieder und schwieg.

»Daß Sie zu so etwas fähig sind!«

Im Büfett herrschte Totenstille. Alle, die sich hier aufhielten, hörten zu. Der Referent brachte noch immer keinen Ton heraus.

»Mitkommen«, befahl der Volkskommissar.

Ohne sich noch einmal umzusehen, ging er rasch in sein Arbeitszimmer. Dort saßen Alexej Golownja und zwei Werkdirektoren. Äußerlich ganz ruhig und ohne jede Hast folgte ihm der glotzäugige Referent mit dem unglückseligen Stück Butter.

»Legen Sie's auf den Tisch«, sagte Onissimow.

Serebrjannikow folgte der Anweisung augenblicklich. Der Volkskommissar steckte sich eine Zigarette an. Seine Hände zitterten vor Entrüstung.

»Wie können Sie Ihre Stellung dazu ausnutzen, sich ein Stück Butter anzueignen! Daß Sie sich nicht schämen!«

Der Missetäter schwieg. Dieses beharrliche Schweigen brachte Onissimow noch mehr in Rage.

»Was hat Sie zu einer solchen Niedertracht veranlaßt?«

Serebrjannikow meinte: »Das kann ich Ihnen nur unter vier Augen sagen.«

»Sie werden jetzt reden! Wir beide haben keine Geheimnisse.«

Serebrjannikow schüttelte nur ablehnend den kahlen Kopf.

»Raus!« brüllte Onissimow. »Noch heute werden Sie wegen Unehrlichkeit fristlos entlassen.«

Ohne sich auch nur mit einem Wort zu verteidigen, verließ der Referent unter dem verächtlichen, mitleidlosen Blick des Volkskommissars den Raum.

Nach etwa einer Stunde beendete Onissimow sein Gespräch mit den Direktoren und entließ auch Golownja. Dann griff er nach dem Haustelefon, um den Kaderleiter zu sich zu bestellen. Noch heute – Onissimow pflegte keine leeren Worte zu machen – mußte er die Order formulieren und unterschreiben, in der Serebrjannikows Entlassung aus dem Volkskommissariat wegen niederträchtiger, gemeiner Raffgier verfügt wurde. Dann aber fielen ihm dessen Worte ein: »Das kann ich Ihnen nur unter vier Augen sagen.« Hol's der Teufel, der Gerechtigkeit halber will ich ihn anhören.

Und wieder stand der schweigsame Referent vor dem Volkskommissar. Jetzt waren sie beide allein. Der Butterklumpen im gelblichen Pergamentpapier lag noch immer, bereits leicht geschmolzen, auf dem Tisch.

»So, jetzt kann ich Sie anhören. Obwohl ich bezweifle, daß es eine Rechtfertigung für diese Niedertracht gibt.«

Serebrjannikow murmelte leise: »Ihre Frau hat mich angerufen. Sie hat mich gebeten, ihr Butter für Ihr Kind mitzuschicken.«

Jetzt war die Reihe an Onissimow, zu schweigen.

»Geh«, sagte er schließlich. »Und mach so was nie wieder.«

Serebrjannikow wandte sich mit einer Verbeugung zum Gehen, der Volkskommissar aber hielt ihn zurück.

»Nimm das da mit.« Onissimow wies auf das Päckchen. »Gib's im Büfett ab.«

So war Onissimow. Er liebte den kleinen Andrej abgöttisch, küßte, wenn er nach Hause kam, seinen winzigen Körper, drückte sein Gesicht in das Kissen oder das Hemdchen seines Sohnes, aber auch nur ein Stück Butter aus dem Spezialbüfett für ihn einzustecken kam nicht in Frage.

Etwa zwei Monate nach diesem Zwischenfall ernannte Onissimow den kahlköpfigen Referenten zum Leiter seines Sekretariats. Neben anderen Vorzügen tat Serebrjannikow auch Onissimows immer wieder aufs strengste erhobenen Forderung nach Verschwiegenheit des Apparats Genüge. Mit der Zeit gewöhnte sich der Volkskommissar so an seinen Vertrauten, daß er sich in dessen Gegenwart einmal sogar eine an seine Jelena Antonowna *adressierte* – auch diesen Kanzleiausdruck möge uns der Leser verzeihen – ironische Bemerkung gestattete.

Zu der Zeit, als Onissimows Arbeitstag nie vor vier oder

fünf Uhr früh endete, rief sie ihn einmal nach Mitternacht in seinem Arbeitszimmer an. Onissimow beschränkte sich in dem Telefongespräch auf ein paar einsilbige Antworten, legte den Hörer auf, blickte Serebrjannikow, der beflissen mit einigen Unterlagen vor ihm stand, an und sagte: »Eine tüchtige Frau. Sitzt nach Mitternacht noch da und arbeitet.«

So spöttelte er. Aber nur ein einziges Mal. Einen ähnlichen Scherz hörte man nie wieder von ihm.

Fast in letzter Minute erschienen im Deputiertenzimmer des Flughafengebäudes der braun gebrannte, über irgend etwas lachende Malyschew mit den flinken Augen und der schwarzhaarige Tewossjan – zwei stellvertretende Vorsitzende des Ministerrats der UdSSR. Was Tewossjan anging, so wollten übrigens die Gerüchte nicht verstummen, daß die sich anbahnenden Veränderungen auch ihn betreffen würden. Vermutlich würde man ihn ebenfalls ins Ausland schikken. Als was war bereits bekannt: als Botschafter nach Japan. Aber trotz seiner heiklen Lage war er gekommen, um seinen langjährigen Mitarbeiter zu verabschieden, um ihm fest und wortlos die Hand zu drücken.

Von einem jungen Mädchen in der maßgeschneiderten, eleganten dunkelblauen Uniform der zivilen Luftflotte geführt, begaben sich nun alle – Onissimow, seine kleine Familie, die wenigen mit ihm zusammen abfliegenden Botschaftsangehörigen und die Schar der Abschiednehmenden – durch einen besonderen Ausgang auf das von Scheinwerfern erhellte nasse Flugfeld und gingen im trüben Morgenlicht zu der in der Nähe blinkenden schlanken, schönen Tu 104.

Vorsichtig fuhr ein Tankwagen heran, kreuzte ihren Weg und zwang sie, einen Augenblick stehenzubleiben. Onissimow drehte sich um. Auch Jelena Antonowna blickte zurück auf die Reihe der ihn Verabschiedenden. Die Eheleute verstanden sich, ohne einander anzusehen. Hier war es zu einer Art kleiner Demonstration gekommen. Man hätte sagen können, und wahrscheinlich würde man das eines Tages auch tun: einer Solidaritätsdemonstration. Die Kämpfer für die Erfüllung von Direktiven, erfahrene Staatsmänner, hatten beschlossen, den abgesetzten, seines Amtes enthobenen

Onissimow zu verabschieden, gemeinsam mit ihm in einer großen Schar, ja in einer Kolonne, über das Flugfeld zu schreiten. Natürlich wurden die Grenzen des Erlaubten dabei nicht überschritten. Und trotzdem ... Trotzdem waren die Waagschalen der Geschichte noch nicht zum Stillstand gekommen. Vielleicht grollte der Donner nur ein bißchen, und das Gewitter zog vorüber. Und Onissimow kehrte wieder in die Industrie zurück.

Der Weg war frei, und alle gingen weiter. Da war auch schon die Gangway. Jetzt mußten die Begleitpersonen zurückbleiben. Mit beiden Händen winkte Onissimow allen zu und wandte sich dann an seinen Sohn: »Na, auf Wiedersehen, Andrej.«

»Papa, ich schicke dir Bücher. Alle interessanten Neuerscheinungen.«

»Wozu alle? Ein paar kannst du mir schicken.«

»Soll ich dir die besten Werke über die Weltgeschichte heraussuchen? Dann studierst du dort Geschichte.«

»Einverstanden. Und von den neuen Zeiten erzählst du mir in Briefen. Ja?«

Plötzlich stellte sich der Junge auf die Zehenspitzen, reckte sich zum Ohr des Vaters, und ein übermütiges Lächeln kräuselte seine Lippen. Leise sagte er: »Die neuen Zeiten haben noch keine Zähne.«

Wieder einmal betrachtete Onissimow seinen schmächtigen Sohn verwundert. Immer still und bescheiden, sagte er plötzlich etwas, daß man nur so staunte. Verstand dieser Blondschopf mit der Stupsnase etwa schon alles?

Jemand vom Flughafenpersonal bat Onissimow höflich einzusteigen. Er drückte seiner Frau die Lippen auf die Wange, gab dem Sohn einen Kuß, winkte all denen, die seinetwegen hergekommen waren, noch einmal mit beiden Händen, stieg die Gangway hinauf, drehte sich ein letztes Mal um und verschwand in der Kabine.

Das Einsteigen dauerte ein paar Minuten. Immer neue Passagiere erklommen die Stufen. Dann rollte die Gangway zur Seite, die Tür schloß sich, die Tu 104 setzte sich schwerfällig in Bewegung und rollte zur Startbahn. Bald darauf zog sich ein feuriger Schweif über den Himmel. Die glühendheißen Gase kamen aus zwei Düsen, aus jenem besonderen, hitzebeständigen Stahl, dessentwegen Onissimow, der Vorsitzende des Komitees für Metallurgie und Brennstoffe, im Werk »Elektrometall« einst tagelang auf der Ofenbühne gestanden hatte. Allmählich wurden die letzten feurigen Streifen in der Höhe fahl, und das Flugzeug ging auf Kurs.

17

Nun ein paar Worte über Onissimows Leben und Arbeit am neuen Ort.

Er, der so gar keinen Sinn für Gemütlichkeit hatte, bewohnte allein eine große Dreizimmerwohnung mit schönen neuen Möbeln. Keinen einzigen Gegenstand ließ er auswechseln, keinen stellte er nach seinem Geschmack anders hin. Diese Wohnung im ersten Stock des Botschaftsgebäudes war durch eine Tür mit seinem Arbeitszimmer verbunden, das so zu einer Art viertem Privatzimmer des Botschafters und zugleich zu einem Dienstraum wurde. Über dem Schreibtisch prangte ein lebensgroßes Ölbild von Stalin – die Sterne auf Brust und Schulterstücken blitzten, die Stiefel glänzten, und die auf dem Bauch gefalteten Hände unterstrichen noch seine Erhabenheit. Der XX. Parteitag, auf dem der Tote entthront wurde, lag bereits mehr als ein Jahr zurück, aber seine für jede sowjetische Ansiedlung, für jedes Büro obligatorischen Büsten und Porträts blieben vorerst unangetastet. Wie Onissimow, der natürlich um die Partei- und Staatsgeheimnisse wußte, zu Recht vermutete, dauerte der für Uneingeweihte verborgene Kampf an der Spitze an. Und oft, wie schon bei seinem Abflug aus Moskau, mußte er an die Waagschalen der Geschichte denken, die lange nicht hatten stillstehen wollen, nun aber stehengeblieben waren. Vermutlich jedoch nicht für lange. Das spürte Onissimow in jenen Monaten.

Wieder betrat er Punkt neun Uhr, wenn auch nicht nach Moskauer, sondern nach hiesiger, mitteleuropäischer Zeit, sein Arbeitszimmer. Auch hier trug er wieder ein feingestreiftes schwarzes – allerdings nagelneues und modern geschnittenes – Jackett, ein schneeweißes Hemd und eine unaufdringliche graue Krawatte. Nur auf Empfängen beugte er sich der Etikette und zog einen in Moskau geschneiderten Smoking an. Auch seiner gewohnten Zigarettensorte blieb er treu. Seine Briefe nach Hause enthielten nur eine einzige Bitte – ihm Zigaretten Marke »Drug« zu schicken. Um seiner Mißstimmung Herr zu werden – Onissimow bezeichnete sie nicht als Schwermut –, rauchte er zwei, drei Schachteln am Tag. Immer wieder kam es vor, daß die Vorräte an Moskauer Zigaretten ausgingen. Dann griff er zu amerikanischen: »Camel« oder »Chesterfield«. Gelegentlich verschlimmerte sich Onissimows Husten und klang bellend und gequält. Er schob das auf den Wechsel der Tabaksorte.

Punkt neun betrat er also sein Arbeitszimmer, ließ sich im Sessel nieder und setzte die Brille auf. Und sofort drehte sich das Räderwerk seines Arbeitstages auf Hochtouren. Zunächst die Post. Dann die Presse. Alle mehr oder weniger wichtigen Zeitungen, die in Friedland und seinen Anliegerstaaten erschienen, waren unter seinen Mitarbeitern – Nordeuropaexperten – aufgeteilt. Nacheinander gaben Onissimows junge Kollegen ihm den Inhalt der Zeitungen wieder und referierten die Tagespresse. Wichtige Artikel ließ er sich mündlich im vollen Wortlaut übersetzen. Wie immer voller Ungeduld, verzog er gereizt das Gesicht, wenn ein Mitarbeiter stockte, zögerte und um Worte rang. Offenbar war er hier noch gereizter als früher: Ein unbegreifliches inneres Jucken – in den Gefäßen, im Blut – ließ ihn nicht zur Ruhe kommen. Am liebsten wäre er aufgebraust und hätte losgeschrien. Doch er beherrschte sich, und nur das scheinbar grundlose Zittern seiner kleinen Hand wurde deutlicher.

Der Presse widmete er zwei oder drei Stunden. Anschließend bereitete er den nächsten großen Empfang vor. Kein Gast durfte sich in der sowjetischen Villa langweilen, jeder mußte beschäftigt, beachtet, mit jedem mußte gesprochen werden. Da war dieser Wirtschaftswissenschaftler. Wer hatte seine Werke gelesen? Warum war das nicht geschehen? Wir sind verpflichtet, die Arbeiten, Reden und Biographien all derer zu kennen, die wir in unseren Räumen empfangen. Den beiden Botschaftsräten Makejew und Nowikow, Metallurgieingenieure, die mehr als ein Jahrzehnt in seinem Sekretariat gearbeitet hatten und, an seinen Elan, seine Strenge gewöhnt, nun zusammen mit ihm aus Moskau hierhergekommen waren, pflegte Onissimow zu sagen: »Die Empfangsräume sind unsere Werkhallen.«

Diese Last, die er sich mit gewohnter Bereitschaft selbst aufgebürdet hatte, beschäftigte ihn jedoch nur bis zum Mittag. Was sollte er danach tun? Womit den Tag ausfüllen? Er zwang sich, Ausstellungen und Museen zu besuchen und die Sehenswürdigkeiten der Hauptstadt zu besichtigen. Aber dann blieb ihm immer noch der Abend. Mitunter wurde der sowjetische Botschafter zu einem Empfang geladen. Er zog den Smoking an und fuhr hin – spannte sich ins Joch, unter dem er gewissenhaft arbeitete: Er pflegte alte und schloß neue Bekanntschaften, lächelte liebenswürdig, zeigte seine schönen, cremefarbenen Zähne, verstand zu scherzen. Auch ein, zwei Gläschen mußte er bisweilen trinken. Er konnte nicht gut ablehnen, wenn ein Toast auf die Gesundheit des Königs oder der Königin ausgebracht wurde.

Onissimow vertrug so gut wie keinen Alkohol, am Morgen nach einem Bankett stand er zerschlagen auf und fühlte sich mittags ungewohnt müde.

Und trotzdem blieben viele Abende unausgefüllt. In seiner ungemütlichen Wohnung, die einer zeitweiligen Hotelunterkunft glich, kramte Onissimow längst gelesene Moskauer Zeitungen hervor (sie trafen mit zwei Tagen Verspätung ein), raschelte mit den Seiten der »Prawda«, las immer wieder die unscheinbarsten Notizen, bemüht, zwischen den Zeilen etwas zu finden, und war mit seinen Gedanken in Moskau.

Hin und wieder rief er Makejew an: »Komm rüber. Spielen wir eine Partie Schach.«

Schon als kleiner Junge fühlte sich Onissimow vom Schachspiel angezogen, und er hatte Talent für diesen Kampf auf den vierundsechzig Feldern. Aber schon damals hatte er so gut wie keine Zeit zum Spielen. Und später erst recht nicht. Wohl nur in der Eisenbahn, wenn er mit seinen Mitarbeitern zu den Werken im Osten oder Süden fuhr, gönnte er sich das Vergnügen, zwei, drei Stunden rauchend am Schachbrett zu verbringen. Er griff scharf an und verteidigte sich hartnäckig. Und es wurmte ihn fürchterlich, wenn er einmal verlor. Im stillen ärgerte er sich über sich selbst und blieb, obwohl er sich bemühte, seinen Unwillen zu unterdrücken, verstimmt und hätte beim geringsten Anlaß aus der Haut fahren können. Makejew war sein langjähriger Schachpartner.

In Onissimows ordentlichem, geräumigem Wohnzimmer bauten sie im hellen, kalten Licht des Kronleuchters die Figuren auf dem Schachtisch auf. Onissimow, der gewöhnlich rasch reagierte und auch beim Schachspiel nicht lange überlegte, versank plötzlich mitten im Spiel in Gedanken. Makejew musterte ihn verstohlen. Onissimow dachte bestimmt nicht über seinen nächsten Zug nach: Er blickte am Tisch vorbei. Nach einer Weile besann er sich und spielte weiter, aber bereits träge und ohne jene Angriffslust, die ihm sonst am Schachbrett eigen war. Über Onissimows Lustlosigkeit besorgt, eröffnete der ihm ergebene Botschaftsrat eine heftige, bedrohliche Attacke und stellte schließlich erleichtert fest, daß Onissimow wieder zu sich kam, sich verteidigte und zu einem schonungslosen Gegenschlag ansetzte.

Wieder aber kamen Minuten, da Onissimow völlig abwesend war. In Moskau hatte Makejew Onissimow nie so bedrückt, so niedergeschlagen gesehen. War der Chef etwa krank?

Erkundigen aber durfte er sich nicht danach. Onissimow wies jede Frage nach seinem Befinden, nach seiner Gesundheit schroff zurück. Manchmal kam er beim Schachspiel auf Moskauer Angelegenheiten, auf das Komitee zu sprechen und lebte bei der Erinnerung daran auf, wie er mit dem Staatlichen Plankomitee um die Investitionen für die Erschließung der Erzlagerstätten gerungen hatte. Oder er wies, als stritte er mit jemandem, nach, daß die Errichtung eines Hüttenkombinats an der Scheksna ökonomisch zweckmäßig sei. Makejew kam es so vor, als wolle der ehemalige Minister und ehemalige Komiteevorsitzende aus der Ferne die Anschuldigungen seiner Widersacher entkräften und sich wenigstens vor ihr[illegible] Schachpartner und bescheidenen Untergebenen, rechtfertigen. Mitunter dachte Onissimow laut über die sich anbahnende, aber noch nicht vollzogene Umgestaltung in der Leitung der Industrie nach und meinte, man müsse dabei behutsam vorgehen, besann sich aber gleich wieder, bremste sich und verstummte.

Und von neuem sank er in sich zusammen, verschloß sich, wandte sich wieder dem Spiel zu und führte die Partie zu Ende. Das frühere Vergnügen aber bereitete ihm das Schachspiel nicht mehr. Selbst ein Sieg – und den rücksichtsvollen Makejew besiegte er auch heute noch oft – freute ihn nicht.

»Alexander Leontjewitsch, es ist noch früh. Spielen wir noch eine Partie?«

»Es reicht. Danke. Ich lege mich lieber hin und schlafe.«

Und Onissimow suchte sein einsames Lager auf. Er ging hier ungewöhnlich früh, um zehn oder elf, zu Bett und konnte, in Moskau seit Jahren, wenn nicht gar Jahrzehnten daran gewöhnt, erst gegen Morgen das Licht auszumachen, natürlich nicht einschlafen. Ein Schlafmittel aber wollte er nicht nehmen. In diesen schlaflosen Stunden ging ihm wieder vieles durch den Kopf, und er grübelte und grübelte. Nein, nicht über Nordeuropa.

18

Im Juni des Jahres 1957 stand in dem Land, das Onissimow Friedland getauft hatte, ein wichtiges Ereignis bevor: eine internationale Industrieausstellung. Aus Moskau sollte eine Gruppe von Ingenieuren und Wissenschaftlern zu dieser Ausstellung geschickt werden. Unter den sechzehn Mitgliedern der Delegation würden auch drei Metallurgen sein. Darunter Akademiemitglied Wassili Danilowitsch Tschelyschew, ein Spezialist für Hochöfen, wie in unserer Chronik schon einmal erwähnt.

Bevor ich jedoch näher auf Tschelyschew eingehe, gestatte ich mir eine kleine Abschweifung. Ich habe ihn gut gekannt, und seine Berichte und Ratschläge leisteten mir schon in den dreißiger Jahren, als ich eine Erzählung über den verwegenen Kurako, Tschelyschews Lehrer, schrieb, gute Dienste. Vor kurzem konnte ich mich davon überzeugen, daß ich nach wie vor sein Vertrauen genieße. Er gewährte mir Einblick in seine zum Teil erstaunlich ausführlichen Tagebücher. Diese Tagebücher wurden mit seiner Erlaubnis zu einer der wichtigsten Quellen dieser Chronik.

Wie aus einer Tagebuchnotiz hervorgeht, suchte Tschelyschew – nennen wir ruhig seine damalige Dienststellung: Direktor des Forschungszentrums für Schwarzmetallurgie und Mitglied des Präsidiums der Akademie der Wissenschaften – kurz vor seiner Abreise zu der internationalen Ausstellung das Ministerium für Stahlindustrie auf. Von den Angelegenheiten, die ihn dorthin führten, erwähnte Tschelyschew nur einen Bettelbrief des Ingenieurs Lesnych. Vor ein paar Jahren hatte sich Tschelyschew wegen dieses Lesnych, weil er sich hartnäckig weigerte, dessen Erfindung, ein neues Schmelzverfahren, industriell anzuwenden, eine von Stalin unterzeichnete Rüge eingehandelt und war obendrein auf höchsten Befehl, wie Tschelyschew selbst zu sagen pflegte, als stellvertretender Minister gefeuert worden. Und heute, man stelle sich das vor, suchte derselbe Lesnych, der, wie erwartet, einen fürchterlichen Reinfall erlebt hatte und mit Schimpf und Schande aus dem Werk gejagt worden war, das man extra erbaut hatte, um nach seinem Verfahren Stahl zu schmelzen, Beistand bei ebendiesem Tschelyschew und bat ihn, wenigstens einen seiner stillgelegten, verfallenden Öfen zu retten und unter die Fittiche der Wissenschaft zu nehmen. Also mußte Tschelyschew, da biß die Maus keinen Faden ab, ein Wörtchen für ihn einlegen.

Zweifellos hatte er auch noch andere Dinge im Ministerium zu erledigen: Mit der Zeit sammelte sich immer einiges an. Außerdem war er nicht abgeneigt, ein paar gute Worte und Wünsche mit auf den Weg zu nehmen und nebenbei die letzten Neuigkeiten und Gerüchte aufzuschnappen – selbst davor scheute der alte Mann, dem jede Scheinheiligkeit fremd war, nicht zurück –, Gerüchte, auf die alle Moskauer Behörden begierig waren, weil man dort noch immer herumrätselte: Werden die Ministerien nun aufgelöst oder nicht? Tschelyschew wußte, daß Onissimow ihn in der fremden Hauptstadt danach fragen würde, und er wollte ihm die allerneuesten Nachrichten auftischen.

Wie gewöhnlich fuhr Tschelyschews Wagen nicht zum Haupteingang mit dem goldbeschrifteten Schild unter der dicken Glasscheibe, sondern zu dem unauffälligen, für den Minister und die Kollegiumsmitglieder bestimmten Nebeneingang um die Ecke.

Eine mit Bändern zusammengehaltene hellblaue Mappe in der Hand – er lief nicht gern mit einer Aktentasche herum –, stieg der hochaufgeschossene, knochige alte Mann, dessen Bauch sich unter dem lose fallenden dunkelgrauen Jackett kaum abzeichnete, aus dem Wagen. Den weichen grauen Hut hatte er ein wenig zurückgeschoben, so daß seine Glatze und ein großes, nicht gerade rassiges abstehendes Ohr zum Vorschein kamen. Der kühne Schwung seiner Knorpelnase zeugte von verborgener Leidenschaft. Die kleinen, tiefliegenden Augen verschwanden gleichsam hinter den buschigen aschgrauen Brauen. Früher wirkte Tschelyschew stets finster, seit einiger Zeit aber (vielleicht erzählen wir später einmal, wann und wie es dazu kam) trug er den Kopf hoch, und in den Augenhöhlen funkelte es hin und wieder lebhaft.

Jetzt blickte er sich munter nach allen Seiten um, ob nicht irgendwo ein Bekannter auftauchte. Er betrachtete auch das Nebengebäude mit den vielen Fenstern – dort hatte er, der passionierte Werkingenieur, noch unter Ordshonikidse ein neues Leben begonnen. Als Ordshonikidse Tschelyschew aus dem berühmten »Nowouralstal-Werk« ins Volkskommissariat holte, konnte er im Stellenplan keinen geeigneten Posten entdecken und erfand deshalb kurzerhand eine einzigartige Dienststellung für ihn: Chefhochöfner des Volkskommissariats für Schwerindustrie. Und Chefhochöfner der sowjetischen Metallurgie war Tschelyschew trotz aller Wechselfälle des Lebens noch heute.

Tschelyschew betrat das Gebäude. Der uniformierte Wächter, der die Ausweise kontrollieren sollte, stand neben einem kleinen Tisch. Tschelyschew griff in die Seitentasche nach seinem Dauerpassierschein, der Wächter aber erklärte lächelnd: »Gehen Sie nur, Wassili Danilowitsch.« Der schmucke junge Soldat kannte den Chefhochöfner gut und sah lächelnd zu, wie dieser für sein Alter ungewöhnlich leichtfüßig die Stufen mit dem Läufer erklomm.

Tschelyschew hatte noch viel Kraft. Bei seinen häufigen Besuchen in den Hüttenwerken des Ostens und Südens kletterte er auf die Gicht der Hochöfen, stieg in Gruben der Begichtungsanlagen hinab, legte auf dem Betriebsgelände und in den Werkhallen viele Kilometer zurück und sah auch in die Hinterhöfe.

Tschelyschew ging durch den dunklen breiten Korridor im ersten Stock des Ministeriums. Links und rechts an einer Reihe polierter Türen vorbei. Den Diensträumen der stellvertretenden Minister. Weiter unten, am Ende des Korridors, aber lagen das Sekretariat, das Vor- und Arbeitszimmer des Ministers und, daran angrenzend, ein Aufenthaltsraum, in dem man sich ausruhen oder etwas essen konnte. Unweit davon war das Büfett. Die Tür stand gerade offen, und man hörte Stimmen und tiefes Lachen.

Früher, als Onissimow das Ministerium leitete, merkte man schon hier, auf dem Korridor, ob er da war oder nicht. Wenn angespannte Stille herrschte, nur hin und wieder ein Mitarbeiter vorbeihuschte und alle, wenn überhaupt, nur mit leiser Stimme sprachen, dann hieß das, daß Onissimow da war. All das änderte sich ein wenig, sobald er das Haus verließ: Die Leute gingen im Korridor auf und ab, plauderten miteinander, und aus dem Büfett hörte man mehr Lärm, wenn auch gedämpften. Selbst in seiner Abwesenheit war Onissimows Strenge zu spüren.

Jetzt aber wurde Tschelyschew durch die offene Tür zum Büfett mit lautem Hallo begrüßt. Und es ließ sich unschwer erraten, ob der jetzige Minister, der lebenslustige, rotwangige Zichonja, im Moment in seinem Arbeitszimmer war.

Die Doppeltür vom Vorzimmer zum Arbeitszimmer stand sperrangelweit offen – ein eindeutiges Zeichen, daß es leer war. Die diensthabende Sekretärin Valeria Michailowna, die Tschelyschew noch aus der Vorkriegszeit hier im Ministerium kannte, empfing das Akademiemitglied freudestrahlend: »Endlich beehren Sie uns auch mal wieder! Pawel Georgijewitsch (so lauteten Vor- und Vatersnamen des Ministers) hat gerade angerufen und sich angekündigt. Gehen Sie rein, Wassili Danilowitsch, machen Sie es sich drin bequem.«

»Nein. Ich schlendere lieber ein bißchen auf und ab und plausche mit dem einen oder anderen.«

»Soll ich Ihnen jemand herbestellen?«

»Wozu? Ich geh selber hin.«

Trotzdem ging er erst einmal ins Arbeitszimmer mit dem graugelben Teppich. Zu Onissimows Zeit gab es hier keine Teppiche, für ihn waren das Luxusartikel, die er nicht duldete. Dafür hatte er das helle Parkett spiegelblank wachsen und wienern und obendrein einmal im Jahr abziehen lassen. Damals hätte man keine stumpfe Stelle am Fußboden entdeckt, die ganze große Fläche erstrahlte in makellosem Glanz. Jetzt aber lag ein Teppich da, und das Parkett schimmerte zwar noch in Maßen, doch der strenge, verblüffende Glanz war weg.

Tschelyschew ging zum Tisch und blieb plötzlich stehen. Noch immer hing an der Wand die Landkarte aus der Kriegszeit. Man sah noch die kaum merklichen Einstiche – hier hatte Volkskommissar Onissimow in den bösen Monaten des Jahres 1941 eigenhändig Nadeln angebracht, um zu zeigen, wie die Militärzüge, mit denen die Werke aus dem Süden nach Osten transportiert wurden, vorankamen.

Diese Karte mit den Fähnchenreihen hing auch an jenem denkwürdigen Abend hier, als Hitlers Bomber zum erstenmal Moskau anflogen. Tschelyschew saß damals ebenfalls in diesem Raum. Onissimow hatte ihn zu einer Beratung geladen. Plötzlich heulten die Sirenen: Fliegeralarm. Ungerührt, ohne auch nur einen Blick auf die verdunkelten Fenster zu werfen, setzte Onissimow die Beratung fort. Flakschüsse krachten. Man hörte Bomben detonieren. Ein naher Einschlag ließ das Gebäude erzittern und die Fensterscheiben klirren. Onissimow sagte: »Machen wir mal das Licht aus und sehen uns an, was sich da tut.«

Er schaltete eigenhändig die Tischlampe aus, und rasch erlosch der Leuchter. Das Arbeitszimmer versank im Dunkeln. Onissimow öffnete das Fenster. Über die Gesichter huschten vage Lichtreflexe. Scheinwerferstrahlen suchten den Himmel ab, vielfarbig punktierte Linien von Leuchtspurgeschossen stiegen auf und verglommen in großer Höhe mit rötlichem Schein.

Onissimow stand schweigend am Fenster und sah hinaus. Ein paar Beratungsteilnehmer traten zu ihm, andere blieben in sicherer Entfernung. Da sagte Tschelyschew: »Sie, Alexander Leontjewitsch, sind mutig. Ich aber bin, wie ich gestehen muß, feige. Ich gehe in den Luftschutzraum.«

Und er ging. Niemand wagte ihm zu folgen.

Später aber ... Später galt es noch ganz andere Mutproben zu bestehen.

Das alte Akademiemitglied ließ sich in einem bequemen Stuhl am Tisch nieder – er erinnerte sich, daß bei Onissimow auch die Stühle härter waren –, schlug die Mappe auf und sah die Papiere durch. Dabei stieß er auf die Briefe dieses Lesnych – der Teufel sollte ihn holen. Ja, so spielte das Leben. Aber das war kein lustiges Spiel. Tschelyschew hatte es nicht vergessen: In jener weit zurückliegenden Stunde zitterten Onissimow die Hände. Damals begann eigentlich dieser ganze unglaubliche plötzliche Aufstieg und spätere Fall des Ingenieurs Lesnych. Dieses Drama unter anderem hatte Tschelyschew in seinen Tagebüchern festgehalten.

19

Es geschah vor genau fünf Jahren – im Sommer 1952.

Tschelyschew saß an ebendiesem Platz am Tisch, hatte seine Mappe so wie jetzt aufgeschlagen und besprach etwas mit Onissimow. Da ertönte das denkwürdige Läuten des Apparats der R-Leitung. Onissimow griff seelenruhig nach dem Hörer, plötzlich aber traten rote Flecke auf seine Wangen. Er sprang auf und blieb während des ganzen Gesprächs stehen. Tschelyschew wußte, daß Onissimow nur vor einem Menschen am Telefon strammstand. Ja, der Anrufer war tatsächlich Stalin.

Was Stalin sagte, konnte Tschelyschew natürlich nicht verstehen, er hörte nur Onissimows Antworten.

»Ja, Genosse Stalin, ich höre. Das neue Verfahren von Lesnych? Ja, ich weiß.«

Onissimow drückte ein paarmal nervös auf den Klingelknopf, der ihn mit dem Sekretariat verband. Auf dieses Zeichen hin kam Serebrjannikow sofort herbeigeeilt, trotz der Hast würdevoll wie eh und je. Onissimow fuhr klar und deutlich fort: »Jawohl, Genosse Stalin. Ja, ich habe mich persönlich damit befaßt.«

Die Hand über die Muschel gelegt, flüsterte er: »Sofort alles her, was wir über Lesnych haben.«

Serebrjannikow, der im Fluge erfaßte, worum es ging, verließ ohne Rückfrage genauso zielstrebig und schnell, wie er gekommen war, den Raum. Onissimow sagte in den Hörer: »Ich kann Ihnen mitteilen, daß sich Ingenieur Lesnych vor zwei Jahren mit seinem Vorschlag ans Ministerium gewandt hat. Es erfolgte . . .«

Offensichtlich fiel Stalin ihm ins Wort. Onissimow verstummte augenblicklich. Wie zuvor stand er stramm. Seine kleine Hand umklammerte den Telefonhörer. Auf seinen Wangen brannten immer noch hektische Flecke, aber sein furchtloser, konzentrierter Blick bewies, daß er die Fassung bewahrte.

»Ja, ich habe seine Beschwerde persönlich bearbeitet. Auch eine kompetente Kommission wurde hinzugezogen. Außerdem hat Wassili Danilowitsch Tschelyschew ein Gutachten erstellt.«

Erst jetzt begriff Tschelyschew, worum es eigentlich ging. Anfangs konnte er sich nicht recht vorstellen, daß sich Stalin nach jenem aufgedunsenen, kurzatmigen Menschen erkundigte, der . . . Nun, nach Lesnych, jenem Lehrer aus Sibirien. Er hatte vorgeschlagen, Stahl direkt, unter Umgehung des Hochofenprozesses, aus Erz zu schmelzen, und erklärt, dazu benötige man keinen Koks mehr, sondern könne an seiner Stelle elektrischen Strom verwenden. Mit unglaublicher Hartnäckigkeit, ja wahrer Besessenheit verteidigte er seinen Vorschlag und versuchte ihn durchzuboxen. Er drang bis zu Tschelyschew vor. Dessen Urteil war ein neuer Schlag, eine neue Enttäuschung für den Erfinder. Tschelyschew schrieb nämlich in seinem Gutachten, Lesnychs Verfahren sei technisch zwar realisierbar, ökonomisch aber unzweckmäßig, da außergewöhnlich teuer. Der Erfinder möge weiterarbeiten und -experimentieren, und man solle ihn dabei in vernünftigen Grenzen unterstützen. Womöglich werde er einige theoretische Fragen der Metallurgie klären helfen. Man dürfe jedoch – zumindest in absehbarer Zeit – nicht mit praktischen Ergebnissen, mit einer praktischen Anwendung von Lesnychs Verfahren in der Industrie rechnen. Der hartnäckige Erfinder schreckte selbst vor einer Beschwerde beim Zentralkomitee der Partei nicht zurück. Von dort gelangte die Beschwerde nebst allen Unterlagen zu Minister Onissimow. Auch er mußte sich mit Lesnychs Forderung, mit seinen Zeichnungen und Berechnungen sowie mit den zahlreichen ablehnenden Gutachten befassen. Onissimow tat das mit der ihm eigenen Sorgfalt. Mit dem Bleistift in der Hand errechnete er, daß die chemischen Reaktionen des Prozesses bei Lesnychs Verfahren praktisch unerreichbare Temperaturen erforderten. Kam es wider Erwarten doch zu einer Reaktion, so war die Schlacke derart aggressiv, daß ihr kein feuerfestes Material widerstehen konnte. Wie Onissimow aus der Zeichnung ersah, war auch die vorgeschlagene Ofenkonstruktion nicht stichhaltig – beispielsweise verhinderte sie nicht das Zusammenbacken der ins Schmelzbad gleitenden Erze. Seine Schlüsse waren noch kategorischer als Tschelyschews Gutachten. Eines Tages hielt er Tschelyschew sogar vor: »Sie sind zu weich. Nur aus Gutherzigkeit konnten Sie schreiben, daß das Verfahren technisch realisierbar ist.«

»Wieso? Theoretisch ist das denkbar.«

»Aber wir beide zweifeln doch nicht daran, daß bei der Sache nichts rauskommt. Und genau das hätten Sie schreiben müssen, um keine falschen Hoffnungen zu wecken.«

»Soll er doch weiterwursteln.«

»Das entscheiden nicht wir. Er gehört nicht zu unserem Bereich, sondern zum Ministerium für Hochschulwesen. Ich glaube nicht, daß das Ministerium unsere frommen Wünsche braucht.«

Und nun, zwei Jahre später, erkundigte sich Stalin plötzlich telefonisch nach dem Ingenieur Lesnych. Wie war so etwas möglich? Wie hatte Lesnychs Vorschlag trotz der zahlreichen Barrieren zu Stalin vordringen können? Während Tschelyschew Onissimows Worten lauschte, fiel ihm das Gemunkel ein, die Berija unterstellte Lagerbehörde, die sich auch mit der Projektierung gigantischer Wasserkraftwerke in Ostsibirien befaßte, habe gewisse Mittel für Lesnychs Versuche abgezweigt.

Unterdessen ging das Telefongespräch weiter. Onissimows konzentriertes Gesicht und seine starre, aufrechte Haltung zeugten nach wie vor vom grenzenlosen Respekt vor seinem Gesprächspartner. Onissimow, der wie auf Befehl strammstand, ohne jedoch den Kopf zu heben – im Gegenteil, er schien ihn noch tiefer als sonst zwischen die Schultern zu ziehen –, versuchte nicht, sich vor einer eindeutigen Antwort zu drücken. Er verstand zwar durchaus auszuweichen, vermochte das aber absolut nicht mehr, sobald er Stalin Rede und Antwort stand. Äußerste Genauigkeit und Exaktheit waren dann für ihn nicht nur Ehrensache, sondern auch sein Schutzschild, seine Rettung.

»Jossif Wissarionowitsch, als Ingenieur kann ich diesem Verfahren nicht zustimmen.«

Wieder brach er ab und hörte zu. Plötzlich wich alle Farbe aus seinem Gesicht.

»Nein, darüber bin ich nicht informiert. Das höre ich jetzt zum erstenmal.«

Gleich darauf aber war er wieder gelassen wie zuvor.

»Wir haben eine gründliche Expertise angefertigt, Jossif Wissarionowitsch. Ich trage selbstverständlich die volle Verantwortung. Außerdem hat sich, wie bereits gesagt, auch Genosse Tschelyschew damit befaßt. Er sitzt übrigens gerade bei mir.«

Tschelyschew begriff, daß Onissimow wenigstens eine kurze Atempause brauchte, um zur Besinnung zu kommen, sich von etwas schrecklich Überraschendem zu erholen und ihm gefaßter begegnen zu können. Und der Schachzug gelang. Onissimow reichte Tschelyschew den Hörer: »Jossif Wissarionowitsch möchte Sie sprechen.«

Durch die Membran drangen in Stalins schleppender Redeweise die Worte: »Genosse Tschelyschew? Guten Tag.« Das Telefon schien seinen unüberhörbaren georgischen Akzent noch zu verstärken. »Kennen Sie den Vorschlag des Ingenieurs Lesnych für eine Stahlgewinnung aus Erz unter Umgehung des Hochofens?«

»Ja.«

»Was sagen Sie dazu?«

»Da ich mich mit seiner Idee befaßt habe, kann ich Ihnen . . .«

»Haben Sie sich persönlich damit befaßt?«

»Jawohl.«

»Aha. Ich höre.«

»Jossif Wissarionowitsch, meiner Ansicht nach hat der Vorschlag keinerlei praktischen Wert. In der Industrie ist er jedenfalls nicht zu gebrauchen.«

»Die Sache ist also aussichtslos? Habe ich Sie richtig verstanden?«

In dem scheinbar ruhigen Ton schwang eine Drohung mit. Tschelyschew erwiderte: »In ferner Zukunft werden wir vielleicht tatsächlich Stahl nur noch mit Hilfe von Strom erzeugen. Aber vorläufig . . .«

»Sie haben den Erfinder also nicht unterstützt?«

Dazu mußte Tschelyschew schweigen. Er wollte sich nicht hinter den Zeilen seines Gutachtens verstecken, daß man den Erfinder in vernünftigen Grenzen unterstützen solle, und Onissimow nicht in den Rücken fallen. Auf das andere Ministerium, dem der Lehrer Lesnych unterstand, zu verweisen erschien Tschelyschew bürokratisch und ging ihm erst recht gegen den Strich. Stalin erließ ihm die Antwort jedoch nicht: »Sie haben ihn also nicht unterstützt?«

Tschelyschew brummte:

»Ich weiß nicht.«

»Ich aber weiß es. Sie und Genosse Onissimow haben ihn nicht unterstützt. Das haben andere für Sie getan. Und obwohl Sie der Meinung sind, daß die Erfindung keinerlei praktischen Wert hat . . .« Stalin legte eine Pause ein, als erwarte er von Tschelyschew eine Bestätigung. »Ich habe Sie doch richtig verstanden?«

»Ja.«

». . . liegen trotzdem, Genosse Tschelyschew, hier auf meinem Tisch« – Stalins Stimme klang jetzt härter – »Metallproben, Muster des nach diesem Verfahren geschmolzenen Stahls. Ich schicke sie Ihnen. Ihnen und dem Genossen Onissimow.«

Nun begriff Tschelyschew Onissimows Worte: »Das höre ich jetzt zum erstenmal.« Auch Tschelyschew hatte davon noch nichts gehört.

»Schmelzen kann man auf diese Weise Metall«, sagte er, »aber was mag das gekostet haben?«

»So gut wie nichts. Der Schmelzprozeß erfolgte im Labor des Sibirischen Polytechnischen Instituts. Und geholfen haben dem Genossen Lesnych ein paar Studenten.«

Wieder trat Serebrjannikow geräuschlos mit zwei Aktendeckeln ein. Onissimow riß sie ihm fast aus der Hand und blätterte rasch darin, wobei er immer wieder zu Tschelyschew hinübersah, um, wenn nicht an dessen Blick – die kleinen Augen verschwanden völlig unter den finster gerunzelten Brauen –, so wenigstens an den huschenden Schatten auf dem hageren Gesicht zu erraten, wovon Stalin sprach.

Serebrjannikow stand, wie stets voller Würde, hinter Onissimow, leicht über ihn gebeugt, bereit, weitere Aufträge entgegenzunehmen.

»Das sollte man ruhig mal ausrechnen«, sagte Tschelyschew. »Außerdem ist ja auch der Ofen kaputt, weil das Mauerwerk durchgebrannt ist.«

»Woher wissen Sie das?«

Tschelyschew schmunzelte.

»Das kann man sich doch an den fünf Fingern abzählen. Aber das alles, Jossif Wissarionowitsch, wäre noch nicht so schlimm, wenn . . .«

Stalin fiel ihm ungeduldig ins Wort: »Warum, Genosse Tschelyschew, sehen Sie hinter all den Kleinigkeiten die Hauptsache nicht? Wird etwas Bedeutendes jemals ohne Qualen geboren?« Mit seiner Formulierung zufrieden, verstummte er. Dann verfiel er wieder in seine schleppende Redeweise. »Die Hauptsache ist doch, daß nach dem neuen Verfahren Stahl erschmolzen wurde. Alles übrige aber findet sich, Genosse Tschelyschew, wenn wir nur beharrlich bleiben. Stimmt's?«

Tschelyschew, dem Stalins gereizter, ja übellauniger Tonfall nicht entging, wagte nicht zu widersprechen. Dabei lagen ihm ein paar Einwände gegen sein »Warum sehen Sie hinter all den Kleinigkeiten die Hauptsache nicht?« auf der Zunge. Alles gut und schön, Genosse Stalin, aber früher haben auch Sie solche Kleinigkeiten nicht mißachtet und sich für tausend Einzelheiten interessiert. Schließlich wurden schon viele Verfahren zur direkten Gewinnung von Stahl aus Erzen vorgeschlagen, bei uns wie auch weltweit. Und jedes Verfahren setzt sich aus Kleinigkeiten, Feinheiten und Einzelheiten zusammen. »Wenn wir nur beharrlich bleiben.« Nein, nicht alles läßt sich in der Technik, in der Industrie durch Beharrlichkeit erreichen. Erst einmal braucht man eine richtige Lösung.

»Sie haben sich geirrt, Genosse Tschelyschew.« Stalin zögerte, damit sich Tschelyschew der ganzen Tragweite dieser Worte bewußt werden konnte. »Aber der Irrtum kann berichtigt werden. Tun wir das. Wir brauchen dieses Metall.«

21

Um die Wahrheit zu sagen: Tschelyschew schwankte.

Im Dezember 1934 hielt er, der ewig finster dreinschauende Chefingenieur von »Nowouralstal«, im Kreml eine an Stalin gerichtete Grußansprache. Er tat das im Namen seiner Kollegen, der Teilnehmer des Treffens und aller Metallurgen, die zum erstenmal in der Geschichte Rußlands zehn Millionen Tonnen Roheisen im Jahr erzeugt hatten.

Zwei oder drei Tage vorher war Tschelyschew darüber informiert worden, daß er eine Rede halten sollte. Er hatte darauf nur gebrummt: »Meinetwegen.«

Er war ein miserabler Redner. Seine Rede auf dem Treffen der Stahlwerker von »Nowouralstal« nach dem feierlichen Anblasen des ersten Hochofens ist in die mündliche Überlieferung eingegangen, die bis heute die noch ungeschriebene Geschichte der sowjetischen Metallurgie ersetzt. Nach damaligem Brauch beendete jeder Redner seine Ansprache mit einem Hochruf. Zum Beispiel: »Es lebe die heldenhafte Arbeiterklasse!«, »Es lebe der große Stalin!« oder etwas in der Art. Nachdem Tschelyschew ein paar Zahlen über die Kapazität dieses größten Hochofens in Europa und seine Mechanisierung genannt oder, genauer gesagt, vor sich hingemurmelt hatte, schrie er zum Schluß seiner Rede: »Es lebe!« Er hatte sagen wollen: »Es lebe der Hochofen Nummer eins!« – denn dieser mächtige Ofen war seine ganze Liebe, seine Leidenschaft, war wirklich sein Lebenswerk –, aber er genierte sich und brachte den Satz nicht über die Lippen. Nach den Worten »Es lebe!« verstummte er, ohne noch etwas hinzuzufügen.

Von Zeit zu Zeit erschienen in der zentralen Presse Artikel von ihm. Geschrieben hatte sie in Wirklichkeit ein Journalist im Auftrag seiner Redaktion, selbstverständlich nachdem er Tschelyschew zuvor ein paar Fragen gestellt und sich dessen Antworten notiert hatte. An Tschelyschews politischem »Credo« gab es nichts zu deuteln. Er, der seinen Hochöfen Leben einhauchte, der, wie es ihm mitunter vorkam, ihre Sprache verstand, ihre Klagen und Wünsche erriet und sich gleichsam als ihr Abgeordneter, als ihr Vertreter fühlte, war ein Anhänger der Sowjetmacht, ein Anhänger der Partei, die eine beispiellose Industrialisierung begonnen hatte. Da das für ihn ein für allemal feststand, überließ er es den Journalisten, seine Artikel mit politischen, nicht selten hochtrabenden oder hohlen Phrasen auszuschmücken. Die für ihn verfaßten Artikel unterschrieb er, ohne mit der Wimper zu zucken, und berichtigte nur Ungenauigkeiten, die sein Fachgebiet, die Technik, betrafen.

Und da hatte man ihn mit der Grußansprache an Stalin betraut.

Von anderen Metallurgen umringt, ging Tschelyschew über die Pflastersteine des Roten Platzes zum Spasski-Turm.

»Na, Wassili Danilowitsch, haben Sie Ihre Rede ausgearbeitet?« fragte ihn einer seiner Begleiter.

»Was für eine Rede? Ich spreche doch im Namen aller. Lese einfach vor, was Sie mir geben. Und basta.«

Erst jetzt erfuhr er, daß gar keine gemeinsame Grußansprache vorbereitet war und daß ihm, dem bereits fünfzigjährigen Ingenieur und Erbauer von »Nowouralstal«, die Ehre zuteil wurde, im Namen seiner Kollegen zu sprechen und seine Gefühle mit eigenen Worten zum Ausdruck zu bringen. Was denn? In zehn bis fünfzehn Minuten würde er vor Stalin stehen und hatte noch keine Ahnung, was er sagen wollte.

Schon stieg Tschelyschew mit den anderen die Treppen im Kreml-Palast hinauf. Niemand sprach ein lautes Wort; die weichen Läufer auf den Stufen dämpften das Geräusch der Schritte. Tschelyschew, der diese besondere, feierliche Stille im Unterbewußtsein registrierte, versuchte, sich zu konzentrieren und in Gedanken aus alldem, was er erlebt und durchdacht hatte, das Wesentliche, Entscheidende herauszufiltern.

Im Saal setzte er sich still in eine Ecke, aber man entdeckte ihn und holte ihn nach vorn.

Die ersten Worte an Stalin sprach er stockend und mit gesenktem Kopf. Aber ihre erstaunliche Aufrichtigkeit gab ihm Kraft. »Unter Ihrer Leitung, Genosse Stalin, wurde eine neue Industrie geschaffen. Sie haben eine Revolution in der Technik verwirklicht, von der wir alten Ingenieure nicht zu träumen wagten. In der Geschichte der Industrie gibt es, was die Fristen und Umstände, vor allem aber die Mittel und Methoden angeht, kein solches Beispiel. Das ist von Anfang bis Ende revolutionär.« Jetzt hob Tschelyschew den Kopf, sah Stalin offen an und begegnete seinem undurchdringlichen Blick.

Im tiefsten Innern wußte Tschelyschew: Es war nicht gut, es gehörte sich nicht, einem Menschen Lobhudeleien ins Gesicht zu sagen, aber er paßte sich dem Ton jener Jahre, dem Stil jener Zeit an, ohne dabei seinen Stolz als Ingenieur zu verletzen, sein Gewissen zu belasten: Er, der endlich ein Werk nach Kurakos Plänen, nach seinem Vermächtnis, hatte erbauen können, mußte Stalin einfach dankbar sein.

Damals, nach seiner Rede, sagte Stalin zu ihm: »Sie irren sich, Genosse Tschelyschew.«

Stalin schritt auf und ab, blickte in den verstummten Saal und schwieg eine Weile. Qualvoll lange für Tschelyschew. Schließlich war es kein Vergnügen, von ihm zu hören: »Sie irren sich.« Stalin ließ Tschelyschew noch eine Weile zappeln, dann fuhr er fort: »Sie irren sich. Die Partei allein konnte die Arbeit, von der Sie sprechen, nicht bewältigen. Um so verkehrter ist es, das mir, einem bescheidenen Schüler Lenins, zuzuschreiben.«

Er drehte sich zu Tschelyschew um und fügte überdeutlich und lächelnd hinzu: »An der Seite der Partei haben an dieser Arbeit auch parteilose Fachleute, Menschen wie Sie, mitgewirkt.«

So gab Stalin das Kompliment zurück, was er, nebenbei gesagt, nicht oft tat. Tschelyschew berührte das peinlich. Ihm war, als ziehe man ihn in ein absolut überflüssiges Spiel hinein. Aber er beruhigte sich rasch: Er hatte ja nur ehrlich ausgesprochen, was er empfand.

22

Und jetzt sagte Stalin: »Sie haben sich geirrt.« Verflixt, vielleicht begriff er mit seinem genialen Verstand, seinem Instinkt tatsächlich etwas, was Tschelyschew entgangen war? Begriff es und konstatierte: »Wir brauchen dieses Metall. Das Verfahren ist lebenswichtig.«

Onissimow hatte unterdessen den Aktendeckel mit den Zeichnungen aufgeschlagen, einen Bogen Pauspapier mit der Gesamtansicht von Lesnychs Ofen herausgeholt und auseinandergefaltet. Beide – Tschelyschew und Onissimow – starrten auf die Zeichnung. Dann trafen sich ihre Blicke. Für einen Moment zuckten Onissimows ernste grünliche Augen schmerzlich, um gleich darauf wieder äußerste Konzentration und angespanntes Denken zu spiegeln. Natürlich waren das keine leichten Minuten für ihn. Seine Stellung, ja seine ganze Zukunft standen auf dem Spiel. Auch er, Tschelyschew, würde selbstverständlich nichts zu lachen haben.

Doch zum Teufel mit allen Bedenken! Er, Akademiemitglied Tschelyschew, war verpflichtet, zu Stalin zu sagen: Dieser Ofen ist für die Industrie nicht geeignet. Machen Sie mit mir, was Sie wollen, Genosse Stalin, aber ich habe Sie nie getäuscht, und ich werde Ihnen auch jetzt sagen, was ich denke.

Stalin sprach jedoch schon weiter: »Ich beauftrage Sie, Genosse Tschelyschew, sich damit zu befassen. Der vom Genossen Lesnych vorgeschlagene metallurgische Prozeß muß wissenschaftlich weiterentwickelt, die Technologie vervollkommnet werden. Anschließend erarbeiten Sie ein Projekt für ein Stahlwerk, das nach diesem Verfahren produziert.«

»Wenn wir anfangen, solche Werke zu bauen . . .«

Tschelyschew beendete seinen Satz nicht, er stockte, weil er selbst durchs Telefon den Druck von Stalins starkem Willen spürte.

»Was wollten Sie sagen?«

»Ich kann das nicht übernehmen, Jossif Wissarionowitsch. Ich glaube nicht an dieses Verfahren.«

»Na, wie Sie meinen.«

»Ich glaube nicht daran, ich kann es nicht.«

»Wie Sie meinen«, wiederholte Stalin trocken. »Das ist Ihre Sache.« Er erwartete, daß Tschelyschew noch etwas sagen würde. Der blieb jedoch stumm. »Geben Sie mir den Genossen Onissimow.«

Onissimow preßte den schwarzen Plasthörer in seiner kleinen Hand und stand von neuem stramm.

»Ich höre, Genosse Stalin.«

In dem wiederaufgenommenen Dialog zwischen dem Generalissimus und dem Minister konnte Tschelyschew wie zuvor nur die eine Seite hören.

»Genosse Stalin, erlauben Sie, daß ich Bericht erstatte. Der Vorschlag des Genossen Lesnych ist dreifach geprüft worden. Eine Kommission unter dem Vorsitz von Professor Bogatkin, Doktor der technischen Wissenschaften . . .«

Stalin unterbrach Onissimow, offensichtlich fiel er ihm mit einer kategorischen Bemerkung ins Wort. Eine Zeitlang hörte Onissimow konzentriert zu und murmelte nur hin und wieder: »Verstehe. Verstehe.«

Dann sagte er noch einmal: »Verstehe.« Und fügte gleich darauf hinzu: »Wird erledigt. Ja, ich übernehme persönlich die Verantwortung.«

Er sprach diese Worte in festem Ton. Seine Augen spiegelten keine Qual mehr. Und Tschelyschew begriff: Stalin hatte das Schicksal der Erfindung, derselben Erfindung, die von Onissimow abgelehnt worden war, in Onissimows Hände gelegt. Ihn, den Minister, hatte er beauftragt, das Verfahren weiterzuentwickeln und ein Werk mit Lesnychs Öfen zu bauen. Und Onissimow erwiderte, ohne zu zögern: »Wird erledigt!« Seine früheren Einwände schienen nicht mehr zu existieren: Stalins Befehl war für ihn unumstößliches oberstes Gesetz.

»Ich höre. Ich notiere.«

Von seinem Arbeitszimmer aus diktierte Stalin die Termine. Achtzehn Monate gab er Onissimow für den Bau des neuen Werkes in Ostsibirien, für die erste Stahlschmelze nach Lesnychs Technologie. Anschließend kam er, soviel Tschelyschew verstand, auf jene Liste zurück, von der er soeben, noch vor wenigen Minuten, nichts hatte wissen wollen.

»Ich lese sie Ihnen gleich vor.«

Onissimow fand rasch das abgeheftete Blatt und verlas die Namen der Kommissionsmitglieder, die einstimmig ein negatives Urteil über Lesnychs Vorschlag gefällt hatten.

»Alle wieder hinzuziehen? Jawohl. Wen? Ich notiere. Auch einen Vertreter von ›Jenissej-Elektro‹? Der Genosse Berija wird ihn ernennen? Jawohl. Verstehe.«

Damit war das Gespräch beendet. So wurde der unheilverkündende Name Berija mit dem künftigen, nach dem Willen des HAUSHERRN riesigen Unternehmen verknüpft.

Der Hörer lag wieder auf der Gabel. Onissimow ließ sich auf seinen Stuhl sinken, blickte Serebrjannikow, der noch immer hinter ihm stand, an und sagte: »Er hat die ganze Zeit dabeigesessen.«

Der würdevolle Sekretariatsleiter klappte als Zeichen, daß er verstanden hatte, kurz die Wimpern über seine blauen Glotzaugen. Auch Tschelyschew begriff, wer mit diesem »Er« gemeint war.

Auf Tschelyschews Tagebuch und einige andere Dokumente gestützt, können wir mit ziemlicher Sicherheit rekapitulieren, wie es dazu kam, daß Stalin in diesen Fall eingriff. Ja, es war Berija, der Stalin die von dem hartnäckigen Lesnych in einem Laborofen gewonnenen Metallplättchen brachte. Natürlich hatte Berija nichts davon geahnt, daß irgendwo im fernen Sibirien die Erbauer des geplanten grandiosen Wasserkraftwerks »Jenissej-Elektro«, das ebenfalls von der Verwaltung Lager errichtet werden sollte, dem fanatischen Erfinder sozusagen auf gut Glück einen kleinen Teil ihrer Mittel überließen. Mit solchen Kleinigkeiten gab sich Berija nicht ab. Über die Versuchsschmelze aber hatte man ihn informiert. Mit den glänzenden, dünnen Metallplättchen – der Erfinder gab dem Metall den Namen Erstlingsstahl –, die durch Elektroschmelze, eine besondere Technologie ohne Koks, ja ohne den ganzen Hochofenprozeß direkt aus dem Erz gewonnen worden waren, ging Berija zu Stalin. Und nicht nur mit diesen Plättchen, sondern auch mit einer lückenlosen Beweiskette dafür, daß Onissimow die Erfindung hatte abwürgen wollen. Endlich war die Stunde gekommen, auf die Berija seit Jahr und Tag wartete: Onissimow mußte mit Stalins Zorn rechnen, damit, daß er unbarmherzig zuschlug.

Die dünnen Stahlplättchen mit dem edlen Silberglanz gelangten auf den Schreibtisch des Generalissimus. Wie wir bereits berichteten, bereitete Stalin nach und nach ein weiteres großes Werk in seinem Leben vor: Er trug sich mit Plänen für einen industriellen Vormarsch in Ostsibirien. Der Bau neuer beispielloser Wasserkraftwerke mit einer unvorstellbaren Kapazität sollte zum Sammelpunkt für die ungestüm brodelnde Kraft der Jugend, zum Ausdruck des Heldentums einer ganzen Generation werden. Außerdem konnten dort zahllose Häftlingskolonnen eingesetzt werden. Allerdings beunruhigte es die Wissenschaftler, daß die künftige überreichliche Elektroenergie zum Teil ungenutzt bleiben würde. Wo fand man Abnehmer? Wie ließ sich die Energieintensität der Schwerindustrie erhöhen?

Dabei gab es, wie sich herausstellte, schon einen Elektroofen, der Stahl aus Erz schmolz, ohne Koks zu verbrauchen, und es gab auch schon – dort auf dem Tisch lag es! – Metall aus diesem Ofen. Nachdem Stalin Berija angehört hatte, ließ er sich aufgebracht mit Onissimow verbinden.

Das Ergebnis dieses Gesprächs ist dem Leser bekannt. Entgegen Berijas Erwartungen rechnete Stalin nicht mit Onissimow ab, weil der seine früheren Erwägungen als Ingenieur verwarf und die ihn einzig rettende Position bezog: »Wird erledigt!« Und zwar nicht, weil er den Mut verlor, sondern aus der Überzeugung heraus, die er sein Leben lang vertrat, die, wiederholen wir es noch einmal, schon fast automatisch, mit der Kraft des Instinkts, wirkte. Die Disziplin, die Treue gegenüber Stalin, gegenüber jedem seiner Worte und Anweisungen, ging ihm über alles. Und Stalin seinerseits zweifelte nicht daran, daß Onissimow – auch wenn er die Erfindung, als sie von unten an ihn herangetragen wurde, abgelehnt hatte – jetzt besser und energischer als jeder andere alles Erdenkliche tun würde, um Lesnychs Verfahren industriell anzuwenden. Und er ließ Onissimow nicht fallen. Onissimows bleiches Gesicht nahm allmählich wieder die gewohnte leichte Braunfärbung an. Die nahe, drohende Gefahr hatte ihm nicht den Schweiß auf die Stirn getrieben, ja nicht einmal die Wurzeln seines glattgekämmten hellkastanienbraunen Haares waren feucht geworden.

Serebrjannikow zog sich bescheiden zurück und ließ Tschelyschew und Onissimow allein. Auf dem Tisch lagen kreuz und quer wie nach einer Schlacht die Materialien über Lesnychs Erfindung aus zwei Schnellheftern und schräg darüber gebreitet der faltige Bogen Pauspapier mit der Gesamtansicht des Ofens.

Tschelyschew schüttelte mißbilligend den Kopf und sprach aus, was er nicht gewagt hatte, Stalin gegenüber zu äußern: »Wenn wir anfangen, solche Werke zu bauen, laufen wir bald ohne Hosen rum.«

Onissimow erwiderte nichts. Er griff mechanisch nach der unvermeidlichen Schachtel »Drug«, steckte sich eine Zigarette in den Mund, zündete ein Streichholz an und . . . Was war das? Die Flamme flackerte und tanzte in seinen zitternden Fingern. Erstaunt löschte er das Streichholz, ohne die Zigarette angesteckt zu haben. Er befahl seinen Fingern, mit dem Zittern aufzuhören. Aber auch das nächste Streichholz vibrierte in seiner Hand. Seine Augen waren furchtlos und klar, die Lippen fest geschlossen, die Finger aber zitterten.

Damals machte sich Onissimows seltsame Krankheit, dieses gleichsam unbegründete, lästige Händezittern, gegen das die Kunst der Ärzte nicht ankam, zum erstenmal bemerkbar.

23

Seit Stalins Anruf im Ministerium waren ein paar Tage vergangen. Das Unvermeidliche geschah. Onissimow bestellte Tschelyschew zu sich und überreichte ihm einen von Stalin unterzeichneten Beschluß des Ministerrats der UdSSR.

Die kleinen Augen des Akademiemitglieds huschten über die Zeilen. Er entdeckte sofort seinen Namen. Tschelyschew eine Rüge zu erteilen und von seinem Posten zu entbinden. Na ja, damit hatte er gerechnet. Nun konnte er alles der Reihe nach lesen. Die Erfindung des Ingenieurs Lesnych als für den Staat außerordentlich wichtig anzuerkennen. Die Elektroschmelze ohne Hochofenprozeß . . . Minister Onissimow eine Rüge zu erteilen. Tschelyschew . . . Na, das hatte er schon gelesen. Dann folgten die Kapazitäten und Termine, die Stalin genannt hatte: In achtzehn Monaten ist das Werk in Betrieb zu nehmen, das jährlich eine halbe Million Tonnen Metall erzeugen soll. Ein geeigneter Standort ist in der Gegend des künftigen Wasserkraftwerks am Jenissej zu suchen. Gleichzeitig ist das Verfahren technologisch zu vervollkommnen. Die Verantwortung wird Onissimow persönlich übertragen. An einer besonderen Stelle wurde Lesnychs Erfindung für streng geheim erklärt. Es ist dafür zu sorgen, daß keine Informationen über das Verfahren ins Ausland gelangen. Auch der Beschluß selbst war geheime Verschlußsache.

Als Tschelyschew bei der Unterschrift anlangte, machte er »Hm« und legte das Blatt beiseite.

»Na, da hab ich ja mein Fett weg. Was ich, wenn nötig, auch unterschreiben kann. Und dann nehmen wir Abschied.«

»Ich denke nicht daran, von Ihnen Abschied zu nehmen. Ich möchte Sie bitten, Wassili Danilowitsch . . .«

Tschelyschew war mit seinen Gedanken jedoch noch bei dem Beschluß. Ohne Onissimow zu Ende anzuhören, fragte er: »Was sagen Sie dazu, Alexander Leontjewitsch? Halten Sie das etwa für möglich?«

Onissimow, der außer dem steifen, blütenreinen Kragen stets und ständig einen Panzer aus Förmlichkeit und dienstlicher Reserviertheit trug, blieb auch jetzt verschlossen: »Entschuldigen Sie, diese Frage kann ich nicht erörtern.«

Der alte Mann fuhr hartnäckig fort: »Einer von uns ist mit einem blauen Auge davongekommen. Und wissen Sie, wer? Ich. Sie aber müssen die Suppe auslöffeln.«

Onissimow antwortete nicht. Tschelyschew blickte ihn forschend an. Onissimow wirkte in diesem Moment wieder gequält. Seine Augen glänzten wie stets, das Weiße darin aber schimmerte gelblich. Tschelyschew machte noch einmal »Hm« und ließ die Sache auf sich beruhen.

Inzwischen verlief Onissimows Arbeitstag wie immer. Das Haustelefon läutete dumpf. Am Apparat war, wie sich herausstellte, Alexej Golownja, Onissimows erster Stellvertreter, der gerade – buchstäblich in diesem Augenblick – von einer Dienstreise aus dem Ural zurückgekehrt war. Onissimow bat ihn zu sich: »Ja, ja, Alexej Afanassjewitsch, komm gleich mal her.«

Und erneut an Tschelyschew gewandt, sprach er von einem Forschungszentrum für Metallurgie, sagte, er habe Tschelyschew dafür auserkoren, und schlug ihm vor, die Leitung zu übernehmen. Tschelyschew hörte mit finsterer Miene zu.

Mit weitausholenden Schritten trat Alexej Golownja in seinem geliebten halbmilitärischen Aufzug ein.

Nein, an Zähigkeit konnte er, einst ein vor Gesundheit strotzender Hüne und unermüdlicher Hochofeningenieur, es trotz allem nicht mit Onissimow aufnehmen. Er hatte sich ein Herzleiden, eine Flimmerarrhythmie, zugezogen. Ab und an schob er sich eine Tablette in den Mund, biß sich auf die weiß gewordene wulstige Unterlippe und versuchte, mit dem plötzlichen scharfen Schmerz fertig zu werden, aber es kam vor, daß ihn wiederholte Anfälle doch aufs Krankenlager warfen. Dann verbrachte er ein oder zwei Wochen im Krankenhaus und spannte sich, kaum genesen, erneut vor den Karren. Als erster Stellvertreter war er das Double des Ministers – dieser konnte in jedem beliebigen Augenblick wegfahren, Golownja übernahm dann sofort die laufenden Geschäfte und kümmerte sich darüber hinaus um die Werke im Osten.

Viele Erfolge in der Industrie – auch an ihnen wird die bisher noch ungeschriebene Geschichte der sowjetischen Metallurgie nicht vorbeigehen – wurden unter seiner Mitwirkung errungen. Manchmal mußte er, wie es so schön heißt, in eine Bresche springen. Dann legte er sich als das Zugpferd in die Riemen und zog den Karren beharrlich aus dem Dreck. Selbst wenn die Lage hoffnungslos erschien. Womöglich haben die kargen Farben, die wir für sein flüchtiges Porträt verwandten, zu Unrecht den Eindruck erweckt, er sei ein harmloser, gutmütiger Kerl gewesen. Nein, Alexej Golownja konnte auch unbeugsam und hart sein, und er ließ nichts durchgehen. Sein Lieblingsschimpfwort »Pfuscher« traf den Schuldigen wie ein Schlag. Manchmal warnte er jemanden: »Denken Sie daran, ich habe eine schwere Hand.« In ihm verbanden sich Härte und Erbarmungslosigkeit der Sache wegen mit natürlicher Sanftmut und Menschlichkeit, weshalb man ihn hoch achtete. Und trotzdem stand er nach allgemeinem Dafürhalten mit seinen organisatorischen Fähigkeiten hinter Onissimow zurück. Dennoch war er der geborene Ingenieur, verstand etwas von metallurgischen Prozessen und sämtlichen Produktionsdetails. Er glaubte hier zu Recht, Onissimow überlegen zu sein. Als der älteste Sohn eines Hochofenmeisters war Alexej Golownja im Werk groß geworden. Was aber die Genauigkeit und leidenschaftliche Hingabe an seine Arbeit als Minister betraf, so konnte er sich mit Onissimow natürlich nicht messen. Seit Golownja auf Beschluß des Zentralkomitees oder, genauer, auf Stalins Befehl vor vielen Jahren vom Betrieb ins Ministerium versetzt worden war, trauerte er der Werkatmosphäre nach. Er machte für sein Leben gern Dienstreisen, hielt sich so lange wie möglich in den Werken auf und ertrug, obwohl er ein guter Familienvater war, geduldig die Trennung von zu Hause. Jedesmal kehrte er so erfrischt und entschlackt zurück, als hätte er vom Wasser des Lebens getrunken.

Auch jetzt trat er verjüngt und braungebrannt bei Onissimow ein – seine große Kartoffelnase schälte sich wie bei einem kleinen Jungen. Besonders jung machte ihn das gewinnende, offene Lächeln, das der Alltag im Ministerium und die Krankheit oft für lange Zeit auslöschten, was seinen Zügen etwas Abgehärmtes verlieh.

Nach der Begrüßung sagte er munter: »Wassili Danilowitsch, ich hab auch ›Nowouralstal‹, Ihre zweite Heimat, besucht. Dort gelten Sie für immer und ewig als Werksangehöriger.«

Der alte Mann antwortete nicht. Onissimow erklärte reserviert: »Setz dich, Alexej Afanassjewitsch. Hier, lies.«

Und ohne jede weitere Erklärung reichte er ihm den Beschluß. Golownja ließ sich auf einem harten Stuhl nieder, griff nach der Brille – auch er brauchte mittlerweile eine – und las aufmerksam das von Stalin unterzeichnete Schreiben. Dann fuhr er sich mit allen fünf Fingern durch das noch immer gelockte dunkelblonde Haar. Sein sympathisches Lächeln verschwand, die Augen verloren ihren fröhlichen Glanz, und die tiefen Falten, die sich von seiner wuchtigen Nase zu den Mundwinkeln zogen, traten deutlicher hervor. Er unterließ jeden Kommentar und holte nur tief Luft. Beim Arbeiten hin und wieder tief Luft zu holen, hatte er sich erst in jüngster Zeit, wahrscheinlich bedingt durch sein Herzleiden, angewöhnt.

»Was ist das für ein Ofen?« fragte er. »Wie funktioniert er?«

Onissimow holte schweigend die Zeichnung aus dem Schreibtisch, entfaltete sie und schob sie Golownja hin. Der musterte sie mit dem Kennerblick des Ingenieurs, ließ seine Augen von Onissimow zu dem finsteren Tschelyschew wandern und vertiefte sich wieder in den Ofenquerschnitt.

»Hier rutscht also das Erz runter?«

Onissimow erwiderte kurz und bündig: »Du hast die Zeichnung vor dir. Sieh sie dir an.«

Gewohnheitsgemäß griff er nach einer Zigarette und riß ein Streichholz an. Tschelyschew fiel auf, daß die Flamme in den Fingern des Ministers jetzt nicht zitterte, die kleine Hand blieb ruhig. Wieder beugte sich Golownja über das Blatt Papier. Er spitzte die Lippen, als wolle er pfeifen. Aber er pfiff nicht, sondern legte die Zeichnung wortlos beiseite. Seine Erfahrung und sein Ingenieurverstand ließen keinen Zweifel daran, daß das vorgeschlagene neue Verfahren bestenfalls noch jahrelang erprobt und geduldig vervollkommnet werden mußte. Bestenfalls. Möglicherweise mußte man ganz und gar darauf verzichten, denn ob die Grundidee, der Kern der Erfindung, etwas taugte, würde sich erst bei den Versuchen herausstellen. Ein neues Verfahren so mir nichts, dir nichts, im Werkmaßstab, industriell anzuwenden und in achtzehn Monaten ein mit Lesnychs Öfen bestücktes Werk in Betrieb zu nehmen, das war . . . Wieder holte Golownja tief Luft.

Onissimow ging nicht weiter auf Lesnychs Erfindung ein. Er sagte: »Du wolltest von ›Nowouralstal‹ erzählen?«

Golownja aber konnte jetzt nicht erzählen. So leicht kam er über die Tschelyschew zugefügte Kränkung nicht hinweg. Er kannte den stets finster dreinschauenden Chefingenieur Tschelyschew schon seit seinem ersten Praktikum, das er als Halbwüchsiger am Hochofen absolviert hatte. Und seit jener fernen Zeit nahm Tschelyschew in seinem Leben, wie auch in seinem Herzen, einen festen Platz ein. Kurako, der erste besessene Hochöfner Rußlands, hatte laut Werküberlieferung Tschelyschew einen wahren Ingenieur genannt.

Der offenherzige Golownja konnte jetzt nicht wie Onissimow über andere Dinge sprechen.

»Dazu ein andermal, wenn Sie gestatten.«

»Na schön, das hat Zeit. Also, ich hab Wassili Danilowitsch unser Forschungszentrum angeboten. Zumal das seine heimliche Liebe ist. Was meinst du dazu, Alexej Afanassjewitsch?«

»So heimlich ist die Liebe, soviel ich weiß, gar nicht. Sie werden doch nicht nein sagen, Wassili Danilowitsch?«

»Ich würd's ja machen. Aber da hab ich wieder diese Geschichte am Hals.« Tschelyschew wies mit dem Kopf auf die

Zeichnung und auf die Beschlüsse, die unübersehbar auf dem großen, sonst völlig leeren Tisch lagen.

»Nein«, sagte Onissimow, »diesen Teilbereich übernehme ich, wenn Sie nichts dagegen haben.«

»Na, wenn's so ist . . .«

Onissimow rief glücklich: »Ausgezeichnet! Die Sache ist also entschieden.«

Im Aschenbecher qualmte noch die Kippe, er aber griff schon nach der nächsten Zigarette. Wieder zündete er ein Streichholz an. Und – hol's der Teufel! – die kleine Flamme bebte und verriet, daß seine Hände von neuem zitterten. So pirschte sich diese merkwürdige Krankheit, die mal verschwand, mal wieder auflebte, nach und nach an ihn heran.

Onissimow wußte nicht, was dafür die Ursache war. Wir aber wollen sie nennen. Nie zuvor hatte er einen so heftigen Zusammenstoß erlebt – einen Zusammenstoß zwischen einem Befehl und seiner inneren Überzeugung. Bisher hatte das, was er tat, immer mit seinem Denken, mit seiner Überzeugung übereingestimmt. Nun aber zweifelte er wohl zum erstenmal – er zweifelte und führte den Befehl trotzdem aus.

24

Die Episode, die wir im folgenden wiedergeben wollen, ist ebenfalls ziemlich ausführlich und nimmt fast drei Heftseiten in Tschelyschews Tagebuch ein.

Handlungsorte sind zunächst ebenjenes Arbeitszimmer, in dem das helle Parkett, wie damals immer, makellos glänzte, und anschließend der leere, gewöhnlich absolut stille Korridor.

Tschelyschew, seit etwa drei Monaten Direktor des Forschungszentrums für Metallurgie, fuhr an jenem kalten Novembertag ins Ministerium, um hier seinen Arbeitsplan *abzustimmen* und zugleich ein paar andere Fragen zu klären. Er ging geradenwegs ins Vorzimmer des Ministers, nickte dem diensthabenden Sekretär, der aufstand und sich vor ihm verbeugte, zu und brummte: »Darf man?«

»Natürlich. Bitte, Wassili Danilowitsch.«

Als Tschelyschew die polierte Tür öffnete, sah er, daß er in eine Sitzung hineinplatzte. Im ersten Moment begriff er nicht, worum es ging. Und was für Leute Onissimow, der Tschelyschew von seinem Sessel aus höflich zulächelte, an diesem Tag zu sich bestellt hatte. Beim Lächeln legte die hochgleitende schmale Oberlippe eine lückenlose Reihe weißer, cremefarben schimmernder Zähne frei. Dies war, wie Tschelyschew wußte, bei Onissimow ein Zeichen verborgener Gereiztheit. Gleich darauf entdeckte Tschelyschew den schön geformten Kopf eines Unbekannten, der die Blicke magisch anzog. War das wirklich ein Unbekannter? Irgendwo hatte Tschelyschew dieses trotz der grauen Haare keineswegs alte, vom Wind oder vom Frost gerötete Gesicht schon gesehen. Die leicht verkniffenen, von einem Faltennetz umgebenen Augen musterten den Chefhochöfner des Sowjetlandes neugierig. Ach, das war doch der Schriftsteller! Die Deputierten des Obersten Sowjets, darunter auch Tschelyschew, nannten ihren Kollegen Pyshow, der mehrere sehr populäre und zweifellos gute Romane verfaßt hatte, einfach den Schriftsteller. Da Tschelyschew diesen Schriftsteller, der, soviel er wußte, keine Produktionsromane schrieb, nicht auf einer Beratung beim Minister für Walzstahl vermutet hatte, erkannte er ihn nicht gleich. Was suchte er hier? Allerdings hatte Tschelyschew wohl irgendwo gelesen, daß Pyshow ein neues Werk plante und deshalb ein paar Wochen in der Familie eines Stahlwerkers im Ural gelebt hatte. Ja, ja, jetzt fiel es Tschelyschew wieder ein.

Wer war denn noch hier? Zwei, drei Mitglieder des Kollegiums, einige Moskauer Metallurgie-Professoren, eine Stenographin an einem Extratisch und ... Wer war dieser kränklich aussehende schwerfällige Mann mit dem gedunsenen blassen Gesicht, der dem Minister gegenübersaß? Sein gediegenes Jackett stand lässig offen, ein dicker grünlicher Pullover schmiegte sich eng an seinen Körper. Dem eintretenden Tschelyschew gönnte dieser Mann keinen Blick. An Onissimow gewandt, sagte er in mürrischem Ton: »Machen Sie, was Sie wollen, aber ich brauche eine Vertretung in Moskau.«

Na, den Ton trieb ihm der Minister sicher gleich aus. An ihm durfte niemand seine Launen auslassen. Onissimow aber antwortete geduldig, immer noch höflich lächelnd: »Ihr Moskauer Vertreter bin ich. Sie brauchen bloß zu befehlen.«

»Aber ich kann Sie doch nicht wegen irgendwelcher Lappalien losschicken. Das wäre mir peinlich.«

»Nicht doch. Vertrauen Sie mir ruhig jeden noch so kleinen Wunsch an. Und er wird auf der Stelle erfüllt. Selbst wenn Sie ein Privatflugzeug verlangen, Sie bekommen es. Und genauso können Sie sich unbesorgt an mich wenden, wenn Ihnen ein paar kleine Nägel fehlen. Es wird mir eine Freude sein, sie Ihnen zu besorgen. Ich wiederhole, ich bin Ihr Beschaffungsagent, Ihr Vertreter.«

Der Mann im aufgeknöpften Jackett überlegte eine Weile und sah sich nach allen Seiten um. Er hatte, wie es so schön heißt, feurige Augen. Dieser ungewöhnlich funkelnde Blick war wohl der markanteste Zug an ihm.

Ja natürlich, das war Lesnych! Derselbe Lesnych, dem Stalins geheimer Beschluß galt. Nur ein einziges Mal, vor einigen Jahren, hatte Tschelyschew diesen damals noch nicht anerkannten, ruhelosen Erfinder gesehen – Lesnych war in einem abgetragenen, speckig glänzenden Anzug bei Tschelyschew erschienen, um sich zu beschweren. Und selbstverständlich hatte er sich damals nicht so in den Sessel gelümmelt und nicht in einem solchen Befehlston gesprochen. Seine Augen aber hatten genauso verrückt wie jetzt gefunkelt.

Erstaunlicherweise war Tschelyschew bereit, diesem eingebildeten, aufgeblasenen Ingenieur vieles einzig und allein dieses Blickes wegen zu verzeihen. Das seltsame Feuer in den gleichsam nach innen, auf einen einzigen Punkt gerichteten Augen söhnte ihn fast mit Lesnych aus.

Es hatte eine Zeit gegeben, da man Tschelyschew in seinem unaufhörlichen Bemühen, Kurakos Vermächtnis zu erfüllen und einen in Rußland einmaligen, dem Menschen gehorchenden Hochofenkoloß zu erbauen, für verrückt hielt. Seitdem waren viele Jahre vergangen, Tschelyschew hatte seine Ingenieursträume verwirklicht und war selbst ein anderer geworden.

Ein paar Sekunden lang musterte das alte Akademiemitglied unter zottigen Brauen hervor den Ingenieur, dem der gestrenge Minister als Materialbeschaffer, als Beauftragter für Besorgungen dienen wollte. Und schaute noch finsterer drein. In dem Versuchsbetrieb des Forschungszentrums für Metallurgie bei Moskau – ihm widmete Tschelyschew, der einmal in der Woche hinfuhr, viel Zeit – hatte man für Lesnych und seinen auf dem Luftweg aus Nowosibirsk herbeibeförderten Ofen etwas Platz geschaffen. Tschelyschew sah nie in diese Abteilung hinter der Blechwand, er ging stets schnurstracks daran vorbei. Dafür war Onissimow oft dort. Stundenlang stand er an Lesnychs Ofen, gab dem Werkdirektor, ohne Tschelyschew damit zu behelligen, persönlich Anweisungen und besorgte alles, was der Erfinder brauchte. Auch die Metallurgie-Professoren aus Moskau waren oft bei Lesnych. Und jetzt saßen sie hier zusammen: der hagere Bogatkin in seiner straffen Haltung und mit dem undurchdringlichen Blick hinter der Brille, und der kahlköpfige, hier etwas finster dreinschauende Isatschik, ein lebenslustiger Dickwanst. Sie, beides Autoritäten in der Elektrometallurgie, waren Mitglieder jener Kommission gewesen, die Lesnychs Vorschlag einstimmig und kategorisch abgelehnt hatte. Stalins grausamer Befehl hatte beide dazu verdammt, sich der Erfindung anzunehmen und die Technologie, das Verfahren zu vervollkommnen, das sie verworfen hatten.

Gott sei Dank hatte er, Tschelyschew, die Finger davon gelassen. Und er wollte auch jetzt nichts damit zu tun haben. Darum betrat er das Arbeitszimmer des Ministers nicht, blieb nur eine Weile in der Tür stehen, machte dann abrupt kehrt und ging seiner Wege.

25

Fast im selben Augenblick flog die Tür zu Onissimows Arbeitszimmer wieder auf, und der Schriftsteller kam heraus.

»Wassili Danilowitsch!« rief er Tschelyschew durch den Korridor hinterher.

Das Akademiemitglied blieb stehen und drehte sich um. Der Schriftsteller kam, den schönen grauen Kopf nach wie vor hoch erhoben, mit raschen Schritten auf ihn zu. Sein Gang war federnd und auf männliche Art graziös. Ja, er sah ausgesprochen gut aus mit seiner aufrechten Haltung und den breiten Schultern. Der graukarierte Wollanzug saß tadellos, obwohl den Bügelfalten und den Jackettaufschlägen eine Auffrischung nicht geschadet hätte. Diese kaum merkliche Nachlässigkeit in der Kleidung wirkte sogar anziehend. Auf seinem Gesicht, das so rot war wie bei den Schiffskapitänen in alten Romanen – weshalb ein Freund ihm den Spitznamen »Karmesinroter Kater« gegeben hatte –, lag ein verlegenes Lächeln. Erstaunlich, daß ein so bekannter, ja sogar berühmter Schriftsteller, der sich obendrein in den politischen Kämpfen der Epoche bewährt hatte und dem Stalin vertraute – damit natürlich auch mißtraute –, so unsicher, gleichsam Verzeihung heischend, lächelte.

»Wassili Danilowitsch, gestatten Sie, daß ich mich vorstelle. Wir sind uns sozusagen . . .«

»Na ja . . . Ich kenne Sie, Genosse Pyshow. Ich hab Ihre Bücher gelesen. Was führt Sie in diese heiligen Hallen?«

»Wassili Danilowitsch, ich will einen Roman über Metallurgen schreiben.«

»Wie ist es nur . . .«

»So weit mit mir gekommen?« fiel ihm der Schriftsteller ins Wort.

Und er stimmte ein ansteckendes, fast juchzendes Lachen an. In der ehrwürdigen Stille des Korridors wirkten diese Töne merkwürdig und ungewohnt. Eine Tür ging auf, jemand blickte erstaunt heraus und zog sich gleich wieder zurück. Alle, die mehr oder weniger oft mit dem Schriftsteller zu tun hatten, kannten dieses helle Lachen, das er sich aus seiner Jugendzeit erhalten hatte. Pyshows blaue – früher wunderbar klare, blanke, mit den Jahren verblaßte – Augen aber lachten nicht mit. Ja, das sah ihm ähnlich: zu lachen, wenn ihm überhaupt nicht danach war. Mitunter versteckte er hinter diesem fast echt wirkenden Lachen seinen Seelenzustand, die verborgene Ungereimtheit seines Lebens.

Unversehens hörte der Schriftsteller auf zu lachen, wurde

wieder ernst und erklärte: »Als junger Mann hab ich am Stahlinstitut studiert. Ich hatte ernste Absichten und wollte Ingenieur werden. Im zweiten Studienjahr aber ließ ich mich exmatrikulieren und entschied mich sozusagen« – dieses »sozusagen« gebrauchte Pyshow, besonders wenn er etwas verlegen war, oft – »für einen anderen Beruf. Auch Onissimow kenne ich aus dieser Zeit. Schon damals sagten die Jungs zu mir: Schreib was über uns. Aber erst jetzt drängt es mich, über sie, die Metallurgen von heute, zu schreiben. Wie Sie sehen, ist das für mich durchaus nicht aus der Luft gegriffen. Außerdem reizt es mich, sozusagen am eigenen Leib zu erfahren, was ein Produktionsroman ist.«

Während Pyshow sprach, prägten sich seine blauen Augen Tschelyschews Gestalt, seinen eingefallenen Mund, den Schwung der Nasenflügel und die vorspringenden Brauenbögen mit dem Blick des Künstlers ein, der fest entschlossen war, dieses Gesicht, diesen Charakter zu beschreiben.

Zweifellos hatte Pyshow Tschelyschew die Wahrheit über sich gesagt. Aber nur eine oberflächliche Wahrheit. War sich der Schriftsteller dieser Wahrheit überhaupt bewußt? Sah er die – gar nicht mehr ferne – letzte tragische Seite seines Lebens bereits voraus? Aber auch hier wollen wir nicht vorgreifen.

Vielleicht begegnen wir Pyshow, einem der interessantesten Menschen jener Zeit, in meinem nächsten Roman wieder – falls mir noch einer zu schreiben vergönnt ist. Hier aber verbieten es mir die Gesetze der Komposition, die Proportionalität, ihm mehr Platz einzuräumen.

Vor sich selbst und mitunter auch vor seinen Berufskollegen machte der Schriftsteller keinen Hehl daraus: Er trug sich mit der Idee zu einem neuen Werk (sein herausfordernder Titel »Der Stahlguß« war bereits bekannt), weil er der ganzen schreibenden Zunft als Beispiel dienen und der Literatur einen neuen Weg bahnen wollte.

Und nicht nur der Literatur. Pyshows nie versiegender Ehrgeiz – in Augenblicken der Einsicht oder vielleicht auch der Verzweiflung verfluchte er diese verhängnisvolle Schwäche – galt, um uns noch einmal des Vokabulars jener Epoche zu bedienen, der ganzen Front der Künste. Den Schriftsteller drängte es, eine Führungsrolle unter allen künstlerischen Talenten des Sowjetlandes zu übernehmen. Ihnen voranzugehen. Für Pyshow bedeutete das: den Standpunkt der Partei oder, was man damals für identisch hielt, Stalins Forderungen und Ansichten glanzvoll, mit kämpferischer Überzeugung zu vertreten und den Menschen nahezubringen. Er, der Kommunist Pyshow, der sich schon in den zwanziger Jahren, zur Zeit leidenschaftlicher Diskussionen innerhalb der Partei, ein für allemal für Stalin entschied und der später, was ihm mitunter voller Scham bewußt wurde, sein Entsetzen verdrängte, verriet Stalin niemals, weder im großen noch im kleinen, selbst wenn er trank oder, wie er selbst sagte, zechte – was immer häufiger vorkam – und seinem Herzen in unendlich traurigen alten Volksliedern oder auch in Ganovencouplets Luft machte. Deshalb mußte er oft gegen sein Gewissen handeln, denn der gestrenge HAUSHERR zeichnete sich bekanntlich nicht gerade durch Kunstverständnis aus und förderte, auch wenn er bisweilen wahrhaft große Werke anerkannte, spießig-pompöse und primitiv-schmeichlerische Machwerke. Noch aber war das Gewissen des Schriftstellers wach. Ich glaube, wir haben hier seine Tragödie angedeutet.

Sein neues Vorhaben gab Pyshow auf einer großen literarischen Veranstaltung anläßlich seines fünfzigsten Geburtstags bekannt. Während er langsam mit beiden Händen, als wolle er sich kämmen, durch sein schönes graues Haar fuhr – eine für den Redner Pyshow typische Geste – und konzentriert in die Ferne schaute, als suche er nach den klarsten, eindringlichsten und treffendsten Worten, sprach er seinen Schwur, gelobte Stalin Treue. Seine gewöhnlich nicht besonders klangvolle Stimme gewann plötzlich außerordentlichen Wohllaut: »Ich schwöre, seiner Sache, seinem Banner, seinem Namen bis zum letzten Atemzuge treu zu sein.« Alle spürten, daß dies keine leeren Worte waren, wie man sie zu jener Zeit gewohnt war. Pyshows Erregung, sein inneres Beben, das nicht verborgen blieb, verlieh seinen Worten Kraft. Das Publikum, das schon eine Menge erlebt hatte, wurde mucksmäuschenstill.

Kurz darauf bat ein Sekretär des Zentralkomitees der Partei den Schriftsteller zu sich. Pyshow war kein seltener Gast im ZK. Etwa drei Monate zuvor hatte der Sekretär ihn schon einmal zu sich gerufen. Damals stand eine Vereinigung, eine Art Föderation aller Meister der Literatur und der anderen Künste zur Debatte. Der Sekretär fragte beiläufig: »Würdest du dort den Vorsitz übernehmen?« Und Pyshow stimmte zu, ohne sich lange zu zieren. Ja sogar begeistert. Sein Gesprächspartner fragte grienend: »Du liebst die Macht?« Und Pyshow erwiderte: »Ich kann's nicht leugnen.« Und dazu lachte er, wie es seine Art war, juchzend. Aus der Vereinigung von Literatur und Künsten *wurde* dann aber doch *nichts*. Wahrscheinlich hatte Stalin das Interesse an dieser Idee verloren.

Diesmal brachte der Sekretär das Gespräch auf etwas anderes: »Du schreibst doch über die Metallurgie?«

»Vorläufig hab ich das mal vor. Bin noch auf der Suche.«

»Das Leben selbst hilft dir auf die Sprünge. Hier, Jossif Wissarionowitsch hat mich beauftragt, dich mit diesem Dokument bekannt zu machen.«

Mit dieser kurzen, aber eindrucksvollen Vorrede wurde dem Schriftsteller der von Stalin unterzeichnete Ministerratsbeschluß über das neue elektrometallurgische Verfahren, über die Erfindung des Ingenieurs Lesnych, überreicht.

»Nimm dir Zeit, laß dir die Sache durch den Kopf gehen«, fügte der Sekretär hinzu. »Und dann ruf mich an und laß mich wissen, ob du was damit anfangen kannst. Vielleicht fragt Jossif Wissarionowitsch zufällig wieder danach.«

Wie der Schriftsteller später selbst eingestand, wußte er das Dokument, das Stalin ihm in die Hände spielen ließ, sofort zu schätzen und war Feuer und Flamme. Damals hatte er bei Besuchen in Stahlwerken schon erste Eindrücke gesammelt und einige Figuren von Stahlschmelzern konzipiert, und es zeichneten sich bereits dramatische Konflikte ab, all das aber war noch sehr vage, konfus und verschwommen, ihm fehlte gleichsam der Leitgedanke, der rote Faden, der sich durch den Roman zog.

Und endlich bekam er ihn in die Hand – noch dazu wie und von wem! –, diesen zentralen Angelpunkt, den er so dringend brauchte. Und sofort sah er in Gedanken ein neues Werk entstehen oder, wie man zu sagen pflegt, Gestalt annehmen, sah er dessen Dramaturgie, dessen Philosophie vor sich. Noch am selben Tag vermerkte er in seinem Notizbuch: »Das Kernstück des Romans ist eine Umwälzung in der Metallurgie. Ein einmalig revolutionäres Verfahren zur Stahlgewinnung. Akademiemitglied Tsch., ein Schüler des berühmten Kurako, Held der ersten Fünfjahrpläne, hat es nicht verstanden. Minister O., Mitglied des ZK, Metallurgie-Ingenieur, ist nicht klug daraus geworden, hat es nicht verstanden. St. hat davon gehört und es verstanden. Und er hat dieser Revolution in der Technik den Weg geebnet.«

Begeistert von dem in einer unglücklichen Stunde geborenen, tatsächlich erstaunlich effektvollen Sujet, das einmalige Möglichkeiten bot, ein breites künstlerisches Panorama voller Leidenschaft, Handlung und Kampf zu gestalten, war der Schriftsteller im Korridor des Ministeriums mit einem vorgefaßten Urteil zu dem Akademiemitglied getreten. Aber, wie schon gesagt, Pyshows Gewissen war noch wach. Wenn die Stimme dieses Gewissens auch undeutlich war, so zeigte sie sich doch in dem verlegenen, gleichsam Verzeihung heischenden Lächeln, das ihm, dem namhaften Autor und reifen Künstler, jugendlichen Charme verlieh.

Einige seiner Verehrer und besonders seiner Verehrerinnen meinten, das einzig Häßliche an ihm seien die großen, abstehenden, ständig roten Ohren. Tschelyschew aber gefielen gerade sie, diese Segelohren, mit denen Pyshow alle lauten und leisen Töne des Lebens einzufangen schien.

Die Augen unter den struppigen Brauen verborgen, hörte Tschelyschew den Schriftsteller völlig unvoreingenommen an. Ja, er empfand sogar Sympathie für ihn.

Trotzdem brummte er mürrisch: »Was wollen Sie von mir? Wenn's um das da geht . . .« Er blickte kurz zu dem Zimmer, in dem Onissimow die Beratung abhielt.

»Ja, ja, ja«, sagte der Schriftsteller rasch, ohne sein Interesse zu verhehlen. Dieses ermunternde, wie MG-Feuer klingende »Ja, ja, ja« war bei ihm mit den Jahren zu einer mechanischen oder, besser gesagt, stereotypen Floskel geworden.

»Haben Sie schon mit Onissimow darüber gesprochen?« fragte Tschelyschew.

»Aber ja. Selbstverständlich.«

»Na und? Hat er Ihnen seine Meinung gesagt?«

»Er hält sich an die Regel: Sieh dir meine Arbeit an, dann hast du meine Meinung. Setz dich hin, mach die Augen auf und urteile selbst.«

Tschelyschew staunte. Hatte Onissimow tatsächlich nicht einmal dem Schriftsteller und ehemaligen Studienkollegen wenigstens angedeutet, daß dieses ganze Unterfangen – der Bau eines Werkes mit Lesnychs Öfen – unweigerlich mit einem Reinfall enden würde? Nein, offensichtlich hatte er sich auch dem Jugendfreund nicht anvertraut.

»Hm ... Wenn Sie darüber schreiben wollen ...«

»Ja, ja, ja.«

»Dann kann ich Ihnen nicht helfen. Ich halte das Ganze« – Tschelyschew stockte, erlaubte sich aber trotzdem einen deftigen Ausdruck – »für eine Schnapsidee. Und ich will mich, entschuldigen Sie schon, darüber nicht mit Ihnen unterhalten.«

Mit der Schonungslosigkeit eines Politikers schlußfolgerte der Schriftsteller (und trug es später in sein Notizbuch ein): Tschelyschew hat seine Grenze erreicht und ist auf einer bestimmten Etappe hinter der stürmisch voranschreitenden revolutionären Epoche zurückgeblieben. Laut aber sagte er: »Warum denn darüber? Ich wollte Sie nach Kurako fragen. Und nach der Zeit, in der ›Nowouralstal‹ gebaut wurde. Und nach Sergo ...«

»Dazu sind Sie mir jederzeit herzlich willkommen. Haben Sie schon mit einem alteingesessenen Hüttenwerker gesprochen?«

»Ja, zum Glück. Ich bin im Krankenhaus gewesen.« Wieder trat auf das gleichsam wettergebräunte Gesicht ein verlegenes, kindlich schuldbewußtes Lächeln: Der Schriftsteller wußte schon, warum man ihn, den Säufer, der kein Maß kannte, mitunter wochenlang ins Krankenhaus steckte. »Zu meinem Glück lag dort auch Alexej Afanassjewitsch Golownja. Und der ließ sich sozusagen tagaus, tagein von mir vor den Karren spannen und erzählte mir ausführlich die Geschichte unserer Metallurgie.«

Pyshow lachte wieder so, daß es durch den ganzen Korridor schallte, seine blauen – einst klaren, jetzt aber trüben – Augen blieben jedoch ernst. Er einigte sich mit dem Akademiemitglied über Tag und Stunde einer Zusammenkunft und kehrte dann in die Beratung zurück.

26

Noch immer saß Tschelyschew in dem bewußten großen Arbeitszimmer, das jetzt mit einem riesigen graugelben Teppich ausgelegt war, und sah die mitgebrachten Papiere durch.

All die Jahre hatte er nichts mit dem Fall Lesnych zu tun haben wollen. Zugleich aber seinem Forschungszentrum die Aufgabe gestellt, nach einem akzeptablen Verfahren, nach dem richtigen Weg zur unmittelbaren Gewinnung von Stahl aus Erzen zu suchen, das heißt nach einem Weg zur hochofenlosen Metallurgie. Einer seiner besten Schüler entschloß sich mit seinem Segen, ein »Hochofenloser« zu werden, und schmiedete nach und nach ein starkes Kollektiv zusammen, das auf diesem Gebiet weiterforschte.

Trotzdem drang die Kunde vom Bau und später von der Inbetriebnahme des Unternehmens *»Postfach Nr. 332«* (so lautete die Chiffre des in Ostsibirien mit Baukosten in Höhe von einhundertfünfzig Millionen Rubeln für die Stahlerzeugung nach Lesnychs Verfahren erbauten riesigen Werkes) natürlich auch zu Tschelyschew. Er wußte von den ständigen Havarien und Abschaltungen, von den Ofendurchbrüchen und von allen möglichen Umbauten und Rekonstruktionen, von den zahllosen Dienstreisen kompetenter Leute aus Produktion und Wissenschaft, darunter auch jener unglückseligen Professoren Isatschik und Bogatkin, um Lesnych zu unterstützen, sowie von dem Besuch, den Onissimow zusammen mit einer Expertengruppe dem Werk abstattete.

Von Zeit zu Zeit wurde in der Presse gemeldet, der Schriftsteller arbeite an seinem neuen Roman.

Man schrieb das Jahr 1953. An einem Märztag ging plötzlich eine historische Zeitspanne zu Ende, und eine neue begann: Stalin starb. Der Tod beendete die letzte Herrschaftsperiode – die des alternden Generalissimus.

An einem Sommertag jenes Jahres erhielt Tschelyschew eine Einladung zu einer Präsidiumstagung des Ministerrats. Auf der Tagesordnung stand unter anderem ein Vortrag Onissimows über den Stand bei der Erzeugung hitzebeständigen Stahls für Strahltriebwerke. Diese Tagung leitete Berija, der sich nach dem Tod des HAUSHERRN verändert hatte. Er schien noch dicker geworden zu sein, seine weißen Hände waren nach wie vor gepflegt, aber die tadellos rasierten, glatten, früher regelrecht glänzenden Wangen wirkten jetzt blaß und wie von Sorgen gezeichnet. Doch er trat selbstsicher auf. Mit umflorten blauen Augen blickte er durch die blanken Gläser seines Zwickers, fiel hin und wieder einem der Redner barsch ins Wort, stellte ihm eine Frage oder machte eine Bemerkung und schien nicht im Traum zu ahnen, daß er wenige Tage später öffentlich angeprangert werden würde.

Schließlich war Onissimow mit seinem Beitrag an der Reihe. Wie immer berichtete er kurz, exakt und sachlich über den Verlauf der Probeschmelzen und über die ersten, noch ungesicherten Erfolge, die es zu stabilisieren galt, um noch besseren Stahl zu erhalten.

Als Onissimow seinen Vortrag beendet hatte, blieb er stehen und wartete auf Fragen. Jemand aus Berijas Umgebung interessierte sich dafür, wie es um die Stahlerzeugung nach dem Verfahren des Ingenieurs Lesnych stand.

Onissimow antwortete: »Was diesen Stahl angeht, so kann ich mich zu nichts verpflichten.«

Die gleiche Stimme meinte: »Das verstehe ich nicht. Dazu liegt doch ein Beschluß vor.«

»Der Beschluß wurde erfüllt. Das Werk ist erbaut und von einer Regierungskommission abgenommen worden, und es produziert. Auch der Erfinder hat das Abnahmeprotokoll unterzeichnet. All seinen Forderungen und Wünschen wurde Genüge getan. Über die Technologie aber verfüge ich laut Beschluß nicht.«

Nun schaltete sich Berija ein.

»Da die Rede nun einmal darauf gekommen ist«, sagte er

langsam und gewichtig, »muß ich feststellen, daß Genosse Onissimow in diesem Fall seiner Aufgabe nicht gewachsen war. Anfangs lehnte er Lesnychs Vorschlag einfach ab, später aber, als der unbestreitbare Wert dieses neuen, weltweit unbekannten Verfahrens offenbar wurde, bezog er die Position eines kritischen Denkers und versuchte nur noch nachzuweisen, daß Lesnychs Verfahren nicht realisierbar sei. Dies war kein parteimäßiges Verhalten.« Berija predigte nach wie vor ungeniert Parteilichkeit. »Er handelte weder im Sinne der Partei noch unseres Staates. Dadurch wäre das Unternehmen beinahe gescheitert.«

Onissimow hörte sich diese Belehrung an, ohne Berija zu unterbrechen. Er hatte es längst gelernt, sich nicht auf einen Kampf einzulassen und dem Gegner aus dem Wege zu gehen, wenn sein Gefühl es ihm gebot, genauer gesagt, er beherrschte die Kunst des Ausweichens. Aber wenn es darauf ankam, war er auch mutig. Jetzt nahm er zum erstenmal seit vielen, vielen Jahren die Herausforderung seines Feindes an.

»Ich möchte Ihnen etwas erwidern«, sagte er heiser.

Das Blatt Papier in Onissimows Hand zitterte. Natürlich wußte er, wie stark Berija, gestützt auf die ihm unterstellten Sondertruppen, noch immer war, und er schien nach Stalins Tod noch mächtiger zu sein. Das schien so. Onissimows scharfer Verstand, sein feines Gespür aber sagte ihm, daß Berijas Stellung ohne den HAUSHERRN bereits wankte. War doch dieser geschniegelte Mann, der die Fünfundfünfzig bereits überschritten hatte und seine durchschimmernde Glatze mit einer extra langen Haarsträhne kaschierte, einzig und allein durch Stalin so ungeheuer, so fürchterlich mächtig gewesen. Aber lassen wir Onissimow Gerechtigkeit widerfahren: Noch gehörte Mut dazu, Berija offen zu widersprechen. Onissimow hatte sich dazu entschlossen. Sein unverändert sorgfältig frisierter, sonst gleichsam zwischen die Schultern gepreßter Kopf war jetzt hoch erhoben. Berija streckte seine weiße Hand aus, als wolle er Onissimow auf seinen Platz verweisen. Und erklärte: »Die Frage nach Lesnychs Stahl steht hier nicht zur Debatte, Genosse Onissimow. Und auf meine kritischen Bemerkungen können Sie in Ihrem Schlußwort antworten.«

Onissimow aber sagte entschieden: »Nein, ich antworte sofort. Beleidigen lasse ich mich nicht. Als Mitglied des ZK, als Mitglied der Regierung fordere ich Vertrauen. Ja, ich habe seinerzeit behauptet, Lesnychs Idee sei von Grund auf falsch und praktisch nicht realisierbar. Diese Einschätzung liegt schriftlich vor. Mir wurde jedoch befohlen, ein Stahlwerk zu errichten, das nach Lesnychs Verfahren arbeitet. Und die Pose eines kritischen Denkers habe ich nie bezogen. Das ist eine Verleumdung. Ich habe dem Ingenieur Lesnych die denkbar besten Bedingungen geschaffen. Die allerbesten. Meinen wahren Standpunkt habe ich nie wieder ausgesprochen. Ich bin und bleibe ein disziplinierter Diener des Staates. Ich habe für Lesnych alles getan, was ich konnte, und all seine Ansprüche befriedigt, obwohl ich wußte, daß die Sache zum Scheitern verurteilt war.«

Von seinem Platz als Vorsitzender warf Berija ein: »Sie sollten ihm nicht nur die nötigen Bedingungen schaffen, sondern gemeinsam mit ihm die Technologie vervollkommnen.«

»Zu diesem Zweck wurden die besten Wissenschaftler hinzugezogen. Aber eine Technologie, die von Grund auf verkehrt, die theoretisch nicht begründet ist, läßt sich nicht vervollkommnen.«

Wieder ertönte eine Frage: »Ist dieser Lesnych etwa ein Abenteurer?«

»Meiner Meinung nach neigt er dazu. Ein Stahlwerk, das nach seinem Verfahren arbeiten soll, ist zweifellos ein technisches Abenteuer.«

Tschelyschew, der an der Wand saß, murmelte: »Er ist wohl eher ein Versager als ein Abenteurer.«

Berija erinnerte erneut daran, daß die Frage hier nicht zur Debatte stand. Aber ihm gehorchte bereits niemand mehr.

»Was hat dieses Experiment gekostet?«

Onissimow nannte eine Zahl. Bis ins letzte Tausend genau. Jemand ächzte. Schon erscholl eine neue Stimme: »Und darüber schreibt Pyshow einen Roman?«

Nur das hohe Ansehen, das Pyshow, der sein Vorhaben bereits öffentlich bekanntgegeben hatte, in der Partei und auf seinem Posten genoß, ließ eine solche Frage hier überhaupt zu. Onissimow erwiderte zurückhaltend: »Schon möglich. Ich meine, das gehört nicht hierher.«

»Haben Sie ihm Ihre Meinung mitgeteilt?«

»Dazu fühlte ich mich nicht berechtigt. Ich wiederhole: Nachdem ich den Befehl erhalten hatte, behielt ich meine Meinung für mich.«

Einige Augenblicke herrschte Schweigen. Tschelyschew empfand plötzlich Mitleid mit Onissimow, der seine Selbstbeherrschung unter den ihn durchbohrenden Blicken bewahrte, als trage er eine Rüstung. Der alte Mann begriff, wie dieser furchtlose Mann mit dem schönen, gleichsam gemeißelten Profil, der seiner Sache treu war und bei Gefahr nicht den Kopf verlor, unter dem erzwungenen Hin und Her gelitten haben mußte.

Onissimow setzte sich, holte mechanisch die Schachtel »Drug« aus der Tasche, drehte sie in den Händen und legte sie vor sich hin – im Saal war Rauchen verboten. Unter seinen Brauen hervor betrachtete Tschelyschew den zähnefletschenden Wachhund auf der Schachtel und dann Onissimow. Plötzlich schmunzelte er. Und als er am Abend die Eindrücke des Tages in sein Heft eintrug, widmete er auch dem kurzen, in Goldbuchstaben auf rotem Untergrund gedruckten Wort »Drug« ein paar Zeilen.

Ein, zwei Wochen vergingen. An einem wahrhaft denkwürdigen Tag wurde Berija gestürzt. Irgendwann werden Historiker und vielleicht auch Schriftsteller diese packende Episode in allen Einzelheiten rekonstruieren. Wir bleiben bei unserem Thema. Das Werk, in dem Lesnych als Cheftechnologe und Chefkonstrukteur in seinen Öfen vergeblich versuchte, Stahl zu produzieren, wurde von einer Kommission des Ministeriums für Walzstahl und Gußerzeugnisse aus Stahl aufgesucht, in die man, wie absichtlich, wieder Bogatkin und Isatschik berufen hatte, die den Erfinder mittlerweile aus tiefstem Herzen haßten. Später kam noch eine zweite, vom Ministerrat der UdSSR entsandte Kommission.

Das Urteil beider Kommissionen war, wie es so schön heißt, vernichtend. Lesnych wurde nur noch als Pseudoerfinder, ja beinahe als Spitzbube bezeichnet, der den Staat in die Irre geführt und betrogen hatte. Man erklärte sein Verfahren schlicht für haltlos, da es auch in Zukunft nichts als neue sinnlose Ausgaben verheiße. Auch Onissimow wurde mehrfach vor die Kommission des Ministerrats geladen. Er sah der Gefahr tapfer ins Auge und forderte selbst, daß man seine Rolle in dieser dunklen Geschichte untersuchte. Und er blieb ungeschoren.

Der Ministerrat setzte den von Stalin unterzeichneten Beschluß außer Kraft und wies das Ministerium an, die Versuche, nach Lesnychs Verfahren Stahl zu produzieren, einzustellen.

Was aber wurde aus Lesnych? Ihn, der auf Stalins Geheiß – wenn auch unter dem Vermerk »streng geheim« – zum großen Techniker, zum Urheber einer revolutionären Umwälzung in der Metallurgie erklärt worden war, erschütterte sein Sturz so, daß er, als man ihn mit Schimpf und Schande aus dem Werk jagte, einen Herzinfarkt erlitt. Ein zweiter Infarkt folgte. Und zu guter Letzt ein Schlaganfall.

Und erst jetzt, da auch Onissimow von der Industrie hatte Abschied nehmen und nach Friedland fahren müssen, wandte sich der unglückliche Erfinder, der mit kurzen Unterbrechungen fast zwei Jahre in Krankenhäusern verbracht hatte, in einem Brief an Tschelyschew und bat ihn, wenigstens einen der von ihm konstruierten Öfen zu erhalten und ihm im Forschungszentrum für Metallurgie einen bescheidenen Platz zu gönnen.

Wegen dieser und einiger anderer Angelegenheiten, die jedoch in seinem Tagebuch nicht näher bezeichnet werden, hatte Tschelyschew sich nun zum Minister begeben.

27

Tschelyschew saß also einstweilen im leeren Ministerzimmer. Durchaus möglich, daß er sich in diesen Minuten gar nicht an all das erinnerte, von dem wir soeben berichteten. Vielleicht sichtete er vor dem Gespräch mit dem Minister einfach noch einmal die Papiere in seiner Mappe.

Plötzlich hörte er leise Geräusche und undeutliche Stimmen durch die Tür, die die Sekretärin taktvoll halb offen gelassen hatte – auch diese Halbherzigkeit gehörte im Ministerium zu den ungeschriebenen Gesetzen und signalisierte, daß der Minister zwar abwesend war, in seinem Zimmer aber ein geachteter Besucher saß.

War der Minister eingetroffen? War das nicht sein schallender Baß? Tschelyschew erhob sich und ging zur Tür.

Und tatsächlich, im Vorzimmer stand der kräftige, rotwangige Zichonja. Ein paar Leute warteten darauf, von ihm empfangen zu werden. Sie alle standen genau wie der Minister. Zichonja hatte Tschelyschew noch nicht entdeckt und wies gerade einen von ihnen zurecht. Ach, das war ja Golownja junior, der Direktor des Kurako-Werkes oder einfach der Kurakowka. Er hörte den Minister mit einem alles andere als ehrerbietigen Grinsen an. Mit diesem Grinsen, das jeden auf die Palme bringen konnte, hatte Pjotr Golownja auch Tschelyschew schon widersprochen. Für die Moskaureise hatte sich Pjotr sichtlich feingemacht – wir gestatten uns, ihn, den jüngsten der Golownjabrüder, einfach beim Vornamen zu nennen. Der hellbraune, rotgesprenkelte Anzug wirkte beinahe elegant. Nur Pjotrs rötlich schimmerndes Haar, das er morgens sicher gekämmt hatte, war mittlerweile etwas zerzaust. Pjotr, der auf den ersten Blick schlank aussah, war doch ein wenig ungeschlacht: Er hatte einen stark entwickelten Unterkiefer, einen kräftigen Hals und schien, besonders von hinten, mit dem krummen Rücken, die gleiche Bärengestalt zu haben wie sein Bruder.

Zichonja hielt Pjotr vor: »Pjotr Afanassjewitsch, warum wendest du dich gleich ans ZK? Konntest du nicht zu mir kommen? Oder uns ans Ministerium schreiben?«

Zichonja sprach ohne Groll. Keine Spur von Schroffheit, Unnachgiebigkeit oder Strenge – diese Eigenschaften hatte Onissimow seinem friedfertigen Nachfolger nicht vererbt.

Pjotr antwortete: »Als Parteimitglied mache ich von meinen Rechten Gebrauch. Und wenn ich überzeugt bin, recht zu haben, kämpfe ich bis zum Sieg.«

»Mein Gott, wir hätten dir doch alles organisiert.«

»Ihre Organisation, Genosse Minister, kenne ich.«

»Na und, ist sie etwa schlecht?«

Pjotr konnte nicht mehr antworten. Jemand hatte Tschelyschew in der offenen Tür entdeckt und verneigte sich vor ihm. Zichonja drehte sich um: »Guten Tag, Wassili Danilowitsch. Entschuldigen Sie, ich bin aufgehalten worden.« Und wieder wandte er sich an Pjotr: »Du bist mir einer . . . Na schön, warte hier. Ich spreche jetzt erst mal mit Wassili Danilowitsch. Und dann mit dir.«

In seinem Arbeitszimmer bot der Minister dem Akademiemitglied einen Sessel an und setzte sich selbst nicht an seinen Schreibtisch, sondern in einen Sessel ihm gegenüber.

Tschelyschew schlug ohne Umschweife seine Mappe auf und sagte zum Minister: »Ich hab einen Brief von diesem armen Teufel gekriegt . . . von diesem Lesnych.«

»Ah . . . Wo steckt der denn jetzt?«

»Er hat fast zwei Jahre in Krankenhäusern verbracht. Jetzt ist er anscheinend einigermaßen wiederhergestellt. Er bittet mich, wenigstens einen seiner Öfen unter meine Fittiche zu nehmen. Ich werd's wohl tun müssen.«

»Ach, ich fürchte, da kommen Sie zu spät. Soviel ich weiß, ist von seinen Öfen nichts mehr übrig.«

»Wie? Kein einziger? Wo sind sie denn hingeraten?«

»Ist doch klar: auf den Schrottplatz.«

»Hm . . . Und der kleine Ofen, mit dem er in Nowosibirsk experimentiert hat? Den hat er doch auch mit in das Werk genommen.«

»Das haben wir gleich, Wassili Danilowitsch.«

Zichonja rückte ans Telefontischchen und wählte eine Nummer.

»Iwan Alexandrowitsch? Grüß dich! Ich hab mal eine Frage zu dem Werk am Jenissej. Ja, ja, ich weiß, daß du dort warst. Ist da noch was von Lesnychs Öfen übrig? So, so . . . Du warst sogar selber dabei? Na, und der kleine, den er mitgebracht hat? Der auch? Verstehe. Also, dann mach's gut.«

Zichonja legte auf und teilte Tschelyschew mit: »Sie haben die Öfen mit dem Schneidbrenner in Stücke geschnitten und umgeschmolzen.«

»Auch den kleinen?«

»Alle miteinander. Iwan Alexandrowitsch war selber dabei. Bogatkin und Isatschik auch. Sie waren alle sehr wütend auf diesen Lesnych.«

»So eine Barbarei! Wie die Wilden! Von einem Extrem ins andere! Wie die . . .«

Tschelyschew fand keinen passenden Ausdruck und fluchte. Zichonja meinte scherzhaft: »Da können Sie jetzt Memoiren drüber schreiben.«

»Danke gehorsamst.«

Das Akademiemitglied beschränkte sich auf diese Erwiderung – was sollte er noch dazu sagen? – und ging zu einem anderen Thema über. Eine Zeitlang sprachen der Minister und Tschelyschew noch über Dinge, die das Forschungszentrum betrafen. Dann öffnete sich leise die Tür, und Valeria Michailowna trat an den Tisch: »Wassili Danilowitsch, Sie werden am Telefon verlangt. Soll ich durchstellen?«

Tschelyschew rutschte unruhig hin und her und blickte auf die Uhr. Hm, es war bald halb drei.

»Sie?« fragte er.

Valeria Michailowna begriff: mit »sie« war Anna Stanislawna, Tschelyschews Frau, gemeint. Alte Metallurgen erinnerten sich, daß sie schon damals, als »Nowouralstal« erbaut wurde, Punkt zwei Uhr Tschelyschew im Arbeitszimmer anrief oder ihn telefonisch in allen Werkhallen suchen ließ, um ihn zum Mittagessen nach Hause zu zitieren. Nach einer hilflosen Geste setzte der Chefingenieur dann für seine Gesprächspartner oder Beratungsteilnehmer eine Pause an und gehorchte Anna Stanislawna. Jetzt meinte er verlegen: »Sagen Sie ihr . . . Sagen Sie, ich sei schon unterwegs. – Bitte, Valeria Michailowna.«

Die erfahrene Sekretärin ging lächelnd hinaus. Und sie lächelte mit gutem Grund. Dieser Tschelyschew war ein komischer Kauz. An den Hochöfen fürchtete er weder Havarien noch ausfließendes Roheisen oder Explosionen, und auch Stalins Zorn konnte ihn nicht schrecken, seiner Frau gegenüber aber wagte er nicht aufzumucken.

Tschelyschew kam rasch zum Ende und verabschiedete sich. Zichonja begleitete seinen ehrwürdigen Besucher ins Vorzimmer. Beim Anblick des Ministers erhoben sich dort alle. Nicht einmal der Direktor der Kurakowka machte eine Ausnahme.

Tschelyschew drückte Zichonjas riesige Pranke. Ach, da

war noch etwas. Er mußte in Erfahrung bringen, ob die Ministerien nun liquidiert würden oder nicht. Würde sich das Gewitter entladen oder vorüberziehen? Das Akademiemitglied fragte ungeniert: »Was soll ich Alexander Leontjewitsch sagen? Finde ich das Ministerium noch vor, wenn ich wiederkomme?«

»Aber sicher. Uns betrifft das alles nicht«, antwortete Zichonja seelenruhig und fügte hinzu: »Grüßen Sie ihn herzlich von mir.«

Alle Leute im Vorzimmer riefen einstimmig: »Von mir auch.«

»Und von mir.«

Wirklich alle? Nein, Pjotr Golownja schwieg.

Auch Valeria Michailowna bat lächelnd, Onissimow Grüße zu bestellen.

»Sagen Sie Alexander Leontjewitsch, wir alle hoffen, ihn bald wieder in Moskau zu sehen.«

»Ja, ja«, bekräftigte Zichonja. »Das hoffen wir. Und wir werden's erleben.«

Pjotr Golownja schwieg noch immer. Seine Lippen waren fest zusammengepreßt. Die stahlgrauen Augen blickten unversöhnlich. Tschelyschew schielte unwillkürlich zu ihm hinüber. Ja, Golownja wich nicht von seinem Kurs ab. Offensichtlich vergaß und verzieh er nichts.

Noch einmal nickte Tschelyschew allen zu und verließ den Raum.

28

In Friedlands Hauptstadt trafen die sechzehn Sowjetbürger, die zur internationalen Industrieausstellung delegiert worden waren, am Abend ein. Vom Flughafen fuhren sie mit einem Taxi ins Hotel.

Auf eine Schilderung dieser nördlichen Stadt mit ihren schmucken Villen, ihren beeindruckenden Bürogebäuden, den in den Himmel ragenden Kirchen und katholischen Kathedralen, auf eine Schilderung ihrer abendlichen Lichter, ihrer Geschäfte und kleinen Läden, ihrer Restaurants und Straßenimbisse wollen wir verzichten.

Am nächsten Morgen fuhr die Delegation in die sowjetische Botschaft. Die Gäste brauchten keinen Augenblick im Empfangsraum zu warten. Kaum waren sie eingetroffen, da ging auch schon die Tür auf, und Onissimow stand lächelnd an der Schwelle seines Arbeitszimmers. Mit strahlenden Augen betrachtete er seine Landsleute in den nicht gerade eleganten Moskauer Jacketts und den unmodernen weiten Hosen einheimischer Produktion.

»Kommen Sie, Genossen. Treten Sie näher.«

In Onissimows Arbeitszimmer hatten sich bereits einige Mitarbeiter der Botschaft versammelt. So freudig erregt hatten sie Onissimow lange nicht mehr gesehen. Sogar seine eingefallenen, in letzter Zeit noch blasseren Wangen hatten jetzt eine frische Farbe. Er schien wieder ganz der alte, von Energie und Tatendrang sprühende Onissimow zu sein, der hier seine Besucher empfing.

In dem geräumigen Arbeitszimmer brauchten sich die Gäste nicht zu drängen. Sie stellten sich nacheinander vor und begrüßten Onissimow. Einige kannte er schon, mit ihnen hatte er so oder so bei seiner Arbeit zu tun gehabt, die jetzt so lange zurückzuliegen schien, als gehörte sie einem anderen, früheren Leben Onissimows an. Während er Hände schüttelte und für jeden ein paar freundliche Worte fand, blickte er immer wieder zu Tschelyschew hinüber, der es nicht eilig hatte, an den Botschafter heranzutreten. Der hochgewachsene Tschelyschew mit dem Bauchansatz, der unter dem leichten, hellen, gut geschneiderten Jackett nicht auffiel, und den hin und wieder unter den stark hervortretenden Brauenbögen aufblitzenden Augen war Onissimow der liebste Gast. Vor genau zweiunddreißig Jahren, im Sommer 1925, hatte der junge Praktikant Onissimow den finsteren, ungeselligen Tschelyschew, den Chefingenieur eines zerstörten Werkes, zum erstenmal gesehen, und seitdem ... Wie oft hatte sie seitdem die gemeinsame Sache – die Metallurgie, der sie beide ihr Leben gewidmet hatten – zusammengeführt.

Endlich drückte auch Tschelyschew Onissimow fest die Hand.

»Haben Sie mir ein paar aktuelle Zeitungen mitgebracht?« fragte Onissimow.

Nein, Tschelyschew hatte keine Moskauer Zeitungen bei sich. Keiner in der Gruppe hatte daran gedacht.

Tschelyschew, der gleich beim Eintreten gesehen hatte, wie verändert und abgemagert Onissimow war, dachte bei sich: Das ist nicht mehr der alte Onissimow. Früher gab es für ihn nur die Arbeit, nichts als die Arbeit, jetzt aber denkt er an Zeitungen. Gleich darauf kam ihm der Gedanke: Die Zeitungen sind wahrscheinlich auch Arbeit für ihn.

Als wolle Onissimow auch nicht den geringsten Zweifel daran aufkommen lassen, daß er wußte, was seine Pflicht war, wechselte er das Thema, erkundigte sich, wie die Friedländer die Delegation aufgenommen hätten und ob die Genossen gut untergebracht seien, sagte ihnen, was sie sich unbedingt ansehen müßten, machte sie auf ein paar interessante Exkursionen aufmerksam, empfahl Routen und erteilte Ratschläge. Dann bat er, ihn nicht zu vergessen, sich mit jedem Problem an ihn zu wenden und ihm von den Reisen und von allen Eindrücken zu berichten. Es fiel ihm sichtlich schwer, sich von den Gästen zu trennen, die noch am Vortag durch Moskaus Straßen gegangen waren, aber er kannte seine Pflicht.

»Für Sie, Genossen, ist jede Stunde kostbar. Ich habe nicht das Recht, Sie länger aufzuhalten.«

Während Onissimow die Delegation zur Tür begleitete, griff er nach Tschelyschews Ärmel: »Besuchen Sie mich, Wassili Danilowitsch. Lassen Sie sich hin und wieder blikken.«

Tschelyschew sah in bittende, ganz und gar nicht Onissimowsche Augen.

»Natürlich, Alexander Leontjewitsch, mache ich.«

Am Tag der Ausstellungseröffnung gab die Gesellschaft für Industrie und Handel zu Ehren der sowjetischen Delegation einen Empfang. Im Smoking, mit bleichem Gesicht und schnurgeradem Scheitel auf dem massiven Kopf spazierte Onissimow durch die Räume, in denen sich die Gäste drängten. Vertreter der einheimischen Elite und Diplomaten verschiedener Länder traten an ihn heran, er war zu allen aufmerksam und liebenswürdig, ließ immer wieder freundlich lächelnd seine Zähne sehen und weckte wie gewöhnlich durch sein natürliches Wesen, dem jede Ziererei und Wichtigtuerei fremd war, und seinen ungezwungenen Charme, der ihn als Mann von Welt auswies, Sympathie. In dieser glänzenden, geräuschvollen Menge blieb ihm für seine Landsleute keine Minute Zeit. Nur hin und wieder schaute er sehnsüchtig zu ihnen hin. Er gehörte jetzt nicht sich selbst, sondern seiner Pflicht. Dieser Gedanke versetzte ihm einen Stich. Früher, in den rasch vergangenen Jahrzehnten, in seinem alten Leben, hatte er das nicht so empfunden. Seiner Pflicht gehören, hieß sich selbst gehören. Damals war das eine vom anderen nicht zu trennen.

Er schlenderte durch die Menge, blieb immer wieder stehen, erwiderte Grüße, lächelte, führte flüchtige oder auch längere Gespräche, und richtete es so ein, daß er schließlich vor Tschelyschew stand. Und wieder bat er ihn: »Besuchen Sie mich, Wassili Danilowitsch.«

29

Bald darauf nahm sich Tschelyschew die Zeit, einen Abend bei Onissimow zu verbringen.

Zum erstenmal empfing Onissimow bei sich zu Hause, das heißt in seiner leeren Wohnung, einen guten Bekannten aus der Heimat. Er führte den alten Mann aus der Diele ins Wohnzimmer. Ein – wie es der neueste Konstruktivismus verlangte – kunstvoll aus einem völlig schmucklosen, in kühnem Zickzack gebogenen Metallstreifen gefertigter Kronleuchter erhellte niedrige, originell geformte Sessel und einen dazu passenden flachen polierten Tisch ohne Decke. Ein Stück von der ebenfalls einfachen und zugleich manierierten Couch entfernt, standen ein Schachtisch mit einem Telefon darauf und zwei ganz gewöhnliche Stühle, die hier etwas merkwürdig wirkten. Die Wände mit den ungemusterten fliederfarbenen Tapeten waren völlig kahl. Man hatte wohl angenommen, daß sich derjenige, für den die Wohnung renoviert und eingerichtet wurde, Bilder nach seinem Geschmack aussuchen werde. Aber Onissimow, dem auch hier die Einrichtung der Wohnung gleichgültig war, hatte die kahlen Wände des Wohnzimmers gelassen, wie sie waren.

Tschelyschew blickte sich unter seinen Brauen hervor um und sagte in seiner derben Direktheit: »Irgendwie vermisse ich hier bei Ihnen russische Atmosphäre, Alexander Leontjewitsch. Nehmen Sie's mir nicht übel, aber in dem Arbeitszimmer, in dem Sie uns am ersten Tag empfangen haben, war's behaglicher. Da sah's zwar ganz gewöhnlich aus, aber man fühlte sich wie zu Hause.«

Onissimow reagierte prompt: »Sieh mal an, ich fühle mich in meinem Arbeitszimmer auch am wohlsten. Jetzt habe ich wenigstens einen Grund, Sie dorthin zu schleppen.«

Der Gast trat an das Fenster, dessen Vorhänge noch nicht zugezogen waren. In der Ferne flimmerten die nichtrussischen Buchstaben einer Leuchtreklame, und über ihnen, am diesigen Himmel, blinkten matt die Sterne.

»Wie schön«, brummte Tschelyschew.

Onissimow begriff: Tschelyschew war nicht abgeneigt, hinaus unter den Sternenhimmel zu treten und zusammen mit ihm in dem großen Botschaftspark, der dunkel hinter den Fenstern lag, zu sitzen oder spazierenzugehen. Aber Onissimow, der auch früher kein begeisterter Spaziergänger war, vermied es neuerdings ganz bewußt, am Abend an die Luft zu gehen. Ihn fröstelte nach Sonnenuntergang im Freien. Und nachts im Bett schwitzte er dann manchmal so sehr, daß sein Hemd naß wurde. Das hatte er bisher nicht gekannt. Allerdings waren diese unbegreiflichen Schweißausbrüche vorläufig noch selten, und sie traten – zumindest kam das Onissimow so vor – nur dann auf, wenn er abends an der frischen Luft gewesen war. Onissimow maß dieser Unannehmlichkeit keine Bedeutung bei, zumal ihm der ungewöhnlich kalte Sommer in diesem Land nicht als einzigem zu schaffen machte. Trotzdem verbrachte er die freien Abende am liebsten in seinen vier Wänden. Übrigens setzte ihm in der Wohnung auch der Husten, der ihn im Freien unweigerlich plagte, nicht so stark zu.

»Es ist zu feucht«, erwiderte er, mit einem Blick zum Fenster, auf Tschelyschews unausgesprochenen Vorschlag.

»Sollten wir nicht darauf pfeifen?«

Den großen, schweren Kopf zur Seite geneigt, blickte Onissimow in Tschelyschews von Wind und Wetter gegerbtes rötliches Gesicht. Wie alt mochte dieser unverwüstliche Hochofenakademiker sein? Wohl dreiundsiebzig? Onissimow dagegen war erst vierundfünfzig. Am liebsten hätte er ganz offen gesagt: »Mir ist es zu feucht.« Aber nein, Onissimow gestattete sich keine Klage.

»Sie sind hier in meiner Obhut. Also hören Sie auf mich.«

Er führte den Gast ins Arbeitszimmer. Hier fiel ein schwacher Lichtschein vom Himmel durchs Fenster. Das gewachste Parkett blinkte matt. Es roch nach Tabakrauch. Dieses Zimmer war Onissimow wirklich am liebsten. Seit einiger Zeit machte er sich hier sogar sein Nachtlager, kämpfte, eine Zigarette nach der anderen rauchend, gegen die Schlaflosigkeit an und sank schließlich in einen kurzen, unruhigen Schlaf.

Onissimows kleine Hand berührte den Schalter. Der aufflammende Kronleuchter erhellte einen schweren, ganz und gar unmodernen Schreibtisch mit Fächern auf beiden Seiten, ein rundes Telefontischchen, einen wuchtigen Panzerschrank, einen zweiten runden Tisch mit einem großen Globus darauf, zwei Sessel in schwarzgrünem Kunstleder, eine ebenso bezogene Couch, ein paar Stühle und einen Bücherschrank, hinter dessen Glasscheiben man die goldgeprägten Rücken der Großen Sowjetenzyklopädie sowie verschiedene Nachschlagewerke sah. An der Wand gegenüber der Couch schimmerte im Lampenlicht ein Ölgemälde im vergoldeten Rahmen. In voller Größe, die Hände auf dem Bauch gefaltet, blickte Stalin in der Uniform des Generalissimus still vor sich hin. Wie oft war Onissimow diesem Blick in schlaflosen Stunden begegnet. Wie oft hatte er, darüber ins Grübeln geraten, das, was er erlebt hatte, noch einmal durchdacht.

Auf dem Schreibtisch lag eine vergessene rote Schachtel Zigaretten, Marke »Drug«.

Tschelyschew setzte sich in einem Sessel zurecht und streckte bequem die langen Beine von sich. Onissimow ließ sich neben ihm auf einem Stuhl nieder und rauchte. Zunächst sprachen die beiden über die Arbeit. Die korrekten Friedländer verweigerten den sowjetischen Ingenieuren unter allen möglichen Vorwänden den Zutritt zu ihren Hüttenwerken, und auch die Werften blieben ihnen verschlossen. Onissimow hatte versucht, seinen Einfluß geltend zu machen, aber auch er war auf höfliche Ablehnung gestoßen. Vorläufig würde es ihnen offenbar nicht gelingen, Einblick in die hiesige Metallurgie zu gewinnen. Aber wenn die sowjetischen Diplomaten in diesem Land nicht faulenzten ...

»Kommen Sie in ein, zwei Jahren wieder, Wassili Danilowitsch. Vielleicht öffnen sich uns dann ein paar Türen.«

Tschelyschew stand auf, ging mit langen Schritten zum Globus, ließ die riesige, im Ausland hergestellte Kugel, auf der blau die Ozeane schimmerten, langsam kreisen und entzifferte, ohne nach der Brille zu greifen, selbst die kleinste Aufschrift in der fremden Sprache. Nein, ein zweitesmal würde er kaum hierherkommen. Einmal mußte Schluß sein, andere wollten auch etwas von der Welt sehen, er, Tschelyschew, aber war genug umhergereist und sollte jetzt ruhig zu Hause sitzen.

Onissimow hörte ihm schmunzelnd zu. Genau das würde man höheren Orts zu Tschelyschew sagen, wenn er in ein oder zwei Jahren plötzlich den Wunsch äußerte, noch einmal in dieses Land zu fahren. Onissimow gefiel die Offenherzigkeit seines Gastes, sein so gar nicht diplomatischer Ton. Genauso freimütig hatte er sich auch früher ihm gegenüber geäußert. Man hätte glauben können, er, Onissimow, sitze mit Tschelyschew im fernen Moskau in seinem Arbeitszimmer am Ochotny Rjad. Nur einen Globus hatte es dort nicht gegeben. Wieder überkam ihn die bekannte Traurigkeit, aber er bot seine ganze Willenskraft auf, um sie zu vertreiben, und hörte Tschelyschew weiter zu.

Der sprach von dem bevorstehenden Weltkongreß der Metallurgen in Luxemburg. Sechs Sektionen sollten dort arbeiten, und das Programm sah fast zweihundert Vorträge vor. An die drei Dutzend Beiträge sollten von sowjetischen Metallurgen kommen. Tschelyschew zählte die wichtigsten Themen auf. Das Organisationskomitee des Kongresses hatte die aus der Sowjetunion eingereichte Vortragsliste mit allem Respekt gekürzt, und nur die Hochöfner nicht vor den Kopf gestoßen. Klarer Fall. Es interessierte schließlich alle, wie diese Russen mit ihren Hochöfen die Amerikaner übertrumpfen konnten. Ein Überblick über die Hochofenproduktion in der UdSSR war für die Plenartagung des Kongresses vorgesehen. Diesen Überblick würde Pjotr Golownja geben.

Damit fiel zum erstenmal an jenem Abend dieser Name. Gleich nachdem er ihn ausgesprochen hatte, erinnerte sich Tschelyschew: Pjotr Golownja hatte die Lippen zusammengepreßt und kein Wort gesagt, als die Mitarbeiter des Ministers ihn baten, Onissimow zu grüßen. Na, und Onissimow? Nein, er reagierte gar nicht, über sein Gesicht huschte nicht der leiseste Schatten, und auf den scharf geschnittenen Lippen lag nach wie vor ein Schmunzeln. Vielleicht war jene lange zurückliegende Auseinandersetzung mit Pjotr Golownja – oder, besser gesagt, jener Zweikampf – für ihn bereits unter der Asche der Zeit begraben. Na, Tschelyschew wollte jetzt nicht daran rühren. Und er fuhr mit greisenhaft dumpfer Stimme fort: »Auch mich hat man nicht übergangen. Ich werde einer der Vorsitzenden des Kongresses sein. Vielleicht muß ich sogar der Großherzogin von Luxemburg ein paar Komplimente machen. Davor hab ich Angst. Womöglich rede ich da plötzlich was Unpassendes.«

Und wieder sah Onissimow ihn mit leicht geneigtem Kopf voller Sympathie an. Das Akademiemitglied ließ den Globus kreisen und suchte darauf das winzige Luxemburg. Die Delegierten des Kongresses hofften, auch durch ein paar Nachbarländer reisen zu können. Na, und er würde sich das natürlich nicht entgehen lassen. Er rechnete mit Ausflügen nach Belgien, nach Frankreich und zu den Bundesdeutschen. Diese Herrschaften werden uns, wenn auch zähneknirschend, wenigstens ein, zwei Werke besichtigen lassen. Na, und dann ...

Wieder drehte Tschelyschew den Globus. Dann möchte er für sein Leben gern einmal nach Lateinamerika. Vor allem nach Kuba, Brasilien und Uruguay ... Und natürlich waren auch die Vereinigten Staaten bald wieder dran – alle zehn Jahre sollte man schon einmal dorthin fliegen, Walzwerke und Öfen inspizieren und mit den Leuten in den Werken reden.

Und schon drehte sich der Globus weiter. Auch im eigenen Land standen Tschelyschew noch viele Reisen bevor. Im

Herbst würde er wahrscheinlich in die Wüsten von Kasachstan fahren, um die vor kurzem entdeckten Lagerstätten seltener Metalle in Augenschein zu nehmen. Und Ostsibirien? Der dritte Hüttenbezirk? Auch dort mußte er sich mal wieder gründlich umtun . . . Ach, apropos Ostsibirien. Den Lesnych haben sie fertiggemacht. Mit einem Fußtritt haben sie ihn aus dem Werk gejagt. Übrigens war das wohl noch zu Ihrer Zeit, Alexander Leontjewitsch. Anschließend haben sie seine Öfen mit dem Schneidbrenner in Stücke geschnitten und eingeschmolzen. Ich hab einen Brief von ihm bekommen und wollte ihm helfen, aber was kann ich jetzt noch für ihn tun? Sie hätten ihn nicht so fertigmachen brauchen. Einen Ofen hätte man ihm lassen sollen, damit er weitertüfteln kann. Wem hätte das geschadet?

Onissimow hörte ungerührt zu und erwiderte nichts. Mit einer überraschend jungenhaften Bewegung versetzte Tschelyschew den Globus in Schwung und sah seinem Kreisen zu. Also, Alexander Leontjewitsch, Ihren gehorsamen Diener sehen Sie hier nicht wieder. Jedenfalls nicht im nächsten Siebenjahrplanzeitraum.

»Sie sind doch noch jung!« entfuhr es Onissimow.

Und auch an diesen Worten zeigte sich, daß Onissimow nicht mehr der alte war. Früher hatte er nie von Jugend, Gesundheit oder Alter gesprochen. Jetzt aber . . .

Jetzt konnte er sich die Frage nicht verkneifen: »Wenn ich nicht irre, Wassili Danilowitsch, sind Sie schon dreiundsiebzig?«

»Ach was, vierundsiebzig hab ich auf dem Buckel.«

»Erstaunlich. Sie baden wohl im Wasser des Lebens?«

Mit schonungsloser Offenheit erwiderte Tschelyschew seelenruhig: »Ich hab mich nach Möglichkeit den Orten ferngehalten, wo man immerzu Männchen machen muß. Darum bin ich auch vor Ihnen ausgerissen, Alexander Leontjewitsch.«

Früher hätte Onissimow seinem Gesprächspartner eine solche Bemerkung wohl nicht durchgehen lassen. Auch diesem angesehenen Hochöfner schnitt er das Wort ab, wenn er sich einmal allzu frei äußerte. Jetzt aber mochte er nicht streiten.

Er schwieg und hüstelte. Und der Husten wollte nicht aufhören, er wurde trocken, bellend und quälend. Tschelyschew hatte Mitleid mit Onissimow und schaute finster drein, um es sich nicht anmerken zu lassen. War er nicht zu bedenkenlos mit seiner Ansicht herausgeplatzt? Doch warum, zum Teufel, sollte er um den heißen Brei herumreden? Hatte er vielleicht einen Kranken vor sich?

Einen Kranken? Hm . . . Tschelyschew blickte Onissimow, der inzwischen nicht mehr hustete, forschend an. Ja, der Mann sah wirklich nicht gut aus. Das aus der gestärkten weißen Manschette ragende Handgelenk wirkte dünn und zerbrechlich. Und dem gelblichen Farbton seines ebenfalls abgemagerten Gesichts war gleichsam ein fahles Aschgrau beigemengt. Lag das vielleicht nur an der Beleuchtung? Oder zehrte wirklich eine Krankheit an Onissimow?

Tschelyschew wechselte das Thema und richtete Onissimow tausend Grüße aus Moskau aus, wobei er nacheinander all jene nannte, die ihm hierher, nach Friedland, ihre guten Wünsche mitgegeben hatten. Die Unterhaltung geriet in eine andere Bahn. Onissimow fragte: Was hört man von der bevorstehenden Umgestaltung in der Industrie? Wird es überhaupt zu dieser Umgestaltung kommen? Tschelyschew gab ihm die Ansicht des rotwangigen Ministers wieder: »Uns betrifft das alles nicht.«

Onissimow lebte auf. Er, der Tschelyschews Bericht über die Technik und die Vorträge auf dem bevorstehenden Kongreß lustlos angehört hatte, war jetzt hellwach und wollte alles ganz genau wissen. Gemächlich ging er all die Leute durch, die ihm früher unterstanden und mit denen zusammen er die Stahlindustrie geleitet hatte. Der Minister, seine Stellvertreter, die Kollegiumsmitglieder, die Leiter der Hauptverwaltungen und Abteilungen, die Werkdirektoren – dieser ganze große Kreis interessierte ihn. Er wollte wissen, wie jeder einzelne zu den erwarteten Reformen stand. Man spürte, daß Onissimows ganze Leidenschaft seiner früheren Arbeit galt, daß es ihn aus der gesitteten friedländischen Hauptstadt nach Moskau, ins Ministerium, in sein Komitee, trieb. Tschelyschew dagegen interessierten diese organisatorischen Probleme, diese Leitungsfragen nicht sonderlich.

Hier kannte er sich nicht aus, hier konnte er leicht etwas durcheinanderbringen, was er auch ungeniert zugab. Und von dem, was der eine oder andere in dieser Beziehung dachte, hatte er nur sehr verschwommene Vorstellungen. Aber natürlich war er nicht abgeneigt, von Onissimows Mitstreitern zu erzählen.

So saßen sie, in ihr Gespräch vertieft, zusammen, und Onissimow hörte sich mit Vergnügen an, was der alte Mann zu berichten wußte. Früher hatten sie so manchen Abend miteinander verbracht – mal auf Sitzungen bei Onissimow, mal zu zweit, wenn sie irgendein Vorprojekt oder ein Problem der technischen Politik durchgingen –, aber so, ohne eine konkrete Aufgabe, nicht unter dem Druck der Arbeit und ohne die Energie, die früher von Onissimow ausging, unterhielten sie sich heute zum erstenmal. Tschelyschew mußte feststellen: Den ehemaligen Komiteevorsitzenden zog es mit aller Macht zurück in den Wirkungskreis, aus dem man ihn herausgerissen hatte, wohl oder übel aber nahm er bereits die Position eines Außenseiters ein. Ja, Onissimow war machtlos, er konnte dort nichts mehr ausrichten, nichts mehr ändern. Hier jedoch hatte er Abende lang nichts zu tun, hier lebte es sich wie im Ruhestand. Auch das Telefon auf dem Tisch läutete während des Gesprächs kein einziges Mal.

Erst nach Mitternacht begleitete Onissimow seinen Gast zu der massiven Eingangstür im Erdgeschoß.

Dann stieg er mit schweren Schritten, an das polierte Geländer geklammert, wieder die Treppe hinauf in sein Arbeitszimmer.

30

Genau vierundzwanzig Stunden später läutete gegen ein Uhr nachts das Telefon in Tschelyschews Hotelzimmer. Tschelyschew, der bereits seinen Pyjama anhatte, griff zum Hörer.

»Ja?«

»Schlafen Sie schon?«

Erstaunt erkannte das Akademiemitglied Onissimows Stimme.

»Nein.«

»Entschuldigen Sie, ich weiß, es ist spät.«

Pause. Tschelyschew wartete schweigend auf eine Erklärung.

»Wassili Danilowitsch, könnten Sie gleich mal zu mir rüberkommen?«

»Ist etwas passiert?«

»Ja. Es ist soweit.«

»Hm. Gut, ich komme zu Ihnen.«

»Ich schicke Ihnen einen Wagen, Wassili Danilowitsch. Er wartet vor dem Eingang auf Sie.«

Während sich Tschelyschew rasch anzog, rätselte er herum, was diese ungewöhnliche nächtliche Einladung und die Worte »Es ist soweit« zu bedeuten hatten. Was mochte nur passiert sein?

Onissimow empfing den alten Mann auf der breiten, schwach erleuchteten Treppe. Tschelyschew blickte ihn forschend an. Nein, von seinem Gesicht ließ sich nichts ablesen. Den kurzen mageren Hals umschloß wie gewöhnlich ein tadellos weißer steifer Kragen. Die dunkle Krawatte war so korrekt gebunden wie immer. Das gleichsam gemeißelte Gesicht zeigte, den Hemmzentren unterworfen, in der ewigen Maske des Gleichmuts auch jetzt keine Regung. Nur das einstudiert höfliche, in diesem Augenblick völlig unpassende Diplomatenlächeln, das sich ganz mechanisch einstellte, verriet, daß Onissimow völlig durcheinander war. Und noch ein Zeichen der Erregung nahmen Tschelyschews kleine Augen wahr: Onissimows linke Hand preßte seine Rechte, um, wie der alte Mann ahnte, das Zittern der Finger zu verbergen.

Onissimow führte seinen Gast ins Arbeitszimmer und schloß hinter sich fest die Tür. Dann forderte er ihn auf, Platz zu nehmen. Er trat an den Panzerschrank, öffnete ihn mit zwei Umdrehungen des Schlüssels und entnahm dem gähnenden Dunkel mit fliegenden Fingern eine Mappe. Tschelyschew wartete. Was mochte geschehen sein? Onissimow zog ein Blatt aus der Mappe.

»Soeben ist ein verschlüsseltes Telegramm aus Moskau eingetroffen. Sie können's lesen. Es ist soweit. Die Ministerien sind aufgelöst.«

Tschelyschew nahm das Blatt in die Hand und las die Nachricht von der Auflösung einiger Industrieministerien – sie wurden der Reihe nach aufgezählt. Ab sofort wurden dafür örtliche Volkswirtschaftsräte eingerichtet. Was war dabei? Warum erschütterte das Onissimow so? Tschelyschew mußte daran denken, wie er sich 1923, nachdem er den Beschluß über die vorübergehende Stillegung des Werkes erhalten hatte, dessen Chefingenieur er war und das selbst während des Bürgerkrieges, zur Zeit allgemeiner Zerrüttung, auf Sparflamme weiterproduziert hatte, nach Hause schleppte, wutentbrannt einem Stuhl einen Fußtritt verpaßte und schrie: »Das Werk wird stillgelegt!« Ob Onissimow jetzt etwa den gleichen Schmerz empfand?

»Na ja, das Ministerium ist aufgelöst«, sagte Tschelyschew. »Was ist dabei?«

»Ich fürchte, das ist das Ende der technologischen Disziplin. Und die Kader gehen verloren.«

»Ganz ohne Verluste wird's wohl nicht abgehen«, stimmte Tschelyschew zu. »Dafür ist die Erschütterung zu groß.«

Und mit einem Blick auf das im Licht glänzende Stalinbild über dem Schreibtisch fuhr er fort: »Seine Epoche geht zu Ende. Wir beide erinnern uns, wie sie begann. Wir waren nicht die schlechtesten Arbeiter darin. Und wir haben ihr keine Schande gemacht. Jetzt aber fängt eine andere Epoche an.«

Die struppigen, aschgrauen Brauen verbargen in diesem Moment nicht die klugen kleinen Augen.

Onissimow drückte die unaufgerauchte Zigarette im Aschenbecher aus. Und griff nach der roten Schachtel. Doch noch bevor seine Hand sie erreichte, drehte er den Kopf zu dem Bild. Plötzlich brach es aus ihm heraus: »Nein, so kann ich das nicht sehen! Für Sie ist er eine vergangene Epoche. Für mich aber . . . Mich hat er gerettet. Im wahrsten Sinne des Wortes.«

Hm, Stalin hat ihn gerettet, dachte Tschelyschew spöttisch. Vor wem denn? Etwa vor sich selbst?

»Und darum geht's doch auch gar nicht«, fuhr Onissimow überraschend leidenschaftlich fort.

Mit einer nervösen, raschen Bewegung zu dem offenen Panzerschrank nahm er noch eine Mappe heraus, in bräunlichem, mit der Zeit verblaßtem Kunstleder. Er klappte sie auf. Und zum Vorschein kam jene jahrelang gehütete, sogar in die Fremde mitgenommene Seite aus einem Schreibblock. Onissimow reichte sie mitsamt der Mappe dem Akademiemitglied. Jeder Buchstabe in Onissimows gestochener Handschrift war klar und deutlich zu erkennen. Quer über das Blatt zogen sich schwungvoll ein paar von anderer Hand geschriebene Zeilen. Die schnörkellose Unterschrift zeugte gleichsam von soldatischer Geradlinigkeit und Derbheit: »J. Stalin.« Tschelyschew entzifferte mühelos den Text: »Gen. Onissimow. Ich habe Sie von jeher zu meinen Freunden gezählt . . . Ich habe Ihnen immer vertraut und vertraue Ihnen auch heute . . .«

»Das ist mein Talisman«, sagte Onissimow, ohne sich hinter einem scherzhaften Ton zu verstecken.

Im stillen wunderte sich der Gast. Donnerwetter, wie kostbar dieses Stück Papier für Onissimow ist. Er hat sich nicht von ihm trennen können, sogar hierher hat er es mitgenommen. Wahrscheinlich lebt er noch jetzt in der Vergangenheit, wahrscheinlich ist er der alten Zeit, die man wohl ewig mit dem Namen Stalins verbinden wird, mit allen Fibern so verhaftet, daß er sich nicht mehr auf etwas Neues einstellen, einen Wechsel der Ordnungen nicht ertragen kann.

Doch er stellte keine Fragen – trotz seiner langjährigen und, was man auch sagen mag, guten Bekanntschaft mit dem ehemaligen Minister und Komiteevorsitzenden verspürte er die Befangenheit des Parteilosen, dem Parteigeheimnisse verschlossen sind.

Onissimow aber war nicht mehr zu bremsen. Die verborgene Sperre, die jahre-, ja jahrzehntelang vor seinem Innenleben aufgerichtet gewesen war, zerbrach plötzlich. Und seine Beichte quoll hervor. Dem parteilosen Tschelyschew vertraute er an, was er noch nie einem Freund (übrigens war in seinem Leben für Freundschaften schon lange kein Platz mehr) oder Genossen erzählt hatte. Selbst seiner Frau gegenüber war er immer verschlossen, nicht einmal ihr hatte er sein Herz ausgeschüttet.

Jetzt aber war der Damm gebrochen. Berija! Immer und überall war seine Hand mit den rötlichen Härchen drohend gegen Onissimow erhoben. Als ZK-Mitglieder duzten sie einander, doch Onissimow fiel immer wieder Berijas unergründliches Lächeln auf, und ihm war klar: dahinter verbarg sich Haß.

Bekenntnis auf Bekenntnis sprudelte aus ihm hervor. Er sprach von den unbegreiflichen, schrecklichen Verhaftungen der Jahre siebenunddreißig und achtunddreißig. Tschelyschew schwieg und starrte zu Boden. Und nur das Beben seiner Nasenflügel verriet, wie sehr Onissimows Offenheit ihn ergriff.

Onissimow kam vom Hundertsten ins Tausendste – er staunte selbst über die vielen Einzelheiten, die aus seinem Gedächtnis auftauchten. Die Beschattung seines Wagens. Die qualvollen Gedanken, das Warten auf die Verhaftung. Und sein Entschluß, an Stalin zu schreiben. Auch die Kopie dieses Briefes hatte er eingesteckt, als er Moskau verließ. Er holte ein paar maschinegeschriebene Seiten aus dem Panzerschrank.

»Lesen Sie, Wassili Danilowitsch.«

Der Gast vertiefte sich in das Schreiben. Ja, es war beeindruckend und nötigte Respekt ab. »Ich übernehme die volle Verantwortung für die gesamte dienstliche Tätigkeit meiner Untergebenen ... In dem Apparat, den ich im Auftrag des Zentralkomitees der Partei geleitet habe, hat es keinerlei Schädlingsarbeit gegeben.« Und daran schloß sich die Bitte an, eine Untersuchung anzusetzen.

»Auch heute«, sagte Onissimow überzeugt, »könnte ich dem nichts hinzufügen. Ich würde kein Wort ändern.«

»Na, heute brauchte man kein Blatt mehr vor den Mund zu nehmen.«

Onissimow ging auf diese Bemerkung nicht ein, er war ganz in der Vergangenheit.

Der Brief wurde dem HAUSHERRN übergeben. Und zwar durch Ufimzew, einen bekannten alten Bolschewiken, der kein Erbarmen mit denen kannte, die auch nur ein einziges

Mal geschwankt, nur im geringsten an Stalin gezweifelt hatten. Onissimow kannte er aus der Armeezeit und aus seiner Tätigkeit in Moskau. Sie kannten sich nicht nur – sie waren auch seit geraumer Zeit miteinander verwandt. Ufimzew war ein Onkel von Jelena Antonowna, Onissimows Frau. Natürlich hätte dieser die verwandtschaftlichen Beziehungen einfach abbrechen können. Schließlich war er auch nicht für seinen einst geliebten, dann aber verhafteten Zögling eingetreten, der in den zwanziger Jahren, als Student, für die Opposition gestimmt hatte. Onissimow aber vertraute er, von dessen Bereitschaft, immer, unter allen Umständen, den Willen des Zentralkomitees der Partei, den Willen Stalins zu erfüllen, war er überzeugt, und er riskierte es, Jossif Wissarionowitsch zu erzürnen und sich selbst einer furchtbaren Gefahr auszusetzen, als er ihm Onissimows Brief überbrachte. Stalin schrieb darunter: »Eine Kommission einsetzen.«

Während Onissimow erzählte, sog er gierig an der Zigarette, atmete den Rauch tief ein und hustete hin und wieder lange und angestrengt. Die Verhöre, die Aufforderung, in den Kreml zu kommen. Der gemessen auf und ab schreitende Stalin. Berijas unheilverheißendes Lächeln. In allen Einzelheiten schilderte Onissimow diese schreckliche Stunde mit ihrer beinahe übermenschlichen Anspannung. Und als er, der heil und unversehrt gebliebene Schützling Sergos, schließlich den Kreml verließ, hatte er Stalins Vertrauen und einen neuen Titel: Volkskommissar für Panzerbau. Dies war ein scharfer Einschnitt in seinem Leben, damals begann für ihn eine neue Zeit.

Von alldem aufgewühlt, erinnerte er sich an Ordshonikidse. Und beichtete weiter.

Draußen dämmerte schon der Morgen. Ein heller Streifen fiel durch die nicht ganz geschlossenen Vorhänge. In seine Beichte vertieft, zog Onissimow sie nicht auf, um das Licht hereinzulassen. Er sprach weiter, als weile er noch immer in der Vergangenheit. Sein krankhaft blasses Gesicht war jetzt völlig grau. Und er atmete ohne ersichtlichen Grund laut und schnell.

»Hören Sie auf, sich zu quälen«, brummte Tschelyschew.

»Sie sollten sich innerlich aus dieser Zeit lösen. Warum klammern Sie sich so daran fest? Vor Ihnen liegt die Zukunft.«

Onissimows Gedanken aber waren nach wie vor in der Vergangenheit.

31

Und er sprach und sprach und erleichterte sich das Herz. Ja, wir haben mit unserer Arbeit Ehre eingelegt. Wassili Danilowitsch, erinnern Sie sich an die Magnitogorsker Lebensader? Aber was frage ich? Als ob man so etwas je vergessen könnte!

Das Jahr einundvierzig. Die Winterschlacht bei Moskau. Onissimow stand, mit einer Ohrenklappenmütze, in Halbpelz und dunklen Filzschaftstiefeln im Schneegestöber der Steppe, nachdem er die gut hundert Kilometer von Magnitka bis hierher im Geländewagen zurückgelegt hatte. Auf dem schneeverwehten Weg kämpften sich Lastwagen voller spitzer Berge aus schwerem schwarz-violettem Gestein durch den Schneesturm nach Magnitka. Sie transportierten Manganerz, einen wichtigen Zusatz oder, wie die Stahlschmelzer sagen, einen Zuschlag, ohne den nach damaligem technologischem Wissen kein Stahl für Granaten und Panzerplatten erzeugt werden konnte.

Manganerz aber war knapp. Die vor langer Zeit erschlossenen reichen Lagerstätten von Nikopol in der Ukraine mußten schon zu Beginn des Krieges aufgegeben werden. Blieben nur noch die Gruben von Tschiatura in Georgien. Aber um den Transport war es schlecht bestellt, die Ausfallstraßen aus dem Kaukasus wurden von feindlichen Fliegern bombardiert, um das Land vom Erdöl bei Baku abzuschneiden und zugleich die großen Werke im Osten den Manganmangel empfindlich spüren zu lassen.

Bei der geologischen Erkundung von Magnitka war man schon im Sommer in einer öden Gegend auf ein paar kärgliche Manganlager gestoßen. Hierher wurden nun in aller Eile ein paar Bergarbeitertrupps aus Magnitogorsk abkommandiert, die man in Fertigteilhäusern aus rohen Brettern und

Zelten mit Glimmerfenster unterbrachte. Und bald schon wanderten die kleinen Häufchen des hier, im Vorland des Ural, gewonnenen schwarzgraublauen Gesteins in die Öfen. Aber der frühe Winter jenes Jahres mit seiner erbarmungslosen Kälte und seinen Schneestürmen wehte den Weg durch Täler und über Hügel zu.

Es war für Onissimow, der zusammen mit dem Stab der Stahlindustrie nach Swerdlowsk evakuiert worden war, kein leichter Entschluß, sich an das Staatliche Verteidigungskomitee zu wenden. Den Hörer in der Hand, zu unruhig, um sich hinzusetzen, wartete er im Stehen auf eine Verbindung, horchte auf das Pfeifen und Rauschen im Telefon, das sich anhörte, als heule der Schneesturm durch die Leitung. Und er meldete mutig: Wir schaffen es nicht, unsere Möglichkeiten sind erschöpft, der Weg von den Manganlagern ist zugeweht und unpassierbar.

Zwei ursprünglich für die Moskauer Front vorgesehene Kfz-Bataillone wurden dem Volkskommissariat für Stahl zur Verfügung gestellt. Sie drangen zu den durch den Schnee von der Außenwelt abgeschnittenen Bergleuten vor und schafften das schwärzliche Geröll in die Bunker des riesigen Werkes mit den zahllosen Schloten, deren rötliche, grünliche, weißglühende und rußschwarze Fahnen Tag und Nacht im Wind wehten.

Onissimow fuhr zu der Lebensader, besuchte die Manganerzinseln und kurbelte die Förderung an. Dann kehrte er nach Swerdlowsk zurück. Betrat Tschelyschews Arbeitszimmer. Die kleinen Augen des Akademiemitglieds verschwanden unter den buschigen aschgrauen Brauen, und die Winkel seines schmalen Mundes umspielte immer wieder ein rätselhaftes, teils verlegenes, teils unerklärliches Lächeln. Onissimow fragte ihn geradezu: »Worüber lachen Sie, Wassili Danilowitsch?«

»Ich trau mich's nicht zu sagen. Ich hab da was auf meine Kappe genommen.«

»So, so.«

»Unsere wackeren Burschen haben das Manganerz aus dem Möller rausgeschmissen. Sie haben den ganzen Prozeß umgemodelt.«

Das zornige »Wer hat das erlaubt?«, auf das das Akademiemitglied offensichtlich wartete, blieb aus. Onissimow fragte nur kurz: »Wer? Wo? Wann?«

»In zwei Werken zugleich, Alexander Leontjewitsch.«

Tschelyschew nannte Einzelheiten. Die ohne Manganzuschlag erschmolzenen Chargen ergaben ein Stahlsortiment, das allen Tests standhielt und genau dem staatlichen Standard entsprach. Ohne jeden Kommentar sah Onissimow aufmerksam und kritisch die Dokumentation durch und überprüfte mit dem Bleistift in der Hand die Chargenanalysen. Und dennoch entfuhr ihm die Frage: »Warum haben sie keine Erlaubnis eingeholt?«

Tschelyschew kratzte sich hinter seinem großen, nicht gerade rassigen Ohr.

»Die haben mir das einfach untergejubelt«, erklärte er fröhlich. »Was soll unsereins da machen?«

Ja, Wassili Danilowitsch, ob wir nun gut waren oder schlecht, die Schlechtesten waren wir nicht. Onissimow nahm sich noch eine Zigarette aus der Schachtel auf seinem ordentlichen Botschafterschreibtisch und zündete sie an. Und überraschend sprach er den Namen jenes Mannes aus, von dem er, wie Tschelyschew geglaubt hatte, bisher nichts hatte wissen wollen: »Pjotr Golownja verachtet mich wahrscheinlich.«

32

Der ehemalige Komiteevorsitzende setzte seinen erregten Bericht fort, da war vieles, was er noch loswerden wollte. Mitunter sprach er im Telegrammstil, hin und wieder verlor er den Faden, und er schmückte natürlich nichts aus. Dabei entstand in seinem Kopf, in seinem aufgewühlten Hirn, klar und deutlich Bild um Bild. Eins davon wollen wir hier wiedergeben:

Ein heißer Julitag im Jahre 1952.

Noch keine Woche war vergangen, seit Onissimow in seinem Arbeitszimmer wieder und wieder still für sich den soeben eingegangenen Beschluß des Ministerrats der UdSSR über Lesnychs Erfindung gelesen hatte. Gleich in den ersten

Absätzen dieses von Stalin unterzeichneten Schreibens wurde Onissimow eine Rüge ausgesprochen. Die Formulierung war hart: »Unterdrückung eines außerordentlich wertvollen Neuerervorschlages.« Und trotzdem atmete Onissimow, wie verletzt er sich auch fühlen, wie sehr seine Eigenliebe auch gelitten haben mochte, erleichtert auf. Das Unheil war so dicht an ihm vorbeigerauscht, daß er gleichsam den Luftzug gespürt hatte. Onissimow übertrieb hier kaum. Hätte der erzürnte HAUSHERR Onissimow abgesetzt, so hätte Berija ihm leicht den Rest geben können. Nun aber kam Onissimow mit einer Rüge und einer neuen Aufgabe davon: ein leistungsstarkes Werk mit Lesnychs Öfen zu erbauen und in Betrieb zu nehmen.

Durch die selbst für ihn, den in vielen schwierigen Situationen Gestählten, unerträgliche nervliche Anspannung erschöpft, beobachtete er voller Staunen, wie seine Finger scheinbar aus heiterem Himmel zu zittern begannen. Darum beschloß er, sich am Wochenende ein wenig Erholung zu gönnen und den Sonnabendabend und den Sonntag auf der Datsche zu verbringen.

Die Datsche, die ihm sozusagen von Amts wegen zugeteilt worden war, lag in einem Kiefernwald unweit der Moskwa. Onissimow hielt sich nur selten in diesem Häuschen im Grünen auf, ihn zog es auch sonntags zum Dienst, in sein Arbeitszimmer. Nachdem er diesmal auf der Datsche übernachtet hatte, die genau wie die Moskauer Wohnung von fremden Händen wie ein Hotel eingerichtet worden war, verließ er in der sonntäglichen Mittagsglut allein das Grundstück und schlenderte zum Fluß.

Den steifen weißen Kragen hatte er im Schlafzimmer abgelegt und das gestärkte Oberhemd gegen ein leichtes hellblaues Freizeithemd vertauscht, dessen obere Knöpfe offenstanden, so daß der Wind seinen kurzen Hals umfächelte. Das streng gescheitelte, wie immer glattgekämmte Haar war unter einem weißen Hut mit breiter Krempe verborgen: So lief Onissimow auch während seines Urlaubs im Süden herum.

Sein Weg führte ihn über Lichtungen und durch einen harzduftenden schwülen Kiefernwald.

Von einem Hügel hoch über dem Ufer sah er plötzlich die funkelnde glatte Fläche des Flusses und die weiten Wiesen am anderen, tiefer gelegenen Ufer vor sich. Auf dem kaum erkennbaren schmalen Band der Chaussee, die den grünen, schon leicht vergilbten Teppich durchschnitt, rollten immer neue, in der Sonne blitzende, von weitem winzig wirkende Autos und entschwanden den Blicken.

Dieser Hügel, der noch zum Territorium der Siedlung fern von allen Hauptstraßen gehörte, war sogar an diesem stickigen Sonntag ruhig und menschenleer. Im Wasser und am Strand sah man nur wenige Badelustige.

Als Onissimow durch das ungemähte, langsam vertrocknende und vergilbende Gras ging, hörte er plötzlich die Worte: »Bist du das, Alexander Leontjewitsch?«

Er drehte sich um.

Obwohl in der Nähe eine weitverzweigte einzelne Kiefer reichlich Schatten spendete, hatte sich der seit seiner Kindheit die Hitze Transkaukasiens gewohnte Tewossjan ins Gras gestreckt und die glänzend schwarze Mähne der Sonne ausgesetzt. Er blickte Onissimow freundlich lächelnd an. Sein Jackett und sein grauer Filzhut lagen neben ihm. Der stellvertretende Vorsitzende des Ministerrats der UdSSR hatte sich hier, genau wie Onissimow, von seinem Kragen getrennt: Im Ausschnitt seines hellen Hemdes ringelten sich schwarze Löckchen.

»Komm, setz dich her«, forderte er Onissimow auf.

»Hier zerfließe ich ja«, erwiderte Onissimow scherzhaft.

»Na schön, dein Wunsch ist mir Befehl.«

Und Tewossjan sprang leichtfüßig auf, um in den Schatten hinüberzuwechseln. Seine braunen, fast schwarzen Augen blickten suchend über den Fluß.

»Sieh mal«, sagte er, »meine Tochter. Das Rotkäppchen da drüben.«

Und er hob den braungebrannten Arm und winkte.

Das Rotkäppchen schwamm sofort ans Ufer und winkte zurück.

»Auch mein Wolodja muß hier irgendwo stecken«, fuhr Tewossjan fort. »Wir schicken ihn gleich los. Eine Partie Schach schlägst du mir doch nicht ab, Alexander Leontjewitsch? Wolodja kann uns das Spiel holen. Aha, er hat mich anscheinend schon entdeckt.«

Mit einer Handbewegung beorderte er seinen Sohn zu sich, den Onissimow, offen gesagt, noch gar nicht erkennen konnte. Ein schokoladenbrauner Jüngling in Turnhosen erhob sich aus dem Sand und eilte auf die stumme Bitte herbei.

Tewossjans Sohn, äußerlich bis auf den kleinen Schnurrbart eine erstaunlich getreue Kopie des Vaters, verbeugte sich kurz darauf höflich vor Onissimow und fragte: »Papa, brauchst du mich?«

»Ich möchte dich um einen Freundschaftsdienst bitten. Würde es dir etwas ausmachen, uns das Schachspiel zu holen?«

»Natürlich nicht. Was für eine Frage!«

Onissimow fing den Blick auf, mit dem Tewossjans Sohn den Vater ansah – er las darin Vergötterung. Das versetzte ihm einen Stich. Mit solchen Augen sah ihn der semmelblonde Andrej, die späte Frucht seines Ehebundes, das einzige Kind der Onissimows, schon lange nicht mehr an. Heute am Sonntag, bei einem der seltenen Besuche des Vaters, hatte sich Andrej sogar aus dem Staub gemacht.

In Erwartung des Schachspiels ließen sich die alten Freunde unter der Kiefer nieder und rauchten. Onissimow rauchte eine Zigarette, Tewossjan sog gemächlich an einer Papirossa seiner Lieblingsmarke »Duchesse«.

»Weißt du was«, sagte Onissimow, »unsere medizinische Leuchte, Professor Solowjow, hat mir einmal geraten: Wenn Sie schon rauchen, dann tun Sie es mit Genuß. Setzen Sie sich bequem hin – die Arbeit kann zwei Minuten warten –, und rauchen Sie mit Behagen.«

Beide schmunzelten. Wie sollten sie im Trubel ihrer Arbeitstage und -nächte dazu Muße finden?

Hier, in der Ungebundenheit der Datschensiedlung, sprachen sie niemals über dienstliche Angelegenheiten. Es war ungeschriebenes Gesetz, in Mußestunden die Arbeit nicht zu erwähnen. Natürlich wußte der stellvertretende Vorsitzende des Ministerrats, daß Stalin Onissimow vor wenigen Tagen eine Rüge erteilt hatte. Er kannte auch den Beschluß über Lesnychs Verfahren, berührte dieses Thema jedoch mit keiner Silbe.

Sie sprachen über alles mögliche, und hin und wieder verstummten sie auch. Tewossjan lag auf dem Rücken, die Arme unter dem Kopf verschränkt. Plötzlich sagte er mitten in einem völlig belanglosen Gespräch: »Vorgestern haben wir dir, glaub ich, Pjotr Golownjas Eingabe rübergeschickt. Hast du sie gekriegt?«

»Ja.«

Ja, Onissimow hatte den Brief des Direktors der Kurakowka an das ZK der Partei und den Ministerrat gelesen. Einen unangenehmen Brief. Golownja junior warf Onissimow vor, seine heute endlich anerkannte Erfindung jahrelang unterdrückt zu haben. Und er forderte . . . Na ja, daran wollte Onissimow jetzt nicht denken. Aber warum fragte Tewossjan ihn nach Golownja?

Immer noch liegend und ohne den Kopf zu wenden, fügte Tewossjan hinzu: »Gestern kam deswegen ein Anruf von Lawrenti Pawlowitsch.«

Onissimow erwiderte nichts, aber es lief ihm trotz der Hitze kalt über den Rücken. Von Lawrenti Pawlowitsch! Also war Berija im Bilde. Und wenn er, Onissimow, im Fall Lesnych mit einem blauen Auge davongekommen war, dann . . . Wieder griff Onissimow nach der Zigarettenschachtel. Seine Finger zitterten kaum merklich. Er strengte seinen ganzen Willen an, um dieses unangenehme Zittern zu überwinden, aber es gelang ihm nicht. Da verzichtete er auf die Zigarette und steckte die Schachtel in die Tasche zurück.

Tewossjan aber sprach längst schon von anderen Dingen – von seinem Wolodja und von dem Institut, an dem sein Sohn studieren wollte.

Dann war auch das Schachspiel zur Stelle. Onissimow war so durcheinander, daß er sich nicht konzentrieren konnte. In der ersten Partie erlitt er eine vernichtende Niederlage. Er nahm sich jedoch zusammen und war bald wieder der alte. Nach außen hin völlig ruhig – selbst die Finger zitterten nicht mehr, als er sich eine Zigarette ansteckte –, brachte er seinen Gegner, der wie er selbst kein schlechter Spieler war, in arge Bedrängnis und gewann die zweite Partie.

33

Onissimows Beichte nahm kein Ende.

In jener Nacht der Offenheit, in der Onissimow dem alten Akademiemitglied sein Herz ausschüttete, setzte er sich nur selten einmal hin, die nervliche Anspannung ließ ihn nicht zur Ruhe kommen. Auch jetzt marschierte er auf und ab, trat an den Globus und musterte die riesige Kugel mit den blauen Wasserflecken.

»Kein Mensch auf der Welt verachtet mich so wie Pjotr Golownja. Und trotzdem ... Trotzdem betrachtet er die Dinge so ...«

Onissimow hielt sich beide Hände wie Scheuklappen an die Augen und schränkte so sein Blickfeld ein.

»Dabei sollte er sie lieber so betrachten.« Er nahm die Hände von den Augen und ließ seinen Blick zur Decke und zum Fußboden und durch das ganze Zimmer schweifen. »Nur dann kann er alles sehen.«

»Und Sie selbst? Sie wollen die Zukunft nicht sehen.«

Onissimow meinte weiter aufrichtig: »Ich weiß nicht. Wahrscheinlich gibt's für mich keine Zukunft. Bis heute habe ich geglaubt, eines Tages wieder in die Industrie zurückzukehren, aber nun ... Anscheinend werde ich jetzt dort nicht gebraucht.«

Tschelyschew stand auf. Vor ihm lag ein langer Arbeitstag, er mußte noch ein Nickerchen machen und auch Onissimow, diesem erschöpften, wenn nicht gar kranken Mann, der heute wohl wie nie zuvor aus sich herausgegangen war, ein wenig Ruhe gönnen. Auch etwas Tröstliches müßte er ihm noch sagen: »Gedulden Sie sich ein wenig. Vielleicht wird plötzlich ein Zentraler Volkswirtschaftsrat oder eine Hauptverwaltung Industrie gebildet. Bei uns hat man gern einen Sündenbock zur Hand, dem man das Fell über die Ohren ziehen kann. Dann heißt's: Schafft den Genossen Onissimow herbei, hier ist sein Platz. Das prophezeie ich Ihnen, Alexander Leontjewitsch.«

Wieder brachte Onissimow seinen Gast zum Ausgang.

In Gedanken noch ganz bei dieser ungewöhnlichen Nacht, ging Tschelyschew zu Fuß durch die Morgenkühle zum Hotel. Aber trotz seines guten Vorsatzes legte er sich nicht hin. Er setzte sich an den Tisch, schlug das dicke Heft auf, das ihn auch in Friedland begleitete, und hielt Onissimows Geschichte, solange die Erinnerung noch frisch war, in seinem Tagebuch fest. Und obwohl für diesen Tag interessante Exkursionen angesetzt waren, sagte er allen Anrufern, er fühle sich nicht wohl und werde heute im Bett bleiben. Er schrieb fast bis zum Abend und erfüllte so, wie er meinte, seine Pflicht der Nachwelt gegenüber. Seit nunmehr fast drei Jahrzehnten machte er, der Hochofenexperte, solche Aufzeichnungen, wobei er sich von der Überzeugung leiten ließ, in einer großen Zeit zu leben.

Ich stütze mich auf meine Macht als Autor (ohne sie, denk ich, zu mißbrauchen) und sage noch einmal klipp und klar: Ohne ein menschliches Dokument wie Tschelyschews Tagebuch hätte ich diesen Roman kaum ersonnen, geschweige denn geschrieben.

Am Abend vor der Abreise lud Onissimow die Gruppe noch einmal zu sich ein. Er, der strenge Antialkoholiker, der geistigen Getränken ein für allemal abgeschworen hatte, blieb sich auch hier treu – zum Abendbrot gab es weder Wodka noch Wein, ja nicht einmal Bier.

Nach dem Essen hörten sie Schallplatten. Die besten Sänger stimmten ein bekanntes russisches Volkslied nach dem anderen an: »Stenka Rasin«, »An der Wolga steht ein Fels«, »Eiche und Eberesche«, »Moskauer Abende«. Wie in beinahe jeder russischen Gesellschaft fand sich auch unter diesen Gästen ein stimmgewaltiger Sänger, ein junger Schiffbauingenieur. Allmählich schwand die Befangenheit. Onissimow setzte sich in seinem schwarzen Abendanzug auf eine Stufe der kleinen Empore, die als eine Art Bühne diente, hörte schweigend zu und blickte seine Landsleute an. Der hochgewachsene hellhaarige Vorsänger mit der großen Nase hatte das Jackett abgelegt und dirigierte im cremefarbenen Hemd mit beiden Händen hingebungsvoll ein trauriges Wiegenlied:

»Wenn du einmal groß bist,
wirst du rasch gefreit,
kommst in ein großes Dorf,
kommst in ein fremdes Dorf.«

Der Dirigent breitete die Arme aus, und ein mehrstimmiger Refrain ertönte:

»Am Montag gibt es Regen,
Regen gibt es dort,
ei-ei-ei . . .
bai-bai . . .
Regen gibt es dort.«

In der Herberge des Heiligen Pantelejmon – so hieß seit alters her jenes einst den Mönchen gehörende Haus, das jetzt Studentenwohnheim des Stahlinstituts war – hatte einst auch der hagere, blauäugige Wolodja Pyshow mit Spitznamen Pyshik genauso, mit ausgebreiteten Armen, ein Lied dirigiert. Heute war er bereits tot, aber daran wollte Onissimow jetzt nicht denken. Der Student Pyshik konnte einen ganzen Abend lang singen. Auch er zog dann sein Jackett aus und lief im hellen Hemd umher – nein, nicht im Oberhemd, sondern in einem Russenhemd aus Satin, mit einem schmalen Gürtel. Auch er stimmte mitunter dieses traurige Wiegenlied aus seinem heimatlichen Sibirien an:

»Die Männer sich dort prügeln,
mit Beilen sich bedrohn.
Auch am Mittwoch gibt es Regen,
Regen gibt es dort.«

Wie auf Bestellung klopfte der Regen monoton gegen die Fenster der Botschaft.

»Ei-ei-ei,
bai-bai,
Regen gibt es dort.«

Außer Rand und Band stimmte der semmelblonde Ingenieur ein neues Lied an:

»Es wohnt die Liebste mein
in einem hohen Turme . . .«

Auch dieses Lied hatte Pyshow in den Studententagen gesungen. Gewöhnlich verbot er Onissimow mitzusingen – der hatte so gut wie kein musikalisches Gehör –, aber wenn er das Lied »Es wohnt die Liebste mein . . .« anstimmte, vergaß er nie, zu sagen: »Sascha, du kannst mitsingen.« Auch jetzt entschloß sich Onissimow, seine Stimme in den Chor einfließen zu lassen. Fort mit den lästigen Gedanken!

Erst weit nach Mitternacht nahmen die Gäste vom Botschafter Abschied. Onissimow drückte jedem einzelnen fest die Hand. Zu Tschelyschew sagte er: »Grüßen Sie zu Hause alle.«

Er zögerte und wiederholte noch einmal: »Alle.«

Tschelyschew sah Onissimow unter seinen buschigen Brauen hervor rasch an und begriff, daß das auch Golownja junior galt.

Und er erwiderte: »Wird gemacht.«

34

Jener weltbekannte Moskauer Arzt und Autor des Buches »Allgemeine Therapie«, Professor Nikolai Nikolajewitsch Solowjow, der einen guten Ruf hatte und Onissimow einst riet: »Vermeiden Sie Zusammenstöße«, ist in unserer Erzählung schon einmal aufgetaucht.

Im August 1957 erhielt Solowjow einen Anruf aus dem Außenministerium.

»Nikolai Nikolajewitsch, wären Sie bereit, nach Friedland zu fliegen? Unser Botschafter, der Genosse Onissimow, ist krank.«

»Was fehlt ihm denn?«

»Er hat eine Lungenentzündung gehabt. Das Schlimmste ist zwar überstanden, aber er will und will nicht wieder gesund werden. Nikolai Nikolajewitsch, wir möchten Sie um Ihr Gutachten bitten.«

Der jugendlich wirkende Solowjow mit dem grauen Lokkenkranz um die spiegelblanke rosige Glatze, der, wie wir bereits bemerkten, eher einem Künstler oder einem Regisseur glich als einem Arzt und der schon viele Länder bereist hatte, ausgenommen die Staaten Nordeuropas, ging bereitwillig auf den Vorschlag ein.

Im Morgengrauen eines klaren Septembertages flog Solowjow vom Flughafen Wnukowo ab. In seiner Begleitung befand sich Onissimows streng gekleidete, ordentlich frisierte

Frau, die zwar ein wenig aufgeregt, aber wie gewöhnlich beherrscht und gefaßt war.

In dem geräumigen Transitraum des Flughafens, der nur aus Glas zu bestehen schien, fragte Solowjow Jelena Antonowna: »Hat Ihr Mann Ihnen etwas über seine Krankheit geschrieben?«

»So gut wie nichts. Er schreibt überhaupt ungern, es sei denn dienstlich. Hin und wieder haben wir miteinander telefoniert. Ich weiß, daß er sich nicht an das Klima gewöhnen kann und immerzu erkältet ist. Aber in seinen Briefen hat er sich nie beklagt.«

»Wie ist sein Tonus, seine Stimmung?«

Jelena Antonowna antwortete kurz und bündig: »Er hatte Unannehmlichkeiten. Eine Zeitlang war er auch in seiner neuen Position ziemlich bedrückt. Aber dann kam es mir so vor, als habe er an seinen neuen Aufgaben Geschmack gefunden.«

Solowjow, der frisch und rosig aussah, obwohl er an diesem Tag schon um drei Uhr früh aufgestanden war, hörte interessiert zu. Der graue Lockenkranz um die Glatze minderte keinesfalls sein jugendliches Interesse an jedem Patienten, jeder Persönlichkeit, der er als Arzt begegnete. Vielleicht bestimmte gerade dieses meiner Ansicht nach auch dem Schriftsteller eigene jugendliche Interesse Solowjows Profil als Arzt.

»Entschuldigen Sie die taktlose Frage«, fuhr er fort, »aber hätten Sie nicht mit ihm fahren können?«

Onissimows Frau ließ sich nicht anmerken, wie sehr diese Worte sie verletzten. Sie sagte in gleichbleibend ruhigem Ton: »Ich arbeite schließlich auch. Und muß unseren Sohn erziehen. Die Pubertät, wissen Sie . . .«

Solowjow neigte verständnisvoll den Kopf. Das kurze Gespräch und die wenigen Stunden, die sie gemeinsam im Flugzeug verbrachten, überzeugten ihn davon, daß er eine beherrschte, besonnene Leiterpersönlichkeit vor sich hatte. Na ja, in schwierigen Situationen würde diese Frau wenigstens keine Dummheiten machen, nicht den Kopf verlieren und in Tränen ausbrechen, sondern ihrem Mann eine kluge Beraterin und Hilfe sein.

Gegen Abend landete die Maschine in Friedlands Hauptstadt. Vom Flughafen brachte ein Wagen Solowjow und Jelena Antonowna zur Botschaft.

Im ersten Augenblick wirkte der Botschafter schwerkrank. Stark abgemagert, kam er den Gästen im Morgenrock entgegen. Er bewegte sich langsam, und in seine Augen trat selbst beim Anblick seiner Frau kein Glanz. Er küßte sie flüchtig, streifte vielmehr ihre Wange mit fast blutleeren Lippen. Sein blaßgelbes Gesicht schimmerte grau, als wäre dem gelblichen Farbton Asche beigemengt. Allein dieses Aschgrau ließ ahnen, unter welcher Krankheit er litt.

Zum erstenmal seit vielen Jahren war Onissimow seiner Gewohnheit untreu geworden, sich täglich zu rasieren. Sein Kinn und die wegen seiner Magerkeit deutlich hervortretenden Wangenknochen bedeckten Bartstoppeln. Die schmale Nase schien unmäßig groß geworden zu sein.

Solowjow gab dem Ehepaar zunächst die Möglichkeit, sich ungestört zu unterhalten, und suchte den Patienten erst etwas später auf. Onissimow empfing den Professor im Schlafzimmer, das sorgsam aufgeräumt war, vielleicht schon von Jelena Antonowna. Wie in Moskau standen hier zwei breite Betten – eins davon makellos frisch bezogen, das andere ebenfalls gemacht, am Kopfende aber mit leicht zurückgeschlagener Decke, als warte es schon auf den Kranken. Außerdem gab es einen Kleiderschrank mit Spiegel, zwei Nachtschränkchen, einen kleinen Tisch mit einer Wasserkaraffe und einer leeren Blumenvase. Onissimow hatte sich die massive, dunkel gefaßte Brille aufgesetzt – das hohlwangige Gesicht wirkte dadurch noch kleiner – und überflog die Moskauer Zeitungen, die seine Frau mitgebracht hatte.

Jelena Antonowsna ließ den Arzt mit dem Patienten allein. Onissimow nahm die Brille ab und sprach als erster. Er klagte nicht über sein Befinden, ja versuchte sogar, wie es dem Professor vorkam, sein Leiden zu verharmlosen: »Ich kann arbeiten, und ich will arbeiten. Helfen Sie mir, alle Zweifel zu zerstreuen, Nikolai Nikolajewitsch.«

»Was für Zweifel haben Sie?«

Und Onissimow berichtete. Allem Anschein nach hatte er

sich erkältet. Das war vor etwa einem Monat. Das Fieber stieg sofort auf fast vierzig Grad. Man holte einen Arzt, der, wie sich herausstellte, gebürtiger Russe, amerikanischer Staatsbürger, dem Wohnsitz nach aber Friedländer war.

»Ein Kosmopolit. Eine interessante Gestalt. Er hat hier eine Privatpoliklinik. Und betreut fast alle Botschaften. Wissen Sie, was er von uns sagt? Ihre Leute sind verschlossene Menschen. Der Mann ist nicht dumm. Und scheint sein Fach zu verstehen.«

Onissimow sprach ohne Hast. Solowjow gefiel seine Art – keine Wichtigtuerei, kein Geziere, kein Dünkel, er redete couragiert und bestimmt. Onissimow berichtete, daß der russische Amerikaner eine Lungenentzündung bei ihm festgestellt, ihm Antibiotika verschrieben und das Fieber gesenkt habe. Dann habe er den Botschafter in seine Poliklinik gebracht, die Lunge durchleuchtet und Röntgenaufnahmen gemacht. Er habe eine Professorenkonsultation für nötig gehalten und sei bald darauf mit zwei hiesigen Professoren bei Onissimow erschienen. Diese hätten ihm auf den Kopf zugesagt: »Es besteht Verdacht auf Lungenkrebs.«

Als der Autor allen Einzelheiten der Lebens- und Krankengeschichte Onissimows nachging, mußte er feststellen, daß dieser sein Gespräch mit den friedländischen Ärzten nicht ganz exakt wiedergegeben hatte. Der Autor begegnete den beiden Professoren später auf dem internationalen Antikrebskongreß in Moskau. Beide – der eine schon älter und kerngesund, der andere ein jüngerer, großäugiger Mann – hatten den sowjetischen Botschafter nicht vergessen. Ihren Worten nach verhielt sich die Sache ein wenig anders. Sie hatten keineswegs die Absicht gehabt, Onissimow ihre Diagnose ohne Umschweife mitzuteilen. Sobald sie ihm jedoch ihre Namen genannt hatten, konnte ihm nichts mehr verborgen bleiben. Er nutzte den Augenblick, da sich die Ärzte zur Beratung ins Nebenzimmer zurückzogen, um in dem Nachschlagewerk zu blättern, das die Namen aller mehr oder weniger bekannten Friedländer enthielt, und stellte sofort fest, daß sie Krebsspezialisten waren. Einer von ihnen war sogar Direktor des Zentralen Onkologischen Instituts. Als die Professoren zurückkehrten, drückte er sie regelrecht an die

Wand. Warum seien ausgerechnet sie, Onkologen, zu ihm gekommen? Das hätte doch Gründe? Onissimows scharfe Fragen – mit derselben Schärfe war er als Leiter einer Hauptverwaltung, als Minister und Komiteevorsitzender oft genug hinter die Wahrheit gekommen – zwangen den Großäugigen zu dem Eingeständnis: Ja, es besteht Verdacht auf Lungenkrebs.

Vielleicht wollte Onissimow jetzt auch Solowjow die Wahrheit entlocken. Jedenfalls sagte er: »Die hiesigen Ärzte haben Krebs festgestellt.«

Er sagte tatsächlich »Krebs« und gebrauchte nicht das verharmlosende, unbestimmte Wort »Geschwulst«. Anscheinend blieb der eiserne Onissimow völlig ruhig. Unweit des Botschafters lag eine Schachtel Zigaretten Marke »Drug« auf dem Tisch. Onissimow griff danach und drehte sie in seinen knochigen, zitternden Fingern. Dieses Zittern verriet seine nervliche Anspannung. Als er Solowjows Blick auffing, legte er die Schachtel beiseite.

»Sie ist leer. Ich hab das Rauchen aufgegeben.«

Er verschränkte die Arme und schwieg.

»Die hiesigen Ärzte?« fragte Solowjow gedehnt. »Welche Anhaltspunkte gab es dafür?«

Onissimows Blick wurde durchdringend und scharf wie in alten Zeiten. Seine Stimme klang plötzlich energisch: »Sie billigen diese Offenheit nicht? Aber die Menschen sind doch verschieden. Manch einem darf man die Illusion nicht nehmen. Anderen aber muß man die Wahrheit sagen. Und ganz besonders mir. Wenn ich Krebs habe – wieder sprach er das Wort ohne zu stocken aus –, dann sagen Sie's mir ganz offen. Und ich werde mich nach dieser Diagnose richten. Ich hab noch Dinge vor, die ich dann vielleicht zum Abschluß bringen muß. Sehr wichtige Dinge. Darum muß ich Klarheit haben.«

Solowjow griff nach den Röntgenaufnahmen. Auf den Lungenflügeln lagen Schatten. Diese Schatten waren nicht typisch für eine Entzündung, ließen eher an eine Geschwulst denken.

Solowjow bat Onissimow, sich frei zu machen, und horchte ihn ab. Im Nacken, direkt am Ansatz seines störrischen Haars, saß ein Papillom, das an ein Muttermal erinnerte. Es hatte die Größe eines Daumennagels.

»Was haben Sie da?«

»Das habe ich selbst erst vor kurzem entdeckt.«

Solowjow sah sich das Papillom genauer an. In seiner »Allgemeinen Therapie« hatte er darauf hingewiesen, daß so ein Papillom nicht selten ein Vorbote, ja mitunter auch eine Begleiterscheinung einer Krebsgeschwulst war. Ein sicheres Anzeichen war das jedoch nicht. Fanden sich auf der Haut noch andere derartige Gebilde? Der berühmte Diagnostiker untersuchte den ganzen Körper des Patienten genau, ertastete in der Achselhöhle eine geschwollene, verhärtete Lymphdrüse, was ebenfalls kein gutes Zeichen war, in den Kniekehlen allerdings war die Haut makellos glatt.

Zu guter Letzt fuhr Solowjow mit seinen feingliedrigen, rosigen Fingern durch Onissimows Haar und tastete die Kopfhaut ab. Bei Lungenkrebs waren zwar Kopf- und Gesichtshaut so gut wie nie betroffen, aber Solowjows Fingerspitzen durchsuchten wieder und wieder das dichte kastanienbraune Haar. Was war das? Ein kaum spürbarer, hirsekorngroßer harter Knoten. Und dort ein zweiter. Hm, und hier war noch eine größere, linsenförmige Erhebung. Wahrscheinlich ein verschleppter, hoffnungsloser Fall.

»Und diese Stellen hier am Kopf? Haben Sie die schon lange?«

»Wo?« Onissimow tastete die unter den Haaren verborgenen Knötchen ab. »Davon habe ich gar nichts gewußt. Die fühle ich jetzt zum erstenmal.«

»Sie können sich anziehen.«

Während Onissimow das Hemd über den blassen, abgemagerten Körper streifte, bat er von neuem: »Ich erwarte von Ihnen Aufrichtigkeit. Ich bin darauf angewiesen. Dann weiß ich, wie ich mich zu verhalten habe.«

Er sagte das so überzeugend, so nachdrücklich, daß der sehr erfahrene Moskauer Arzt schwankte. Sollte er Onissimow die Wahrheit sagen? Man konnte tatsächlich nicht alle Menschen über einen Kamm scheren. Schließlich hatte Onissimow ganz offen und vernünftig darum gebeten. Die traditionelle ärztliche Vorsicht gewann jedoch die Oberhand.

»Ich kann lediglich einen entzündlichen Prozeß in der Lunge feststellen«, erklärte Solowjow.

Und dann ließ er seiner Phantasie freien Lauf: »In der Lunge sitzen mehrere Entzündungsherde. Möglicherweise handelt sich's um eine chronische Pneumonie. Sie wurde durch Antibiotika eingedämmt, aber die Herde bestehen weiter und rufen all diese Erscheinungen hervor.«

In seiner temperamentvollen Art entwarf er ein interessantes imaginäres Bild. Und er schloß mit den Worten: »Kurzum, es bedarf einer gründlichen Untersuchung im Kremlkrankenhaus. Nur sie, Alexander Leontjewitsch, kann die nötige Klarheit bringen.«

35

Nach der Untersuchung sprach Solowjow mit Jelena Antonowna und sagte ihr, er halte den Verdacht der friedländischen Ärzte für begründet.

Sie saßen im Garten der Botschaft auf einer Bank. Die untergehende Sonne strahlte sanfte Wärme aus. Onissimows Frau nahm die schlimme Diagnose ohne Hysterie oder Panik auf. Sie fragte: »Warum glauben Sie das? Was für Anzeichen gibt es dafür?«

Er zählte die Symptome auf, die insgesamt recht beeindruckend waren.

»Was kann man dagegen tun? Gibt es irgendwelche Mittel?«

»Ich kann Ihnen keine Hoffnung machen, Jelena Antonowna. Eine Operation ist offensichtlich ausgeschlossen. Und andere Mittel ... Ein mehr oder weniger wirksames Mittel besitzen wir vorläufig nicht.«

Jelena Antonowna wandte sich ab. Solowjow sah jetzt ihre Schläfe mit dem Blutmal. Unter dem an dieser Stelle ein wenig schütteren Haar schimmerte die verdickte, gleichsam vernarbte Haut blaurot. Die Sprache der Mediziner, die, wie ich hier einfügen möchte, mitunter beneidenswert treffend ist, bezeichnet so ein Mal als Weinfleck. Im stillen sagte sich Solowjow: Eine plastische Operation wäre durchaus möglich. Übrigens hatte hier kein dunkelroter, sondern eher ein Roséwein seine Spur hinterlassen. Diese Frau wurde dadurch nicht entstellt. Ja vielleicht paßte das Mal sogar zu ihrem Charakter.

Jetzt zum Beispiel wandte sie sich ab, damit Solowjow ihre Tränen nicht sah. Sie hob ein paarmal ihr Taschentuch an die Augen und richtete ihren Blick dann wieder auf den Arzt. Ihre Stimme hatte sie nach wie vor in der Gewalt, nur die Lider und die Nase waren gerötet. Solowjow gab ihr sein Gespräch mit Onissimow und dessen Bitte wieder, ihm aufrichtig zu sagen, ob er den Verdacht der hiesigen Professoren teile.

»Ihr Mann besteht darauf. Er sagt, er müsse wichtige Dinge zum Abschluß bringen. Und würde sich nach der Diagnose richten.«

Nach kurzem Nachdenken erwiderte die grauhaarige, streng gekleidete Frau, die auch in dieser schweren Stunde Haltung bewahrte: »Nein, sagen Sie es ihm nicht. Er ist zwar sehr tapfer und gewohnt, der Gefahr ins Auge zu sehen, aber . . . Wenn es schon keine Hoffnung mehr gibt« – wieder wischte sie eine Träne weg –, »ist es unsere Pflicht, ihm die letzten Tage zu erleichtern.«

Auch jetzt neigte Solowjow zustimmend den kahlen Kopf mit dem grauen Lockenkranz: eine richtige, vernünftige Ansicht.

»Sagen Sie es ihm nicht«, wiederholte Jelena Antonowna. »Sonst leidet er zu sehr darunter. Er wird keinem ein Wort sagen, sich im stillen aber quälen. Und es ist das schlimmste für ihn – stumm zu leiden und sich nicht aussprechen zu können.«

Sie, die selbst einen verantwortlichen Posten bekleidete, kannte ihren Mann offensichtlich sehr genau. Wieder dachte sie nach und fragte dann: »Liegt es nicht überhaupt daran, daß . . .« Sie ließ den Satz unbeendet.

Noch einmal bewunderte der Moskauer Professor im stillen Jelena Antonownas Klugheit. Er erklärte ihr, es gebe einen unter Medizinern verbreiteten Aphorismus: Der Krebs bereitet sich sein Bett. Die Herkunft dieser Krankheit sei der Wissenschaft bis heute unbekannt – damit hänge auch die Hilflosigkeit der Ärzte ihr gegenüber zusammen –, aber man könne mit ziemlicher Sicherheit annehmen, daß der Organismus Abwehrkräfte besitze, die eine Erkrankung verhinderten. Würden diese Kräfte durch nervliche Erschütterungen und Störungen, durch Zusammenstöße und ständige Depressionen untergraben, dann durchbreche die Krankheit das geschwächte Abwehrsystem.

»Wir verstehen diesen Zusammenhang so, Jelena Antonowna: Eine Depression bewirkt keine bösartige Geschwulst, begünstigt aber deren Entwicklung. Die Geschwulst kann also bei Ihrem Mann schon vor relativ langer Zeit entstanden sein. Hat man übrigens vor seiner Abreise in Moskau mal die Lunge geröntgt?«

»Nein, er hat sich nicht untersuchen lassen.«

»So? Warum denn nicht?«

»Wissen Sie, das war alles nicht so einfach. Er ist entlassen worden ... Sie sind, wenn ich nicht irre, parteilos?«

»Ja.«

Jelena Antonowna schwieg eine Weile und schneuzte sich, nach kurzem Zögern aber zwang sie sich offenbar, dem Arzt gegenüber ganz offen zu sein: »Sicher hat er einen Fehler gemacht und eine falsche Ansicht geäußert. Das, Nikolai Nikolajewitsch, bleibt bitte unter uns. Doch die Strafe ist zu hart ausgefallen. Er mußte die Industrie ganz aufgeben und wurde hierhergeschickt. Er war schon immer mustergültig diszipliniert. Wenn er sich nun hätte untersuchen lassen, wenn die Ärzte ihm verboten hätten zu fahren, dann ... Verstehen Sie, das hätte falsch ausgelegt werden können. Ich hab doch nicht geahnt, daß er eine so schreckliche Krankheit hat.«

Erst jetzt verlor die Frau, deren Name hin und wieder in der Zeitung auftauchte, die Fassung, barg das Gesicht im Ärmel ihrer dunkelblauen Kostümjacke, weinte und machte sich Vorwürfe. Aber nicht lange gestattete sie sich diese weibliche Schwäche. Wieder rieb sie sich die Augen trocken, setzte sich kerzengerade hin. Ihr klarer Verstand siegte, und sie war wie eh und je bereit, ihre Pflicht zu tun. Ihre nun etwas geröteten Hängebacken fielen jetzt besonders auf – ja, sie, Parteimitglied seit 1920, die sich in all den Jahren den Ruf einer makellosen Genossin, einer Partei- und Staatsfunktionärin bewahrt und nie eine Rüge oder einen Verweis eingehandelt hatte, war trotzdem Frau und Gattin geblieben. Und ihres Mannes wegen beherrschte sie sich jetzt und saß so konzentriert da wie auf ihrer Arbeitsstelle. Zum erstenmal nahm sie, ohne sich vor Solowjow zu genieren, aus ihrer großen braunen Tasche, die halb einem Aktenkoffer, halb einer Stadttasche glich, eine schmucklose Puderdose aus Metall, blickte in den Spiegel und betupfte sich Wangen und Nase.

Bei ihrem Anblick fiel Solowjow ein Spruch ein, den er irgendwo gehört und der ihm gefallen hatte: Die Frau und den Tod schickt einem der liebe Gott. Der Mann, dessentwegen er hierherbeordert worden war, hatte sein Leben an der Seite dieser Frau verbracht, die von der gleichen Presse geformt wurde wie er. Und wenn er eine andere Frau gehabt hätte? Eine müßige Frage . . . Er hatte sich einst für sie entschieden, also war auch diese Entscheidung ein Teil seiner Persönlichkeit. Wenn Onissimow eine andere geheiratet hätte, wäre er wohl nicht der, der er war. Allerdings gab es im Leben jedes Menschen schicksalhafte Momente. Kreuzwege. Vielleicht hatte es ihn auch einmal zu einer anderen gezogen, hatte er sich eine andere Lebensgefährtin vorgestellt. Der scharfsinnige Arzt verdrängte diese überflüssigen Gedanken. Nicht umsonst hieß es: Die Frau und den Tod . . .

Der Moskauer Professor und Jelena Antonowna beschlossen: Noch heute würde Solowjow ein Telegramm nach Moskau schicken. In seinem Notizbuch entwarf er den Text für den Chiffreur. »Onissimow muß zurückbeordert werden. Verdacht auf Lungenkrebs. Solowjow.«

»Jetzt«, sagte Solowjow, »braucht er mich eigentlich nicht mehr.«

»Nein, sehen Sie ab und zu nach ihm, untersuchen Sie ihn. Oder tun Sie wenigstens so. Und verschreiben Sie ihm irgend etwas.«

Solowjow besuchte Onissimow zweimal täglich, horchte und klopfte ihn sorgfältig ab und verschrieb ihm Stärkungsmittel und bromhaltige Präparate. Und es wunderte ihn gar nicht, daß sich der Kranke merklich besser fühlte. Ein solches Stadium einer scheinbaren Besserung ist in der Entwicklung eines Krebsprozesses unter dem Einfluß verschiedener, natürlich auch psychologischer Faktoren nicht selten zu beobachten. Die subfebrile Temperatur aber hielt an. Und auch die rasche Ermüdbarkeit und Schwäche blieben. Zeitweise aber, besonders in den Morgenstunden, lebte Onissimow auf, vertauschte für einen halben Tag den Morgenrock mit einem Hausanzug und rasierte sich wieder regelmäßig. Solowjow, der begierig war, Friedlands Hauptstadt kennenzulernen, und auch seiner Frau, die bei den Arztbesuchen oft zugegen war, erzählte Onissimow bereitwillig von diesem Land. Anscheinend hatte ihn die diplomatische Tätigkeit mittlerweile doch in ihren Bann gezogen.

»Hier kommt es zu einer interessanten Verflechtung«, sagte er. »Der nationalistische Geist verhindert eine Expansion der Amerikaner. Verstehen Sie? Große Teile selbst der bürgerlichen Intelligenz sind antiamerikanisch gestimmt. Es zieht sie, wenn auch zögernd und unter allen möglichen Verrenkungen, zu uns. Wir sind eine Macht. Hier, fern von unserer Heimat, merkt man das besonders deutlich.«

Onissimow sprach dieses erarbeitete, erkämpfte stolze »Wir sind eine Macht« voller Würde und Genugtuung aus. Jelena Antonowna hörte aufmerksam zu, ohne sich einzumischen, und nickte hin und wieder zustimmend. Onissimow weihte den Arzt bereitwillig in die Fragen der Wirtschaft ein. Friedland verwandelte sich rasch in einen Industriestaat. Militärisch wirkte es schwach, aber sein verborgenes Potential war nicht zu unterschätzen.

»Als Metallurge«, fügte er schmunzelnd hinzu, »sehe ich das besonders deutlich.«

Und er fragte neugierig nach dem, was sich in Moskau tat. Als er erfuhr, daß das Gebäude, in dem einst die Hauptverwaltung Walzstahl untergebracht war, durch Ministerratsbeschluß Solowjows Institut übergeben wurde, lebte er auf und lächelte.

»Ich habe dieses Gemäuer noch zu Sergos Zeiten hochgezogen. Erinnern Sie sich an ihn?«

Nein, Solowjow war Ordshonikidse nie begegnet.

»Schade, schade. Die Jahre unter Sergos Leitung waren wohl die besten in meinem Leben.«

Wieder bestätigte Jelena Antonowna durch leises Nicken die Worte ihres Mannes. Wußte sie doch am besten, wie bedroht ihrer beider Leben nach Sergos Tod durch Berija gewesen war, der nur auf eine Gelegenheit gewartet hatte, mit ihnen abzurechnen. Nein, weder über Berija noch gar über den HAUSHERRN – dort sah man sein kleines Foto, den einzigen Schmuck der kahlen Schlafzimmerwände – würde Onissimow mit diesem sympathischen und anscheinend klugen Moskauer Arzt klatschen.

»Sie werden nun also mein Arbeitszimmer beziehen«, fuhr er fort und hielt das für ein gutes Omen. Er, der nie zuvor etwas auf Treu und Glauben hingenommen und den kleinsten Betrug findig und rigoros aufgedeckt hatte, war jetzt geneigt zu glauben, daß er tatsächlich unter einer schleichenden Lungenentzündung litt und wieder gesund werden würde. Wie oft hatte Solowjow diese auch in seinem Buch erwähnte Begleiterscheinung des Krebses, die sogenannte Euphorie, beobachtet: einen eigenartigen Rausch- oder Erregungszustand, in dem der Mensch vertrauensselig und leicht beeinflußbar wird.

Bald darauf traf aus Moskau ein Telegramm ein, in dem Onissimow zur Behandlung nach Moskau beordert wurde. Zu gewohnter Stunde suchte Solowjow, der seinen Aufenthalt in dieser interessanten nördlichen Hauptstadt genoß, elegant und vital wie immer, Onissimow auf. Nachdem er das Telegramm gelesen hatte, rief er, ohne nachzudenken: »Ich würd mich ganz gern noch ein Weilchen hier herumtreiben, aber die Pflicht ruft. Also, Alexander Leontjewitsch, packen wir die Koffer.«

Jelena Antonowna, die ebenfalls zugegen war, fragte: »Was meinen Sie, Nikolai Nikolajewitsch, ist das ein Abschied für immer?«

Und er antwortete mit klaren Augen: »Aber wieso denn? Alexander Leontjewitsch wird bald wieder hier sein.«

Die brave Moskauer Genossin und der weltbekannte russische Arzt, der sich im Ausland äußerlich leichtfertig gab, waren hervorragend aufeinander abgestimmt und spielten ihre Rollen gekonnt.

Zu Onissimows Verabschiedung auf dem Flugplatz erschienen nicht nur Sowjetbürger, sondern auch hohe friedländische Beamte und bei der königlichen Regierung akkreditierte Botschafter. Sie alle drückten diesem völlig ungekünstelten, klugen, allgemeine Sympathie genießenden Vertreter jenes großen, noch immer ein wenig rätselhaften sozialistischen Staates, der sich von Europa bis nach Asien erstreckte, zum Abschied die Hand. Die eigenen Leute wie auch die Ausländer wünschten ihm, er möge bald genesen und hierher, zu seinen Pflichten, zurückkehren. Der Gesandte Kanadas lud ihn für die Weihnachtsfeiertage zur Jagd ein. Die Reisevorbereitungen, der bevorstehende Abflug, die ihm vom diplomatischen Korps erwiesene Aufmerksamkeit, die in gewissem Grade natürlich auch Onissimow selbst galt und eine Frucht seiner Arbeit hier war, all das wirkte anregend und aufmunternd auf ihn. Soviel Elan, soviel Freude am Leben hatte er lange nicht mehr verspürt. Der September, in diesem Jahr für Friedland ungewöhnlich warm und sonnig, hatte gerade erst begonnen. Mit einem weichen dunklen Hut, im offenen Übergangsmantel stand Onissimow, von seinen Begleitern umringt, lächelnd unter dem zartblauen Himmel neben der startklaren Maschine.

In einem günstigen Moment fragte ihn sein ständiger Schachpartner, der hochstirnige Botschaftsrat und Parteisekretär Michejew: »Alexander Leontjewitsch, wen sollen wir mit der Ansprache zum 40. Jahrestag betrauen?«

»Na, weißt du, bis zum Jahrestag ist es ja noch über einen Monat hin. Betrau keinen damit. Bis dahin bin ich zurück und halte sie selbst.«

Solowjow, der neben seinem Patienten stand, bestärkte ihn ohne weiteres: »Aber natürlich, betrauen Sie keinen anderen damit.«

Dabei wußte er genau: Onissimow würde nie wieder hierher zurückkehren.

In Kopenhagen sollten sie in eine sowjetische Maschine umsteigen. Der Arzt und Jelena Antonowna ließen Onissimow in einem bequemen Sessel an der Glaswand des riesigen Transitraumes zurück und spazierten durch den Flughafen. Sie fragte: »Wie lange hat er noch zu leben, wenn sich der Verdacht bestätigt?«

»Wer weiß, Jelena Antonowna, es ist nicht abzusehen, wie sich der Organismus wehren wird. Ein paar Monate. Ein halbes Jahr.«

In Moskau landeten sie am Abend auf dem Flughafen Wnukowo. Vor zehn Monaten hatten Onissimows Kollegen ihn hier verabschiedet, waren in einer Kolonne mit ihm über das Betonfeld geschritten. Jetzt aber war keiner seiner ehemaligen Mitstreiter zu seiner Begrüßung erschienen.

An die Gangway, deren Stufen Onissimow langsam hinunterstieg, rollte ein Krankenwagen. Eine Trage tauchte auf. Dafür hatte der Medizinische Dienst des Ministerrats gesorgt – offensichtlich glaubte man dort, Onissimow könne sich nicht mehr ohne fremde Hilfe fortbewegen. Lächelnd schickte er die Sanitäter weg, doch betrachtete er ihr Erscheinen zweifellos als böses Omen. Sein Sohn kam zu ihm gelaufen, blieb kurz vor ihm stehen und blickte ihm forschend in die Augen, in das gelblich-bleiche, grauschimmernde Gesicht. Andrej verblüffte es, wie klein, gleichsam eingetrocknet dieses teure Gesicht geworden war und wie knochig und wächsern die Nase. Er wandte den Blick ab und schmiegte sich an des Vaters Brust. Onissimow strich bewegt über Andrejs Stirn und drückte die Lippen in sein weiches Haar.

Als er sich wieder aufrichtete, sah er die hochgewachsene, männlich wirkende Antonina Iwanowna, seine langjährige behandelnde Ärztin. Sie war dienstlich hier. Onissimow drückte ihr die Hand und wollte eigentlich einen Scherz über den Krankenwagen und die Trage machen, da ihm aber nichts Passendes einfiel, sagte er schmunzelnd: »So, Antonina Iwanowna, jetzt rauche ich nicht mehr.«

36

Am Tag nach seiner Ankunft begab sich Onissimow in das Krankenhaus, in das man ihn auch früher, als Minister, schon eingewiesen hatte.

Er erhielt ein Appartement aus Arbeitszimmer, Schlafraum und Badezimmer, obendrein mit einem Balkon und einem Vorraum mit separatem Eingang unmittelbar von der Treppe aus, die ein Läufer bedeckte. In diesem hellen, geräumigen Appartement mißfiel Onissimow vieles – die weichen Sessel, die Teppiche, die teuren Statuetten und die Bilder mit den schweren Goldrahmen an den Wänden. Irgendein Schlaukopf war auf die Idee gekommen, hier einen Spiegelschrank aufzustellen. Als hätte ein Kranker nichts Besseres zu tun, als sich im Spiegel zu betrachten.

Übrigens hatte dieser Spiegel vorläufig seine Berechtigung: In ihm konnte Onissimow erkennen, daß er sich von Tag zu Tag mehr erholte. Die beruhigende Diagnose, die man ihm hier im Krankenhaus gestellt hatte, schien das auch zu bestätigen: eine schleichende Lungenentzündung oder, in der Sprache der Medizin, eine chronische Pneumonie.

Wie auch immer – Onissimow nahm in diesem für seine Begriffe viel zu großen und viel zu luxuriösen Appartement spürbar zu, was wahrscheinlich auch auf die Aufgabe des Rauchens zurückzuführen war. Seine Wangen waren jetzt nicht mehr so erschreckend eingefallen. Morgens fühlte er sich oft frisch und munter. Die Rückenschmerzen, die auch früher erträglich waren, machten sich nur noch ganz selten bemerkbar.

Andrej brachte ihm Bücher; außerdem ließ sich Onissimow mit Erlaubnis des Arztes alle möglichen Akten aus dem Außenministerium kommen, die mit seiner diplomatischen Mission zu tun hatten. Nach dem Frühstück zog er seinen Anzug an, hängte die Krankenhauskleidung in den Schrank, und setzte sich an den Schreibtisch, von dem natürlich all die Statuetten und anderen teuren Ziergegenstände verschwunden waren. Die Brille auf der Nase und einen seiner geliebten harten, spitzen Bleistifte in der Hand, vertiefte er sich zufrieden ein paar Stunden in die beschafften Akten.

Und er gelangte immer mehr zu der Überzeugung, tatsächlich keinen Krebs zu haben, sondern nur eine Pneumonie – einen chronischen, schleichenden, systematischer Behandlung bedürfenden entzündlichen Prozeß. Nur seine nüchterne innere Stimme, die die Krankheit zwar geschwächt, aber noch längst nicht zum Schweigen gebracht hatte, sagte ihm immer wieder: »Glaub ihnen nicht.«

Eines Abends saß Andrej bei ihm – er hatte die Erlaubnis, den Vater zweimal in der Woche zu besuchen. Das hatte die Mutter so vereinbart. Dem Jungen hatte man selbstverständlich nicht gesagt, was dem Vater fehlte, aber er merkte es an verschiedenen Anzeichen. Einmal brach Jelena Antonowna im Flur des Krankenhauses beispielsweise abrupt ein Gespräch mit dem Arzt ab, als sie ihren Sohn auf sich zukommen sah, schickte ihn mit schroffen Worten fort und hieß ihn, auf einer Couch zu warten – allein schon diese Geheimniskrämerei ließ den stillen, schlanken Jungen das Richtige vermuten. Andrej, der längst nicht mehr danach strebte, Klassenbester zu sein, und sich leichten Herzens mit Zweien, ja sogar mit Dreien zufriedengab, lernte jetzt dem kranken Vater zuliebe, dem seine Zensuren nicht gleichgültig waren, eifrig und legte ihm sonntags sein Schülertagebuch zur Unterschrift vor. Der blonde Junge mit dem fragenden Blick und sein zurückhaltender Vater, der nie die Kontrolle über sich verlor, kamen einander in diesen Tagen etwas näher. Dazu trug auch der Katalog mit den Neuerscheinungen auf dem Büchermarkt bei, den Onissimow allwöchentlich erhielt. Vater und Sohn wählten im Krankenhaus gemeinsam die Titel aus, die angeschafft werden sollten. Wie früher hätte Onissimow auf die Belletristik am liebsten ganz verzichtet, machte jedoch Zugeständnisse an Andrejs Geschmack und erklärte sich einverstanden, das eine oder andere Prosawerk, ja sogar Lyrik zu kaufen und durchzublättern. Das war fast schon alles, was die beiden verband – den von Haus aus verschlossenen Jungen und seinen Vater, den Andrej einst im stillen den großen Schweiger getauft hatte.

Mitunter saßen Vater und Sohn lange Zeit schweigend zusammen. Onissimow griff nach seinen Zeitungen oder Akten, Andrej schaute unterdessen aus dem Fenster. Und eines Tages gab das Herz dem Jungen etwas ein: Von nun an kam er mit einem Leninband und einem Heft unter dem Arm ins Krankenhaus. Hier setzte er sich an das runde Tischchen und schlug »Was tun?« auf, um es durchzuarbeiten: Schließlich hatte auch der Vater es seinerzeit als Fünfzehnjähriger gelesen.

Der Text war etwas schwer zu verstehen, aber der Junge wollte dem Vater und sich selbst beweisen, daß auch die Fünfzehnjährigen von heute etwas taugen.

Und so saß er, nach Krankenhausvorschrift im weißen Kittel, neben der Tischlampe mit dem grünen Schirm, den schlanken, fast mädchenhaften Hals und das Profil mit der spitzen Nase über das Buch geneigt. Andrej zog sich das Heft heran und trug etwas ein.

Onissimow, der sich mit der neuesten Abendzeitung, die er gerade bekommen hatte, auf der Couch niedergelassen hatte, stand nach einer Weile auf und legte die Zeitung beiseite. Er machte ein paar Schritte und schaute seinem Sohn über die Schulter. Der schrieb, ohne den Blick zu heben, weiter ein Leninzitat in sein Heft: ». . . wenn diese Verfasser fähig wären, das, was sie sagen, unerschrocken und konsequent bis zu Ende zu durchdenken, wie jeder seine Gedanken durchdenken muß, der die Arena der literarischen und öffentlichen Tätigkeit betritt . . .«

Die Schrift seines Sohnes war nicht mehr so krakelig wie früher. Am liebsten hätte Onissimow ihm über das weiche blonde Haar gestrichen, doch solcher Zärtlichkeiten war er nicht mehr fähig.

Beide schwiegen. Onissimows Augen richteten sich wieder auf die Zeilen, die sein Sohn gerade schrieb: ». . . unerschrocken und konsequent . . .«

Hatte er, der Vater, seine Gedanken immer so durchdacht?

Der Sohn schrieb weiter. Der Vater hätte sich am liebsten auf die Couch gelegt. Nach einer Weile fragte er leise: »Andrej, kannst du ein Geheimnis für dich behalten?«

Der Junge fuhr zusammen. Anscheinend war der Augenblick gekommen, wo der Vater ihn wirklich brauchte.

»Klar, kann ich.«

»Dann hör zu. Bring mir das ›Therapeutische Handbuch‹. Du weißt doch, es liegt in meinem Arbeitszimmer.«

»Natürlich weiß ich das.«

»Laß es niemand merken. Und zu keinem ein Wort. Zu keinem. Verstehst du?«

Andrej antwortete nicht, er nickte nur. Wie schon so oft, schnürte Mitleid ihm das Herz ab und erlaubte ihm nicht, in dieses gelbliche Gesicht zu blicken, Mitleid und Liebe empfand er für den erkrankten und vielleicht ein für allemal gebrochenen Mann. Als Ideal betrachtete Andrej den Vater schon lange nicht mehr – das hatten wir schon erwähnt –, dennoch aber hatte er nie aufgehört, ihn zu bedauern. Jetzt nahm sich der Junge zusammen, um sein Mitgefühl weder durch einen Blick noch durch eine Träne zu verraten. Er war nicht nur bereit, dem Vater heimlich ein Buch ins Krankenhaus zu bringen, er hätte ihm jede Bitte erfüllt, ja er sehnte sich danach, etwas Großes für ihn zu tun.

Als er ihn an einem nicht vereinbarten Tag besuchte, brachte er unter anderen Büchern versteckt auch das dicke »Therapeutische Handbuch« mit. Außerdem aus eigener Initiative Solowjows »Allgemeine Therapie«, die im Regal daneben gestanden hatte. Dieses Buch legte Onissimow offen auf den Tisch, das Handbuch aber schloß er weg, um in einer stillen Stunde darin zu lesen und Vergleiche anzustellen.

Herdpneumonie . . . Die Symptome stimmten mehr oder weniger mit seinen überein: Temperatur, Husten, Kurzatmigkeit. Bei älteren Leuten, hieß es, verläuft die Krankheit oft träge. Bei diesem schleichenden Verlauf der Pneumonie werden Mittel angewandt, die eine allgemeine Umstellung des Organismus bewirken sollen: besonders intravenöse Injektionen von Glukose und Askorbinsäure. Damit wurde er nicht behandelt. Offensichtlich hatte er doch eine andere Krankheit.

Wieder und wieder belas er sich über jene andere Krankheit, wägte ab, verglich . . . Lange Zeit bleibt das Befinden des Patienten zufriedenstellend. Ein Krankheitssymptom sind vergrößerte Lymphdrüsen und mitunter schwammige Hautwucherungen. Typisch sind substernale dumpfe Schmerzen. Auf keinen Fall ist Wärme angezeigt (Wärmflaschen und so weiter). Röntgentherapie in starken Dosen. Eine solche Behandlung mit Röntgenstrahlen in hohen Dosen (nach Dillons Verfahren) erweist sich bis jetzt jedoch als wenig effektiv. Nein, Röntgentherapie wandte man bei ihm nicht an. Möglicherweise hatte er diese Krankheit doch nicht. Operiert wird nur bei Früherkennung. Bei vernachlässigten Geschwulsten ist die Prognose hoffnungslos.

Ja, es gab viele zutreffende Symptome. Allerdings paßte die Behandlung nicht dazu. Man stopfte ihn lediglich mit Penizillin und irgendwelchen Pillen voll. Und doch mußte er auf das Schlimmste gefaßt sein. Das hieß auf ein nahes Ende. Und er mußte ihm würdig begegnen, alle seine Angelegenheiten mußten à jour sein, damit er ohne Makel aus der Welt schied. Er mußte sein Leben beenden, wie es sich für einen treuen Sohn seines Staates und seiner Partei gehörte. Die Zeit, die ihm dafür blieb, war möglicherweise knapp bemessen.

Aber sah er da nicht allzu schwarz? Vielleicht hatte er wirklich nur eine Pneumonie? In dem Handbuch stand doch, daß diese Krankheit in vielen Variationen auftritt. Wieder schlug Onissimow das dicke Buch auf, blätterte, las, überlegte. Aber die Unklarheit blieb: Was fehlte ihm wirklich? Versuchte man nicht, ihn hinters Licht zu führen?

Und wenn ja, sollte es ihm dann nicht gelingen, das Lügengespinst zu zerreißen?

37

Hatte er denn nicht genug Verstand, um diesen Fall, wie er im Ministerium und im Komitee einst zu sagen pflegte, aufzurollen?

Seine Fähigkeit, einen Verdächtigen wie ein Untersuchungsführer zu überrumpeln – verdächtig aber war für

Onissimow beinahe jeder –, hatte sich mit den Jahren noch entwickelt.

Hatte ihm etwa in der Kohle- und Stahlindustrie, die ihm früher unterstand, jemand einen Bären aufbinden können? Mit seinem feinen Instinkt, mit einem siebenten Sinn hatte er jeden Versuch durchkreuzt, ihm blauen Dunst vorzumachen und etwas zu beschönigen. Von ihm hieß es nicht umsonst: Der quetscht dich bis aufs Hemd aus. Er kannte dieses Gerede und war stolz darauf.

Nicht selten waren bei seinem Besuch in dem einen oder anderen Werk die Hallen frisch geweißt, die Wege auf dem Werkgelände sauber gefegt und mit Sand bestreut. Onissimow aber ging wie seinerzeit Sergo, der für ihn in vieler Hinsicht ein Vorbild blieb, auf die Hinterhöfe, kletterte in die Gießgruben, kroch unter Arbeitsbühnen und stieß dort mitunter auf Schmutz, Gerümpel und Unordnung. Und mit gefletschten Zähnen – hier handelte er seinem Charakter entsprechend: bei Sergo, den zwar hin und wieder auch unbändiger Jähzorn packte, war ein so grimmiges Zähnefletschen nicht denkbar – stieß er die Hallen- oder Werkleitung gleichsam mit der Nase auf das Chaos, den Schmutz.

Gnadenlos strafte Onissimow auch diejenigen, die sich in ihrem Fach, in ihrer Arbeit, nicht recht auskannten. Und er wußte, wie man ihnen auf die Schliche kam.

In einem Siemens-Martin-Stahlwerk oder einer Hochofenanlage setzte er sich an den Tisch mit dem Schmelzjournal, blätterte darin, tippte mit dem spitzen, superharten Bleistift auf eine Ziffer und verlangte vom Werkleiter Erklärungen: Warum wurde an dem und dem Tag mehr Mangan als sonst verbraucht? Wieso wurden die Wärmeführung und der Zeitplan nicht eingehalten? Versteckte Unsicherheit machte ihn genauso hellhörig wie eine allzu forsche Antwort. Übrigens dämpfte auch die berühmte goldene Mitte – eine zurückhaltend-ruhige Art – Onissimows Mißtrauen nicht. Mit einem Blick ins Journal fragte er in gewohnt strengem Ton: »Wieso wurde der zweite Ofen gestern eine halbe Stunde lang gedrosselt gefahren?«

Darauf bekam er die plausibel klingende Antwort: »Die Gießpfannen hatten sich verspätet. Und da mußten wir . . .«

»Die Gießpfannen? Wieso? Haben Sie das geklärt?«

»Das Zufahrtsgleis war gesperrt. Hier bei uns, Alexander Leontjewitsch . . .«

Onissimow hörte nicht länger zu, und es klang wie ein Peitschenhieb: »Sie lügen! Sie wissen nicht Bescheid! Gestern wurde überhaupt kein Ofen gedrosselt gefahren.«

Nachdem Onissimow den Untergebenen, der sich aufs Schwindeln verlegen wollte, auf diese Weise aus dem Konzept gebracht hatte, entlockte er ihm ganz leicht die Wahrheit und zwang ihn, die wirklichen Mängel schonungslos aufzudecken.

Aber das funktionierte nicht immer. Einmal hatte Golownja junior in der Hochofenanlage der Kurakowka im Steuerstand vor . . . Das war wohl ihre erste Begegnung. Nein, Onissimow hatte ihn schon vorher kennengelernt, noch vor seiner Zeit als Volkskommissar für Walzstahl und Gußerzeugnisse aus Stahl – neununddreißig anscheinend. Ja, ja, neununddreißig. Pjotr Golownja war ihm auf den ersten Blick unsympathisch, erschien ihm als Prahlhans, Aufschneider und Gernegroß.

Ohne jeden logischen Zusammenhang tauchte jene weit zurückliegende Stunde in seiner Erinnerung auf. Es war eine warme Augustnacht. In Moskau war längst Ruhe eingezogen. Die letzten Straßenbahnen und Busse hatten sich zur Nacht in die Bahnhöfe begeben. Die Ampeln an den Kreuzungen waren abgeschaltet. Die Moskauer schliefen. Die Kremlfenster aber waren hell erleuchtet – Onissimows Wagen fuhr gerade daran vorbei. Und der Arbeitstag oder, wenn man so will, die Arbeitsnacht der Volkskommissare und ihrer Stellvertreter, der Leiter von Abteilungen und Hauptverwaltungen, der persönlichen Referenten und Sekretäre war noch nicht zu Ende.

Onissimow, damals Volkskommissar für Panzerbau, fuhr zum Noginplatz, zum Volkskommissar für Metall, um sich über die Qualität des Stahls, der der Panzerindustrie geliefert worden war, zu beschweren. Der Volkskommissar für Metall war zwar verreist, aber Alexej Golownja, sein erster Stellvertreter, ein guter Arbeiter, ein Metallurge, der etwas von seinem Fach verstand und, wie Onissimow wußte, keine leeren Worte zu machen pflegte, *hielt die Stellung* – wie es in Funktionärskreisen hieß.

Alexej Golownja, schon ein wenig schwerfällig geworden – die sitzende Lebensweise machte sich bemerkbar –, ging in einem grünlichen Covercoat in seinem Arbeitszimmer auf und ab und trat, sobald Onissimow die Tür öffnete, zu ihm. Sie hatten zwar zusammen studiert, das vertraute »Du« aber nicht beibehalten. Vielleicht lag das an Onissimows Förmlichkeit, an seinem offiziellen Ton, der jedes Privatgespräch unmöglich machte und genauso zu Onissimow gehörte wie sein steifer weißer Kragen.

Als Onissimow das Arbeitszimmer betrat, sah er im Hintergrund des Raumes jemanden auf der Couch sitzen – einen braungebrannten, hageren jungen Mann, der es beim Anblick des Volkskommissars für Panzerbau nicht für nötig hielt aufzustehen. Alexej Golownja drückte fest Onissimows kleine, fast feminine Hand und wies mit dem Kopf auf den Sitzenden: »Das ist mein Bruder Pjotr. Der Direktor der Kurakowka.«

Dieser geruhte nun endlich aufzustehen. Er blickte den ordentlich gekämmten grünäugigen Volkskommissar mit dem zwischen die Schultern gezogenen Kopf lächelnd an. Onissimow erschien dieses Lächeln, das wer weiß was bedeuten mochte, unpassend. So ein Grünschnabel! Was hatte einer wie er in den schlimmen Jahren siebenunddreißig und achtunddreißig schon durchgemacht? Gerade zu jener Zeit aber war in den Zeitungen viel von dem alten Hochöfner Golownja und seinen Söhnen die Rede gewesen – ebenfalls auf Hochöfen spezialisierten Ingenieuren. Und nun ... Der rothaarige alte Golownja und sein ältester Sohn hatten sich einen Namen gemacht. Der jüngere aber, der sich noch durch nichts hervorgetan hatte, wollte anscheinend auch zu dieser Dynastie gezählt werden. Und, sieh mal an, er war sogar schon Direktor!

Onissimow musterte Golownja junior einen Augenblick lang scharf. Auf der gebräunten Stirn leuchtete eine Narbe – wahrscheinlich das Mal eines Raufbolds. Seine Nase war im Unterschied zu der des Bruders nicht rund wie eine Kartoffel, sondern schmal und höckrig wie die des Vaters. Die

Augen der Brüder aber glichen einander – sie hatten jenen Farbton, den man oft blau nennt, der jedoch eigentlich eher ein Blaugrau ist. Der Kragen des leichten, hellen Hemdes von Golownja junior stand offen, Gesicht und Hals waren rotbraun, was wohl weniger von der heißen Sonne des Südens herrührte, als vielmehr von dem durch nichts abwaschbaren, feinen Erzstaub, der durch die Ritzen der alten, längst abbruchreifen Hochöfen drang und sich in die Haut einfraß. Ja, vielleicht war er ein Wühler. Aber er benahm sich zu ungeniert: Das rotblonde Haar war zerzaust. Wenigstens kämmen hätte er sich können. Und sein Hemd zuknöpfen. Und nicht so selbstsicher grinsen sollte er.

Onissimow wandte sich ab und trat an den Tisch. Alexej Golownja meinte: »Mein Bruder kann inzwischen ein bißchen spazierengehen.«

»Wozu? Mich stört er nicht. Ich hab nicht vor, Geheimnisse mit Ihnen zu erörtern.«

Onissimow setzte sich, öffnete die Aktentasche und kam ohne Umschweife zur Sache. Wie immer war er gut vorbereitet und legte Alexej Golownja den sorgfältig zusammengestellten dokumentarischen Beweis vor: Laboranalysen, Testergebnisse, Schliffbilder des Ausschußstahls. Und Protokolle über Protokolle, die bezeugten, daß ganze Blechpartien, Achsenrohlinge oder Metall anderen Profils unbrauchbar waren, weil sie den Gütevorschriften und den hohen Anforderungen der Panzerindustrie nicht genügten.

Alexej Golownja seufzte tief und sah sich Dokument für Dokument an. Er versuchte nicht, die Fakten zu bestreiten. Schließlich wußte er nur zu gut, wie zerrüttet die Metallurgie war, nachdem fast alle Direktoren und viele ihrer engsten Mitarbeiter verhaftet und spurlos verschwunden waren. Es bedurfte großer Anstrengungen, um die Produktion wieder in Gang zu bringen und das erforderliche hochwertige Metall zu erzeugen.

Während des Gesprächs machte Onissimow giftige Bemerkungen über das Schnellschmelzen der sogenannten Rekordstahlwerker.

»Diese Experten liefern keinen Stahl, sondern irgendeine Pampe. Ein Surrogat. Sie überladen den Ofen und ersetzen technologische Disziplin durch Eigenmächtigkeit. Unsere Hurraritter von gestern, diese technischen Analphabeten, haben das natürlich zugelassen, wir aber verstehen Gott sei Dank noch etwas von der Technik.«

Als »Hurraritter von gestern« bezeichnete Onissimow das strahlende Direktorengestirn, das zu Beginn der dreißiger Jahre rasch aufgerückt und bald darauf, vor noch gar nicht allzu langer Zeit, durch Stalins Erbarmungslosigkeit ausgerottet worden war, jenes Gestirn, dessen Schicksal er nur um Haaresbreite entgangen war.

Aber er war ihm entgangen! Damals neigte Onissimow zu der Ansicht, das sei gesetzmäßig. Worin bestand seiner Meinung nach diese Gesetzmäßigkeit? Eine gewisse Rolle dürfte dabei natürlich die tief in ihm verwurzelte, zu seiner zweiten Natur gewordene Treue gegenüber dem HAUSHERRN gespielt haben, seine vorbehaltlose Bereitschaft, jeden Befehl Stalins auszuführen – dieser strikte Gehorsam befriedigte Onissimow vollauf, aber er allein hätte ihn wahrscheinlich nicht gerettet. Immer wieder sagte er sich, daß er zum Glück in jungen Jahren eine technische Ausbildung erhalten hatte und Walzwerkingenieur geworden war. Denn »abgesägt« wurden eben jene Wirtschaftsfunktionäre, die eigentlich – wie Onissimow im stillen mit der ihm eigenen Entschiedenheit formulierte – von der Technik keinen Schimmer hatten und außer der Politik kein einziges Fach beherrschten. Diese Organisatoren der Produktion hatten, wie Onissimow sich wiederholt überzeugen konnte, von den Werken, von der Produktion, die sie leiteten, nur eine sehr verschwommene Vorstellung. Und eben sie wurden mit der Zeit überflüssig. Und wahrscheinlich auch gefährlich. Die Geschichte hatte ihnen einen zu tiefen Einblick in die Feinheiten des politischen Spiels gewährt. An ihre Stelle waren nun Leute eines ganz anderen Schlages getreten, meist junge Techniker, die zusammen mit ihm, dem Ingenieur Onissimow, die Schwelle jener schlimmen Jahre überschritten hatten. Und obwohl viele Fakten nicht in dieses Schema paßten, gab sich Onissimow damals damit zufrieden. Er äußerte diese eigenartige Theorie keiner Menschenseele gegenüber und dachte später überhaupt nicht mehr über solche Dinge nach. Zum

Philosophieren hatte er kein Talent. Seine Aufgabe war es, zu arbeiten, die Befehle der Partei und Stalins Anweisungen strikt auszuführen und das Land mit leistungsstarken Panzern auszurüsten, mit Hunderten und aber Hunderten von Panzern, die weniger verwundbar und manövrierfähiger waren als die deutschen, die besten in Europa, und die sie in dem nahenden, offensichtlich unabwendbaren Krieg nicht im Stich lassen würden. Und er stellte dem Volkskommissar für Metall in scharfer Form seine Forderungen.

»Alexej Afanassjewitsch, wir haben doch eine zuverlässige, bewährte Schmelztechnologie. Und Sie sollten jeden Verstoß dagegen strengstens ahnden. Besonders diesen Schnellschmelzern müssen Sie genau auf die Finger sehen.«

Da tönte es überraschend von der Couch herüber: »Eine verschwommene Logik!«

Nach diesem spöttischen Einwurf rutschte Golownja junior kampflustig an den Couchrand.

»Genosse Onissimow«, fuhr er fort, »Sie wissen anscheinend gar nicht, worum es beim Schnellschmelzen geht.«

Onissimow warf ihm einen Blick über die Schulter zu und wandte sich, ohne ihn einer Antwort zu würdigen, wieder ab. Frecher Kerl! Ihm, Onissimow, der sein Diplom als Metallurgie-Ingenieur mit Auszeichnung verteidigt und anschließend zwei Jahre als Walzwerker in englischen Werken gearbeitet hatte, wagte dieser grinsende Gernegroß ausgerechnet das Wort – »verschwommen« – an den Kopf zu werfen, mit dem Onissimow im stillen die ehemaligen Wirtschaftsfunktionäre bedacht hatte. Natürlich wies er Golownja junior sofort in die Schranken.

»Da sehen Sie mal«, sagte er bissig zum älteren der Brüder, »daß sich die Leute nicht nur in Ihren Werken zu viele Freiheiten erlauben. Selbst hier, in Ihrem Arbeitszimmer, erdreistet sich ein junger, aber nicht gerade bescheidener Kollege, sich ungefragt in unser Gespräch zu mischen.«

Darauf würdigte er diesen jüngsten Sproß einer angesehenen Familie keines Blickes mehr. Von Onissimow hieß es: Er bietet einem keine Zigarren an, er verpaßt einem welche. Und er wußte das. Zum Abschied nickte er Pjotr nur flüchtig zu.

38

Wenige Monate darauf wurde Onissimow Volkskommissar für Walzstahl und Gußerzeugnisse aus Stahl, kurz Volkskommissar für Stahl.

Zu jener Zeit wurde der Verwaltungsapparat dezentralisiert: Das Volkskommissariat für Schwarzmetallurgie, dem auch die riesigen Eisenerzlagerstätten, die Gewinnung von Flußmitteln und die Verkokung unterstanden, sowie das etwas kleinere Volkskommissariat mit seinen Sonderaufgaben, das man Onissimow anvertraute, wurden selbständig.

Im Herbst 1940 begab sich Onissimow, bereits in seiner neuen Eigenschaft, auf eine längere Reise durch mehrere Werke.

Vor genau einem Jahr war in Europa, in unmittelbarer Nähe der Sowjetunion, der zweite Weltkrieg ausgebrochen. Hitlers Divisionen hatten Polen fast in einem Anlauf überrollt. Und kurze Zeit darauf waren seine Panzerkolonnen in Frankreich eingefallen und hatten es zur Kapitulation gezwungen. Jetzt schien der Krieg den Atem anzuhalten. Für wie lange? Würde bald nicht auch unsere Stunde schlagen?

Zu den Reisezielen des Volkskommissars gehörte auch die Kurakowka. Dort begegnete Onissimow Golownja junior wieder.

Es war ein warmer Tag im Altweibersommer. Sie gingen zu zweit über den engen Hof der alten Kurakowka, der mit dem weitläufigen Gelände der neuen Hüttenkombinate und ihrem verzweigten Straßennetz wenig Ähnlichkeit hatte – der hochgewachsene Onissimow mit dem Kopf zwischen den Schultern, auch hier in dunklem, weichem Hut und abgetragenem dunklem Anzug –, und neben ihm der feingliedrige dreißigjährige Direktor mit dem schweren Unterkiefer, im leichten, ausgeblichenen dunkelblauen Arbeitsanzug und mit einer vom rötlichen Erzstaub, der hier selbst der Erde und den Blechdächern einen rostigen Schimmer verlieh, gefärbten Schirmmütze.

Der schmale Asphaltweg, auf dem sie dahinschritten, führte zur Hochofenanlage. Unweit des Weges sah man, zwischen Schienen gezwängt, einen flachen Ziegelbau, über den zwei hohe eiserne Rohre emporragten.

»Was ist das da?«

»Das, Genosse Volkskommissar, ist unser ältestes Gebäude. Dort stehen zwei kleine S-M-Öfen.«

»Was für Stahl erzeugst du da?«

»Legierten. Für U-Boote.«

»Welche Auftragsnummer?«

Golownja geriet in Verlegenheit: »Die hab ich nicht im Kopf, Genosse Volkskommissar.«

»Dann guck in dein Notizbuch.«

»So was notiere ich mir nicht. Wenn Sie gestatten, rufe ich gleich mal die Planungsabteilung an und erkundige mich.«

»Das kannst du auch bei mir«, sagte Onissimow schroff.

Und er nannte aus dem Gedächtnis die Auftragsnummer. Natürlich verriet er Golownja nicht, daß er sich erst gestern auf diesen Rundgang vorbereitet und mit der Nomenklatur der Aufträge bekannt gemacht hatte, die an die Kurakowka vergeben worden waren. Übrigens hätte er wahrscheinlich jede Kennziffer eines solchen Auftrags wie den des Stahls für U-Boote entsprechend einer besonderen Regierungsvorschrift oder, genauer, -verordnung, ohne Spickzettel jederzeit aus dem Gedächtnis nennen können.

Onissimow setzte sein strenges Examen fort: »Auflage in Tonnen? Verladetermin?«

Diese Fragen beantwortete der junge Direktor grinsend und ohne zu zögern. Sein Grinsen wirkte selbstsicher und dreist. Onissimow unterdrückte seine Gereiztheit. Diesem Nesthäkchen einer berühmten Familie oder, wie man in letzter Zeit gern sagte, einer Dynastie von Hochöfnern würde er noch heute tüchtig einheizen. In der Hochofenanlage würde Golownja einen Denkzettel bekommen. Bis dahin aber ...

»Gehen wir mal rein«, sagte der Volkskommissar kurz.

An einem Schienenstrang entlang erreichten sie durch ein weit geöffnetes Eisentor die Ofenbühne zweier kleiner Siemens-Martin-Öfen.

Es erfolgte gerade der Abstich. Es roch nach Gas, die

Luft war stickig und voller Rauch. Das aus der Gießpfanne strömende flüssige Metall warf einen glutroten Schein auf die rußbedeckten schwarzen Dachbalken und die ebenso verräucherten Ziegelwände. Ein älterer Meister im geschwärzten Arbeitsanzug aus Segeltuch und mit tief ins Gesicht gezogener Schirmmütze hielt den Arm schützend vors Gesicht und beobachtete, wie der heiße Strahl in die Kokille floß.

Onissimow trat zu ihm: »Wie guckst du denn?«

»Wieso? Wie immer.«

»Wie immer«, äffte der Volkskommissar den Meister höhnisch nach. »Warum stehst du so weit entfernt? Wo ist dein blaues Glas? Wieso beobachtest du nicht den Oxiddeckel?«

»Das tue ich doch.«

»Was kannst du ohne das blaue Glas schon sehen? Wo hast du's denn?«

Der Meister holte ein blaues Glas in einem selbstgebastelten Holzrahmen aus der Tasche. Quer über das Glas schlängelte sich ein Sprung.

»Wie gehst du mit deinem Werkzeug um?«

Onissimow riß dem Meister das Glas aus der Hand und schleuderte es in eine Ecke. Dann holte er sein eigenes aluminiumgefaßtes aus der Tasche und reichte es dem Meister. Der hob das Glas des Volkskommissars an die Augen und blickte hindurch.

»So doch nicht!«

Der Volkskommissar packte den Meister bei seinem Segeltuchkragen und zerrte ihn nahe an die glutheiße Kokille. Dann stellte er sich im Hut und mit gestärktem Kragen neben ihn. In den heißen Ausdünstungen des Metalls kringelten sich die Härchen seines Jacketts.

»Geben Sie mir ein Glas!« befahl er Golownja.

Und ohne auch nur einen halben Schritt zurückzuweichen, sah er, von dem fast unerträglich nahen rosigen Schein beleuchtet, durch die das Auge schützende blaue Scheibe zu, wie der Stahl die Kokille füllte. Als Walzwerker kannte er auch den Prozeß des Vergießens, die letzte Operation im Stahlwerk, aus dem Effeff. Und in seinem ständigen Streben nach Ordnung und technologischer Disziplin forderte er unnachgiebig: Beim Vergießen des Stahls ist der Oxiddeckel im Auge zu behalten. Es ist darauf zu achten, daß er einen Abstand von ein bis zwei Zentimetern zur Kokillenwand hat. Sobald er hängen bleibt, ist der Gießstrahl zu verstärken, denn das Anhaften des Oxiddeckels führt zu minderwertigerem Walzstahl oder gar zu Ausschuß. Onissinow hatte neben anderen technologischen Instruktionen auch eine Sonderanweisung erlassen, die alle Gießregeln zusammenfaßte. Hier in der Kurakowka aber schien diese Anweisung wohl überhaupt nicht zu existieren.

Onissimow ließ den Meister an der Kokille stehen und trat mit einem vernichtenden Blick auf Golownja an die Beschickungstür des geleerten, rosiges Licht ausstrahlenden Ofens, um sich den Herd genauer anzusehen. Den Weg dorthin versperrte ein Haufen glühenden Dolomits, den, bereits am Erlöschen, eine Ascheschicht überzog. Onissimow setzte einen Fuß darauf

»Was tun Sie?« schrie Golownja. »Sie verbrennen doch!«

»Bin ich denn eine zarte Jungfrau?« antwortete der Volkskommissar gallig.

Die Hitze drang jedoch bereits durch seine Schuhsohlen. Onissimow sprang rasch zurück und schielte zum Direktor: Griente der etwa schon wieder?

Wenige Minuten später gingen sie durch das Tor wieder hinaus. Ein Ingenieur – der Schichtleiter – holte den Volkskommissar ein.

»Hier, Genosse Volkskommissar, Ihr Glas.«

»Schenken Sie's dem Meister zum Andenken. Damit es auch alle anderen daran erinnert, daß man die Instruktionen kennen muß. Kennen und beherzigen.«

Wieder gingen Onissimow und Golownja den Asphaltweg entlang zu den Hochöfen. Ein paar Zigarren hatte der selbstsichere Direktor schon einstecken müssen. Ahnte er, was ihn in der Hochofenanlage erwartete? In dem Werk hielt sich nämlich seit fast zwei Wochen eine Brigade des Volkskommissariats auf, die Onissimow, getreu seinen alten Prinzipien, vorausgeschickt hatte. Und gleich bei seiner Ankunft war er darüber informiert worden, daß Golownja junior in der Hochofenanlage zweifelhafte Experimente machte. Und zwar ohne Wissen und Erlaubnis des Volkskommissariats. Solche Sitten herrschten damals im Hüttenwesen. »Jeder Baron hat seine Marotten.« Mit diesem Spruch hatte der neuernannte strenge Volkskommissar die Zustände in den Werken schon oft kritisiert. Er, der bei den Begründern der Stahlindustrie, den Engländern, in die Lehre gegangen und anschließend in Deutschland gewesen war, wo er sich deutsche Gründlichkeit und Pünktlichkeit angewöhnt hatte, würde nicht zulassen, daß in den Werken jeder machte, was er wollte. Verstöße gegen die altbewährte, zuverlässige Technologie würde er nicht dulden. Die Disziplin mußte wiederhergestellt werden. Egal um wen es sich handelte, ob er berühmt war oder nicht – für Eigenmächtigkeiten würde er jedem das Fell über die Ohren ziehen.

Am Wegrand tauchte wieder ein kleines, flaches Gebäude auf.

»Was ist das?«

»Die Kantine der Hochofenanlage.«

»Gucken wir mal rein. Wo ist der Hintereingang?«

So machte Onissimow es immer: Allem zur Schau Gestellten mißtraute er gründlich, er kam immer unerwartet durch den Hintereingang oder vom Hof und überrumpelte die Leute.

Über ein paar ausgetretene Steinstufen gelangten sie ins Souterrain und betraten einen ziemlich dunklen, an die Küche grenzenden Raum. Hier schälten ein paar Frauen Kartoffeln.

Beim Anblick ihres hakennasigen jungen Direktors und des blassen, hier keinem bekannten Chefs mit Hut hielten sie inne.

Onissimow sah sich alles genau an und sagte: »Warum schälen Sie so dick?«

Eine Frau antwortete: »Die sind doch angefault.«

Onissimow trat näher, bückte sich und hob ein paar Kartoffeln auf.

»Die sind überhaupt nicht angefault.«

Der Volkskommissar ließ die Kartoffeln fallen, blieb noch eine Weile stehen, wandte sich dann um und ging. Draußen nahm er sein Taschentuch und wischte sich die Finger ab.

Zu Golownja sagte er vorwurfsvoll: »Sie schälen ziemlich dick. Die Schalen nehmen sie für ihre Schweine mit nach Hause.«

Und ohne noch etwas hinzuzufügen – Schlußfolgerungen zieh gefälligst allein –, schritt er auf den Hochofen Nummer eins ganz in der Nähe zu. Golownja ging wieder an seiner Seite.

Über eine kleine, vom Erzstaub rötlich gefärbte Eisentreppe stiegen sie zu dem Ofen hinauf, der tief und gleichmäßig brummte. Onissimow betrat den Steuerstand – dort leuchteten auf einer Tafel hin und wieder farbige Lämpchen auf –, setzte sich, griff nach dem Schmelzjournal und schlug es auf. Die Fragen des Volkskommissars beantwortete der Leiter der Hochofenanlage, der ebenso jung war wie der Direktor und die gleiche verwaschene dunkelblaue Jacke trug. Ein paarmal stotterte er vor Aufregung, und sein Gesicht überzog sich mit hektischer Röte. Die eigenmächtigen Veränderungen in der Anlage hatte Onissimow noch mit keinem Wort erwähnt. Wie üblich wollte er seinen Gesprächspartner zunächst der Unkenntnis überführen, um ihn dann aus dem Konzept zu bringen und ihm die Leviten zu lesen. Ohne den Blick von dem Journal zu heben, fragte er: »Warum gab es gestern bei Ofen zwei fünf leere Gichten?«

Der Leiter der Anlage stotterte verlegen: »Äh ... äh ... gestern?«

»Ja, ja, gestern.«

Da mischte sich plötzlich der Direktor ein:

»Bei Ofen zwei gab's gestern keine leeren Gichten. Da irren Sie sich, Genosse Volkskommissar.«

Pjotr Golownja sprach mit fester Stimme, aber auch er war aufgeregt und grinste nicht mehr. Es juckte Onissimow, sich ihn sofort vorzuknöpfen: Wie ich sehe, kümmerst du dich nicht um das Werk, sondern einzig und allein um die Hochofenanlage. Und außerdem erlaubst du dir hier alle möglichen Mätzchen. Doch er zügelte sich. Alles zu seiner Zeit. Er hatte die Brigade aus dem Volkskommissariat hierher in den Steuerstand bestellt, sie mußte jeden Moment eintreffen. Ihr gehörte auch der Leiter der Gruppe Hochöfen, Ingenieur Semzow, an. Mochte er ihm in Gegenwart des Schuldigen von den technologischen Freiheiten, die man sich in der Kurowka herausnahm, von den Eigenmächtigkeiten des Direktors berichten. Den Rest konnte er ihm, Volkskommissar Onissimow, überlassen. Pjotr Golownja würde sein Fett kriegen.

Und so kam es dann auch.

39

Das geschah ebenfalls dort – am Steuerstand vom Hochofen eins. Zur vereinbarten Zeit stellte sich die Vorhut ein: der Leiter der Hauptverwaltung Industrie des Südens, der schmalgesichtige, knochige Minich, der Hauptbuchhalter des Volkskommissariats Schibajew und der Leiter der Gruppe Hochöfen Semzow, ein kräftig gebauter Mann mit Igelfrisur, der große Erfahrungen als Werkingenieur gesammelt und zugleich den Professorentitel erworben hatte. Nebenbei bemerkt hatte sich Semzow auch als Verfasser von Schachübungen und -aufgaben einen Namen gemacht. Auf seine Reisen nahm er stets Schachliteratur mit und brütete stundenlang allein über dem Brett. Onissimow maß sich auf Bahnfahrten gern mit ihm. Erstaunlicherweise besiegte der Volkskommissar den qualifizierten Spieler oft. Seine Niederlagen pflegte Semzow damit zu erklären, daß das praktische Spiel etwas anderes sei als das Ersinnen von Knobelaufgaben. Im stillen hegte Onissimow den Verdacht, sein Partner trickse, aber er gewann gern. Er gestand sich diese Schwäche offen ein und fand sie entschuldbar.

Außer ihnen saßen an dem zerschrammten, langgedienten Tisch mit den Spuren einst vergossener violetter Tinte ein zusammen mit Onissimow angereister Referent und Sekretär sowie Pjotr Golownja und der Leiter der Anlage. Auf einem Tablett standen, aus dem Büfett geholt, Gläser mit Tee und eine billige grünliche Glasschale mit Gebäck. Niemand rührte jedoch etwas an. Onissimow hatte im Volkskommissariat die eiserne Regel eingeführt, in keinem Werk etwas anzunehmen – kein Abendbrot oder Mittagessen beim Direktor, aber auch kein kostenloses Glas Tee. Wer diese Regel verletzte, den zerrte er vors Kollegium und geißelte ihn unbarmherzig mit Worten. Er selbst übte sich auf Dienstreisen in beispielloser Enthaltsamkeit.

Von Zeit zu Zeit ging die Tür des Steuerstandes auf, für einen Augenblick drangen Gepfeife und Gedröhn herein, und der schwarzbrauige, glattrasierte Meister kam und tat seine Arbeit: Er blickte auf die Leuchtsignale und das von Registriergeräten mit schwarzen Linien versehene Millimeterpapier. Dann ging er wieder. Die Beratung wurde dadurch nicht unterbrochen.

Onissimow steckte sich eine Zigarette an und wandte sich an Semzow: »Wir hören, was du uns zu sagen hast, Nikolai Fedotowitsch. Wie sieht's an der Hochofenfront aus?«

Semzow, der Schach- und Hochofenexperte, erhob sich. Mit seiner Baßstimme berichtete er, ohne Hast und hin und wieder in einer Pause mit zwei Fingern an seiner wulstigen Unterlippe zerrend – eine charakteristische Geste –, über die Arbeit der hiesigen Hochofenanlage. Mögliche unbegründete Einwürfe wehrte er von vornherein ab. Alle Anwesenden wußten: In der Industrie und im Transportwesen dauerten der schwere Verfall und die Unordnung, zu der es durch die Verhaftungen der letzten Jahre gekommen war, an. Natürlich sprach man darüber nicht. Im Jahre 1939 war es um die Metallerzeugung traurig bestellt. Und erst Mitte 1940, zu der Zeit, von der hier die Rede ist, erholten sich die Stahlindustrie und andere Wirtschaftszweige allmählich. Aber noch unsicher und stockend.

Mit einem bald gönnerhaften, bald spöttischen Lächeln schilderte Semzow das hier erstmals angewandte Verfahren zur Beschleunigung des Hochofenganges und die erstaunlichen Neuerungen, die der Direktor der Kurakowka an der Konstruktion eines Ofens vorgenommen hatte.

»Die Resultate waren natürlich kläglich«, teilte Semzow mit. »Wie kann es auch anders sein, wenn das Einmaleins des Hochofenprozesses verletzt wird, das nun einmal verlangt, dem aufsteigenden Gasstrom freie Bahn zu lassen. Unser unbändiger Experimentator aber hat, in seine eigenen Theorien vernarrt, über die sich die internationale Fachliteratur bisher leider noch ausschweigt, dem Hochofen die Kehle zugedrückt. Das konnte natürlich nicht gut gehen.«

Selbstverständlich litt auch die Kurakowka damals darunter, daß weniger Strom zugeteilt wurde und es nicht selten gar keinen gab. Die Qualität der Rohstoffe verschlechterte sich stark, und es waren immer auch zuwenig da, der Erzlagerplatz blieb leer, und die Öfen wurden direkt von den Transportmitteln aus beschickt. Onissimow, der in einer so schweren Zeit zum Volkskommissar für Stahl ernannt worden war, verfolgte mitunter von Moskau aus Tag und Nacht den Weg so manchen Zuges mit Erz oder Kalkstein bis zu den Werken. Der chronische Arbeitskräftemangel und die Fluktuation besonders dort, wo noch die unzeitgemäße schwere manuelle Arbeit vorherrschte, machten auch der Kurakowka zu schaffen.

Semzow vertuschte diese Schwierigkeiten nicht. »So gesehen wurden, wie man gerechterweise sagen muß« – der kräftige Ingenieur machte wieder eine Pause und zerrte mit zwei Fingern an seiner Unterlippe –, »in der Hochofenanlage doch einige Erfolge errungen. Die Schmelzleistung steigt allmählich an. Kann man sich aber damit zufriedengeben? Nein, noch erfüllt kein einziger Ofen den Plan. Es gibt schwerwiegende Fehler, ja vielleicht sogar – entschuldigen Sie meine Offenheit, Pjotr Afanassjewitsch – Verstöße seitens der Werkleitung.

Nachdem wir der Sache an Ort und Stelle nachgegangen sind«, fuhr Semzow fort, »kamen wir zu folgendem Schluß: Der desolate Zustand, in dem sich die Hochofenanlage bis heute befindet, hat nicht nur objektive Ursachen, er wurde auch durch die unbegründeten, ungerechtfertigten, ja, mit dem Recht des Älteren erlaube ich mir diesen Ausdruck, unsinnigen Experimente heraufbeschworen, zu denen sich Pjotr Afanassjewitsch aus Unerfahrenheit« – nachsichtig lächelnd fuhr sich Semzow mit der dicken Pranke durch die leicht ergrauten Igelborsten, die sich jedoch gleich wieder aufrichteten – »und jugendlichem Übermut hat hinreißen lassen, was mir um so verständlicher ist, als auch ich einst zur Gilde der Erfinder zählte.«

Golownja hörte schweigend zu und wirkte ganz ruhig. Nur

sein Gesicht zuckte. Und auf der gebräunten Stirn mit der schrägen weißen Narbe bildete sich senkrecht zur Nasenwurzel eine Falte.

Onissimow fragte ungehalten: »Wer hat dir diese Spielereien erlaubt?«

»Ich hab mit dem Leiter der Hauptverwaltung über meine Konstruktion gesprochen. Er hatte nichts dagegen, sie auszuprobieren.«

Onissimow wandte sich an Minich: »Kannst du das bestätigen?«

»An ein solches Gespräch erinnere ich mich nicht, Alexander Leontjewitsch.«

»Wer hat es dir also erlaubt?« wiederholte Onissimow. »Und wo ist das fixiert?«

Golownja antwortete nicht.

»Was glaubst du, wer du bist? Ein Lehnsherr vielleicht? Dir wurde ein Werk anvertraut, du aber nutzt die Gelegenheit, auf Staatskosten deinen Hobbys nachzugehen. Betrachtest du das Werk als deine private Domäne? Sollen wir das so verstehen?«

»Ich bin davon überzeugt«, sagte Golownja, »daß sich mein Verfahren früher oder später in der gesamten Metallurgie durchsetzen wird und daß ich . . .«

»Ich, ich, ich!« unterbrach ihn Onissimow. »Du solltest weniger von dir reden! Merkwürdig, wie ein Mensch, der in einer Arbeiterfamilie aufgewachsen ist, sich zu einem so anarchischen Individualismus versteigen kann. Donnerwetter, was für eine außerordentliche Persönlichkeit! Glaubst du, die sowjetischen Gesetze gelten nicht für dich?«

»Das glaube ich nicht.«

»Warum dann diese Eigenmächtigkeit?«

»Das Leben selbst hat mein Verfahren hervorgebracht. Eben unsere sowjetische Metallurgie . . .«

»Was unsere Metallurgie braucht, ist vor allem eine strenge Ordnung. Du aber bist der erste, der sie verletzt! Wen überrascht es da noch, daß bei dir auch in den anderen Abteilungen keine technologische Disziplin herrscht. Wir brauchen keine Wunder, wie du sie uns verheißt, sondern tägliche unermüdliche Arbeit zur Wiederherstellung der

Ordnung. Für das, was du dir herausnimmst, sollte man dich als abschreckendes Beispiel für alle anderen absetzen, fürs erste will ich mich jedoch mit einer Verwarnung begnügen. Diesen ganzen Hokuspokus, deine Eigenmächtigkeiten aber läßt du bleiben. Und zwar sofort!«

Nachdem der Volkskommissar auf diese Weise Pjotr Golownjas Eingriffe in die Hochofenkonstruktion unterbunden hatte, setzte er eine zweistündige Pause an und verließ die Anlage.

40

Die Untersuchung all der Mißstände in der Hochofenanlage zog sich bis spät in die Nacht hin. Konkrete Anweisungen und Beschlüsse, die als besonderer Abschnitt in die Anordnung eingehen sollten, die der Volkskommissar dalassen würde, wurden schriftlich festgehalten.

Um zwei oder drei Uhr nachts entließ Onissimow die Beratungsteilnehmer. So verhielt er sich bei seinen Besuchen in den Werken immer. Die Mitarbeiter des Volkskommissariats, seine Reisebegleiter, nannten sich mit Galgenhumor seine Arbeitsbienen und kehrten stets ausgehungert und abgekämpft in ihre Unterkunft zurück. Onissimow aber blieb, als wäre er aus superhartem Stahl, nächtelang frisch und behielt seine klare Sprache und seinen scharfen Blick.

Nachdem der Volkskommissar den Betrieb verlassen hatte, überquerte er in Begleitung des Direktors Schienenstränge – die von den Rädern blankgewetzten stählernen Bänder blinkten matt unter dem rötlichen Werkhimmel – und gelangte so auf den Asphaltweg, wo sein Wagen ihn erwartete. Der Wagen mit seinen Begleitern war gerade davongebraust, und man sah nur noch die rötlichen Rücklichter, die bald auch verschwanden. Die nächtlichen Geräusche des Werkes klangen gedämpft. Nur hin und wieder hörte man ein Rasseln oder ein scharfes Zischen.

»Bitte erlauben Sie mir, mein Verfahren in einem Ofen auszuprobieren«, bat Golownja.

»Wieder das alte Lied«, sagte Onissimow. »Komm, gehen wir ein Stück.«

Sie schritten am Wegrand entlang. Der Wagen fuhr langsam hinter ihnen her. Onissimow sah sich ärgerlich um. Auch in Moskau duldete er es nicht, daß sein Wagen ihm im Schrittempo folgte, für ihn waren das Herrenallüren. Er trat zum Fahrer und befahl ihm: »Fahr zum Haupttor, warte dort auf mich.«

Dann kehrte er zu Golownja zurück.

Eine Zeitlang gingen sie beide schweigend weiter.

»Ich hab gerade an die Flocken denken müssen«, sagte Onissimow.

Er sprach in freundlichem, vertrauensvollem Ton, ganz und gar nicht mehr so offiziell wie sonst.

»An die Flocken?«

Dieser metallurgische Fachausdruck für einen zu jener Zeit mit keinem Gerät nachzuweisenden Fehler im Stahlblock war beiden ein Begriff. Die Wissenschaft wußte nur soviel, daß die Flocken durch winzige, mikroskopisch kleine Wasserstoffbläschen hervorgerufen wurden. Im Walzwerk, unter den Walzen, dehnten sich diese Bläschen aus und wurden zu haarfeinen Rissen, die sich zunächst durch nichts bemerkbar machten. Dieser Stahl mit Flocken erhielt das Gütezeichen. Und erst viel später, wenn er bereits eingesetzt war, brach er, der so stabil wirkte. Es hatte schon Eisenbahnunglücke wegen des plötzlichen Bruchs einer scheinbar makellosen Schiene gegeben, und Schiffsschrauben waren kurzerhand zersprungen. Mitunter brachen selbst anscheinend völlig intakte Träger, Zahnräder oder Achsen. Und erst an der Bruchfläche erkannte man die verhängnisvollen, schon größer gewordenen Flocken – silbrigweiße, von dunklen Ermüdungsrissen umgebene Flecken.

Die Flocken waren von jeher Onissimows Lieblingsthema. Vielleicht sollten wir hier daran erinnern, daß er, ein vorbildlicher Student und Parteiorganisator des Instituts, in seiner Jugendzeit von den Kommilitonen »Mann ohne Flokken« genannt wurde. Und auf diesen Spitznamen war er stolz.

Heute wußten Onissimows Untergebenen, daß sie bei ihrem gestrengen Volkskommissar, grob ausgedrückt, Eindruck schinden konnten, wenn sie das Gespräch auf die Flocken brachten. Onissimow lebte dann auf, erörterte eingehend diese dunkle Angelegenheit und führte verblüffende Fakten an. Und schien im Gespräch gutmütiger zu werden, obwohl der Begriff »gutmütig« zu ihm eigentlich nicht paßte. Man brauchte lediglich eine Zeitlang seine Bärbeißigkeit und seinen Jähzorn nicht zu fürchten.

Auch jetzt ließ er sich, während er neben Golownja auf dem nächtlich leeren Weg dahinschritt, bereitwillig über die Flocken aus. Selbst sein tief zwischen die Schultern gezogener großer Kopf mit dem Filzhut schien sich dabei zu heben. In solchen Augenblicken, da er sein Steckenpferd ritt, erholte er sich.

Golownja aber hatte, wie der Leser weiß, kein Fingerspitzengefühl. Er hörte Onissimow eine Weile zu und kam dann wieder auf sein Anliegen zurück: »Genosse Volkskommissar, ich sehe keinen Zusammenhang zwischen meinem Verfahren und den Flocken.«

»Aber ich.«

»Und worin soll der bestehen?«

Grienend – oh, dieses Grienen! – wies Golownja mit ein paar eindeutigen Sätzen nach, daß sein Verfahren, wie immer man dazu stehen mochte, die Qualität des Metalls keineswegs beeinträchtige. Und überhaupt seien längst neue Wege einer radikalen Beseitigung jeglicher Gaseinschlüsse im Stahl entdeckt worden. So habe man schon vor langer Zeit ein Vergießen im Vakuum vorgeschlagen. Auch das sollte man praktisch erproben und untersuchen. Onissimow aber ließ sich auf keine Diskussionen ein, er erklärte nur kurz und bündig: »Nein, mit den Flocken ist nicht zu spaßen.« Dann fuhr er in seinem gewohnt scharfen Ton fort: »Außerdem hast du übersehen, daß man auch im übertragenen Sinne von Flocken sprechen kann. Deine Erfindermarotten sind deine persönlichen Flocken. Vergiß sie lieber rechtzeitig.«

»Und ich versuche, Sie zu verstehen«, sagte Golownja leise.

»Ja, das wirst du wohl müssen.«

»Was mein Verfahren angeht, so kann ich Sie offensichtlich nicht überzeugen. Lassen wir die Frage, ob es etwas taugt oder nicht, vorläufig beiseite. Aber wenn man Ihnen von oben sagen würde: Unterstütze dieses Verfahren . . .«

»Hm . . .«

»Auf einen bloßen Wink hin bekäme ich von Ihnen doch alles, was ich für meine Erfindung brauche, ob sie nun gut ist oder schlecht.«

»Und was folgt daraus?«

Die Frage hatte einen drohenden Unterton. Golownja antwortete ganz ruhig: »Die Industrie, Alexander Leontjewitsch, kann so nicht leben. Und meiner Meinung nach kann man so überhaupt nicht leben.«

Na, da hatte Onissimow ihm *den Marsch geblasen.*

Aber warum mußte er gerade jetzt daran denken? Er hatte doch etwas ganz anderes vorgehabt.

Und schon überkamen ihn neue Erinnerungen.

Wahrscheinlich hatte ebenjener nächtliche Spaziergang von den Hochöfen zum Haupttor, der sich so friedlich anließ und ihm schließlich Golownjas unbotmäßige Gedanken offenbarte, Onissimow zu der festen Überzeugung gebracht: Mit dem einigst du dich nicht, den mußt du absetzen.

Onissimow verbrachte noch zwei oder drei Tage in dem Werk, wo er nach wie vor jedermann durch sein Talent zum Untersuchungsführer, durch seine Gründlichkeit und Rastlosigkeit verblüffte – auch hier arbeitete er volle sechzehn Stunden am Tag.

Am Abend vor seiner Abreise sprach er auf einer Versammlung des technischen Werkaktivs. Die Leiter der Betriebe und Betriebsabteilungen, einige hervorragende Ingenieure, die besten Meister, die Aktivisten, die Leiter der Partei- und Gewerkschaftsorganisationen und der gesamte *Apparat* des Volkskommissars, zu dem etwa dreißig Experten unterschiedlicher Richtung gehörten, saßen im Blechwalzwerk dicht gedrängt auf den Bänken des relativ großen, für vierhundert Personen berechneten Kulturraumes.

Onissimow beschränkte sich auf eine knappe politische Einführung und analysierte dann sachlich und konkret die Arbeit des Werkes. Nachsichtige Töne, abschwächende Floskeln, das, was man gemeinhin Beschwichtigungen nennt, fehlten in seiner Rede völlig. Er deckte Leitungsmängel auf, wetterte gegen all jene, die an Schlampereien und Nachlässigkeiten im Arbeitsprozeß und an Verstößen gegen die elementare Arbeitsdisziplin schuld waren, stellte verständliche, klare Aufgaben und schonte auch den Direktor nicht.

»Leider hat der Genosse Golownja, statt seine Arbeit zu tun und die Produktion zu organisieren, nur seine eigenen Erfindungen im Kopf. Offensichtlich glaubt er, das Werk für sich gepachtet zu haben: Ich mache, was ich will. Aber da irrt er sich. Wie jeder andere von uns dient der Direktor dem Staat. Im Sowjetland ist es niemandem erlaubt, seine dienstliche Stellung für Phantastereien, für irgendwelchen Schnickschnack auszunutzen. Was für alle gilt, gilt auch für den Direktor: Wende dich mit deinen Ideen an die zuständige Stelle. Und warte auf eine Erlaubnis!«

Der hakennasige junge Direktor mit den rötlich schimmernden Naturlocken, der am Präsidiumstisch auf dem Podium saß, warf finster ein: »Die Sie mir schon verweigert haben.«

»Zu Ihrer Information, Genosse Golownja: Ich bin kein Despot, der nach eigenem Gutdünken verweigern oder zustimmen kann. Die Vorrichtung, die Sie unbefugterweise angebracht haben, wurde von Fachleuten gründlich geprüft. Ihr Urteil lautete: Eine skandalöse Eigenmächtigkeit. Auch ich hab es mir angesehen. Und ich mußte anordnen: Schluß mit dem Firlefanz, Genosse Golownja.«

Golownja machte noch einen Einwurf von seinem Platz aus: »Eines Tages werden alle erfahren, daß Sie das verboten haben!«

Onissimow fuhr herum. Sieh mal an! Sogar hier, vor den vierhundert Metallurgen, wagte dieser Querkopf und Gernegroß den Volkskommissar anzublaffen, ihm zu widersprechen. Na, der konnte was erleben!

»Jawohl, ich hab es verboten! Und ich werde meine Kontrolleure herschicken, damit sie prüfen, wie Sie meine Anweisung ausführen. Und wenn Sie Ihre krummen Touren nicht lassen, dann mache ich Ihnen die Hölle heiß. So ein Werk ist kein privates Landgut, und Sie sind kein Gutsherr! Spielen Sie nicht den Aristokraten, die privilegierte Persönlichkeit. Privilegierte gibt es bei uns nicht! Und wenn Sie aus einer noch so berühmten Familie stammen. Zugeständnisse mache ich Ihnen deshalb noch lange nicht!«

»Darauf lege ich auch keinen Wert.«

»Werd nicht unverschämt. Was gibst du für ein Beispiel?«

Onissimow holte tief Luft und beruhigte sich wieder. Sein schwerer Kopf neigte sich für einen Augenblick über seine Aufzeichnungen. Dann richtete er die scharfen grünlichen Augen erneut in den Saal. Er hielt es für erforderlich, noch ein paar Worte über den Direktor zu sagen: »Das heutige Verhalten des Genossen Golownja überzeugt mich einmal mehr davon, daß er nicht imstande ist, ein Werk zu leiten, und abgesetzt werden muß.«

Diese gewichtigen Worte sprach er in ruhigem Ton.

Fest entschlossen, dafür zu sorgen, daß der dreiste Direktor abgesetzt wurde, verließ Onissimow am nächsten Tag die Kurakowka.

41

Den Direktor eines so großen Werkes abzusetzen stand jedoch nicht in Onissimows Macht. Die Leiter großer Betriebe und Bauvorhaben wurden vom Zentralkomitee der Partei bestätigt, sie gehörten, um uns abermals der Sprache der Zeit zu bedienen, zu einer besonderen *Nomenklatur*. Ohne Genehmigung des Zentralkomitees konnte auch Golownja junior nicht abgesetzt werden.

Nach und nach legte sich Onissimow die Argumente zurecht, die er höheren Orts vorbringen wollte, und entwarf in Gedanken ein entsprechendes Schreiben. Solche Anträge ans Zentralkomitee verfaßte er stets persönlich. Diesmal aber schob er es immer wieder hinaus. Der in Gedanken formulierte Text befriedigte ihn noch nicht so recht. Trotzdem entwarf er eine Rohfassung, die ihm mehr oder weniger annehmbar erschien. Aber eben nur mehr oder weniger. Etwas ließ ihn instinktiv zögern. Sein Instinkt riet ihm: Das kommt noch zurecht, warte lieber noch ein bißchen.

Übrigens standen auch die Feierlichkeiten anläßlich des Oktoberjubiläums bevor. Und das Problem würde ohnehin erst nach den Feiertagen entschieden werden können.

Am Abend des sechsten November verließ Onissimow sein Arbeitszimmer ungewöhnlich früh und fuhr nach Hause, um sich umzuziehen und sich zusammen mit seiner Frau zur traditionellen Festsitzung anläßlich des Geburtstages der Sowjetmacht ins Bolschoitheater zu begeben.

Durch den Seiteneingang für Regierungsmitglieder stiegen sie zur Proszeniumsloge hinauf – Onissimow im nagelneuen schwarzen Anzug, mit tadellos geputzten Schuhen, und Jelena Antonowna im strengen grauen Kostüm, das ihre stattliche Figur und ihre aufrechte Haltung noch betonte und, abgesehen von dem cremefarbenen Blusenkragen auf der Jacke, völlig schmucklos war. Im Vorraum – im Theaterjargon Vorloge genannt –, den ein schwerer dunkelgrüner Vorhang vom Logengestühl trennte, standen Iwan Towadrossowitsch Tewossjan und seine Frau Olga Alexandrowna, die offensichtlich auch gerade erst gekommen waren.

Der untersetzte brünette Volkskommissar für Hüttenindustrie mit dem lackschwarzen Haar begrüßte die Eintretenden herzlich. Der schmale, wie getuschte schwarze Schnurrbart bildete, wenn Tewossjan lächelte, einen reizvollen Kontrast zu seinen weißen Zähnen.

Auch Olga Alexandrowna lächelte. Ihren ein wenig fülligen Hals umhüllte ein duftiger rosa Schal. Das dunkelblonde Haar trug sie nicht asketisch glattgekämmt, aber auch nicht toupiert. Sie war gerade dabei, es vor dem Spiegel zu richten, ohne das anstößig zu finden.

Unwillkürlich verglich Onissimow seine Frau mit Olga Alexandrowna, die sich ebenfalls schon in jungen Jahren für eine Parteifunktion entschieden hatte. Beide Frauen waren Funktionärinnen, aber jene Nüchternheit, die Jelena Antonowna eigen war, hatte Tewossjans Lebensgefährtin nicht einmal äußerlich geprägt. Immer wenn Onissimow sie, die Mutter zweier Kinder, sah, bedauerte er im stillen, daß Jelena Antonowna und er keine Kinder hatten (an Andrej, der erst zwei Jahre später, während des Krieges, zur Welt kommen sollte, war damals noch nicht zu denken).

Wenige Minuten darauf begaben sich die Frauen auf ihre Plätze hinter dem faltigen Vorhang. Aus dem riesigen Zuschauersaal mit seinen vielen Rängen drang gedämpftes Stimmengewirr in die Vorloge. Die beiden Volkskommissare ließen sich auf dem Sofa nieder. Dem Aschenbecher auf dem niedrigen Tischchen und dem unauffällig in die Wand eingelassenen Gitter der Belüftungsanlage nach zu urteilen, durfte hier geraucht werden. Da sie beide passionierte Raucher waren, nutzten sie die Gelegenheit, um rasch ein paar Züge zu tun.

Onissimow beglückwünschte Tewossjan. Zum erstenmal seit vielen, vielen Monaten hatte dessen Volkskommissariat im Oktober den Plan der Roheisenerzeugung erfüllt. Noch vor einem Jahr war die Hüttenindustrie so zerrüttet gewesen, daß sie nicht einmal achtzig Prozent erzeugt hatte. Dementsprechend hatten sich auch die Löhne verringert, entmutigt ließen die Hüttenwerker den Kopf hängen. In dieser schier ausweglosen Situation hatte sich Tewossjan zu einem kühnen, in der Geschichte der sowjetischen Industrie völlig neuen Schritt entschlossen: Er verkündete, ab sofort würden auch bei achtzig Prozent Planerfüllung Prämien gezahlt werden. Und jedes weitere Prozent würde eine progressive Prämienerhöhung nach sich ziehen. Diese vom Rat der Volkskommissare bestätigte Maßnahme fand auch in den Betrieben des Volkskommissariats für Walzstahl und Gußerzeugnisse aus Stahl Anwendung. Und ebendiese Entscheidung, die alle Metallurgen betraf, übte eine magische Wirkung aus und machte mit der Gleichgültigkeit und Unlust Schluß. Onissimow erkannte Tewossjans organisatorische Fähigkeiten neidlos an – neidisch zu sein hielt er ohnehin für unter seiner Würde.

»Du gratulierst mir zu früh«, sagte Tewossjan. »Wenn ich den Plan in allen Punkten erfüllt hätte, wäre es was anderes. Offenbar liefern wir uns da beide ein Kopf-an-Kopf-Rennen. Paß auf, du schlägst mich noch um eine Nasenlänge.«

Onissimow widersprach dieser Prophezeiung nicht. Die ihm unterstellten Betriebe, darunter auch die alte Kurakowka, erhöhten tatsächlich zielstrebig ihr Produktionstempo und standen sowohl *in der Warenproduktion* als auch *beim Sortiment* kurz vor der hundertprozentigen Planerfüllung. Die Stahlindustrie würde zweifellos gestärkt ins kommende einundvierziger Jahr gehen – ahnte denn jemand, was für ein schlimmes Jahr das werden würde?

»Ansonsten«, fuhr Tewossjan fort, »kann ich, um, wie es heutzutage Mode ist, mit Majakowski zu sprechen, nur sagen: Wer ficht um Ruhm? Und nun genug der Glückwünsche. Erzähl mir lieber, was bei deiner Reise rausgekommen ist.«

Onissimow gab bereitwillig Auskunft. Dabei blieb er sich selbst und jener Schule arbeitswütiger Leiter treu, die die Geschichte mit der Mission betraut hatte, die Leute hart anzufassen und erbarmungslos anzutreiben, die mit Lob geizten und Eigenlob verabscheuten – auch Tewossjan war, nebenbei bemerkt, von diesem Schlage –, und sprach von dem, was ihm auf seiner Reise mißfallen hatte. Von den Verstößen gegen die Vorschriften, von technologischer Disziplinlosigkeit. Davon, daß man überall die Schrauben fester anziehen müsse. Eine Frage oder Äußerung Tewossjans brachte Onissimow wieder auf die Flocken. Technologische Schluderei und Willkür würden sich eines Tages bitter rächen. Und es würde ihnen kaum erspart bleiben, die Ursache von Unglücken zu untersuchen. Hierbei mußte Onissimow von neuem an Golownja junior denken.

»Ich wechsle meine Direktoren nicht gern aus«, sagte er, »aber von Pjotr Golownja möchte ich mich trennen.«

Und er zählte seinem Gesprächspartner in aller Kürze die negativen Eigenschaften des Kurakowka-Direktors auf: Er war allzusehr von sich eingenommen, von Erfinderwut gepackt, aufsässig und in aller Öffentlichkeit unverschämt.

Tewossjans dunkelbraune, fast schwarze Augen spiegelten Mißbilligung.

»Weißt du, man könnte dir entgegenhalten: Ein merkwürdiger Vorschlag. Da ist mal ein junger Direktor, der sich ordentlich ins Zeug legt. Man sollte ihn unterstützen. Bist du da nicht ein wenig voreilig?«

Die vagen Zweifel, die Onissimow geplagt hatten, nahmen mit einemmal klare Konturen an. Ja, etwas Ähnliches würde man ihm wahrscheinlich vorhalten. Doch er gab sich nicht geschlagen: »Voreilig sollte man natürlich nicht sein. Aber warum soll ich andererseits etwas, wovon ich überzeugt bin, auf die lange Bank schieben?«

»Bist du denn überzeugt?«

In diesem Augenblick ging der dunkelgrüne Vorhang auseinander, und Tewossjans Frau schaute herein. Ihren rosa Schal hatte sie bereits abgelegt.

»Wo bleibt ihr denn?« In ihrer ruhigen, klangvollen Stimme schwang ein leiser Vorwurf. »Glaubt ihr, alles wartet nur auf euch?«

Durch den Spalt im Vorhang drang die erwartungsvolle Stille des Saales. Die beiden Volkskommissare begaben sich eilig in die Loge.

Noch saß niemand an dem langen Tisch mit dem himbeerroten Samttuch, der auf der Bühne stand. Dahinter standen leere Stuhlreihen. Theaterscheinwerfer beleuchteten im Hintergrund ein riesiges Medaillon mit Stalins Profil, dem Lenins Gesicht gleichsam als Untergrund diente. Nur ein geübter Blick konnte erkennen, daß Lenin in diesem Doppelporträt von Jahr zu Jahr kleiner, Stalin dagegen immer größer wurde.

Die Scheinwerfer der Wochenschau richteten ihr blendendes bläuliches Licht vorläufig noch in den Saal. Ein oder zwei von ihnen standen, noch uneingeschaltet, in der Kulisse, dem Parkett und den Rängen verborgen, aus der Loge, in der sich Tewossjan und Onissimow noch nicht gesetzt hatten, jedoch gut zu sehen. In der Kulisse drängten sich all jene, die auf der Bühne Platz nehmen sollten, und bildeten ein Spalier mit einem Gang zum Tisch. Fast alle waren allgemein bekannt: Man sah ein paar Polarflieger, daneben einen breitschultrigen, kahlköpfigen Flugzeugmotorenkonstrukteur und ein nicht weniger berühmtes schwarzbärtiges Akademiemitglied. Auch Pyshows schöner, hocherhobener Kopf und das glatte Grauhaar einer alten Bolschewikin, an der der bittere Kelch vorbeigegangen war, ließen sich erkennen.

Tewossjan, der keinen Blick von der Kulisse wandte, stieß Onissimow sacht mit dem Ellbogen an: »Guck mal, selbst den alten Golownja haben sie hierhergeschleppt.«

Onissimow erwiderte ungerührt: »Also kommen allmählich auch die Metallurgen wieder zu Ansehen.«

Der Hochofenmeister mit dem roten Schnurrbart lugte hinter den Rücken der vor ihm Stehenden hervor. Anscheinend stellte er sich hin und wieder auf die Zehenspitzen und reckte die große Hakennase vor. Hochrot vor Freude und Genugtuung, blickte er unentwegt den Gang hinab.

Überraschend, obwohl man doch nichts anderes erwartet hatte, tauchte kurz darauf Stalin in dem Gang auf. Er ging weder langsam noch schnell, sondern mit ganz normalen Schritten. Seine militärisch geschnittene Kleidung schien sich seit Jahren nicht verändert zu haben: in die Stiefel gesteckte, leicht über die Schäfte fallende khakifarbene Hosen und eine ebensolche Joppe ohne Rangabzeichen. Aber nein, eine einfache Joppe war das bereits nicht mehr, sondern eine vorzüglich geschneiderte Uniformjacke, die den kurzen Rumpf lose umspielte. Diese unauffälligen Veränderungen in seinem Äußeren bezeugten, daß es ihm nicht mehr darauf ankam, wie ein Soldat zu wirken.

Ohne nach links oder rechts zu sehen, schritt der HAUSHERR durch das applaudierende Spalier. Sein unbeweglicher Kopf verlieh ihm etwas Majestätisches. Es fiel nicht auf, daß er klein war. In angemessener Distanz folgten ihm seine engsten Mitstreiter. Und obwohl er dem Saal noch durch die Kulisse verborgen blieb, pflanzte sich der Beifall auf der Bühne augenblicklich dort fort.

Plötzlich blieb Stalin stehen. Lebhaft – ja, ja, Onissimow erinnerte sich, daß er sich einmal so jugendlich bewegt hatte – reichte er einem der Umstehenden die Hand. Wem wohl? Dem rothaarigen Hochofenmeister. Augenblicklich machten alle ihm Platz. Jetzt war bereits nicht mehr nur sein Gesicht rot, sondern auch der faltige Hals. Die schmucke Krawatte war verrutscht, ohne daß der alte Hochöfner es merkte. Er schüttelte mit beiden Pranken Stalins Hand. Stalin sagte etwas zu ihm, und sein noch recht dicht wirkender schwarzer Schnurrbart zuckte.

Die auf diese Szene gerichteten Scheinwerfer leuchteten auf. Doch der Filmkamera gelang es nicht, den Augenblick einzufangen. Aufrecht wie ein Monument, den Kopf reglos erhoben, ging Stalin bereits weiter. Mit einer Handbewegung wehrte er das grelle Licht ab. Und seinem stummen Befehl gehorchend, glitten die Scheinwerferstrahlen augenblicklich woandershin.

Hinter Stalin ging, eine Mappe unter dem Arm, Molotow. Auch er machte vor dem alten Golownja halt, um ihm die Hand zu schütteln. Und seinem Beispiel folgend, blieb jeder, der Stalin auf die Bühne folgte, vor dem rothaarigen Meister stehen und drückte ihm die Hand. Es war, als führten alle einträchtig ein Kommando aus. Anfangs lächelte der Meister unentwegt, bald aber malte sich Staunen auf seinem roten Gesicht, das verblüffend deutlich wiedergab, was er empfand. Als ihn zu guter Letzt wildfremde Leute mit Handschlag begrüßten, blickte er ganz entgeistert.

Der HAUSHERR aber stand schon hinter dem Tisch und applaudierte gemessen zu den stürmischen Ovationen.

Auch Onissimow klatschte begeistert als Ausdruck all seiner Gefühle, seiner Ergebenheit Stalin gegenüber und seines Glaubens an dessen Genialität. Um ein Haar hätte er Tewossjan zugeflüstert: »Ja, das ist außergewöhnlich.«

Sofort aber traten seine nie versagenden Bremsen in Aktion, und er behielt den Satz für sich.

Natürlich schob er sein Vorhaben auf, Golownja junior abzusetzen, wobei er selbstverständlich das Gesicht wahrte. Dabei half ihm eine Nummer der »Prawda«, die bald nach den Oktoberfeierlichkeiten erschien.

Die Zeitung vor sich ausgebreitet, rief er aus seinem Arbeitszimmer den Direktor der Kurakowka an, erkundigte sich nach der Produktion und sagte: »Lies die heutige ›Prawda‹ gründlich.«

»Die lese ich immer gründlich. Steht heute was Besonderes drin?«

»Das wirst du merken, wenn du einen Blick reinwirfst. Aber wenn du willst, befriedige ich deine Neugier gleich. Heute wird ein Beschluß des Rates der Volkskommissare über eigenmächtige Verstöße gegen die Technologie im Maschinenbau veröffentlicht.«

»Im Maschinenbau?«

»Keine Sorge. Auch uns geht das was an. Soll ich dir was daraus vorlesen?«

»Bitte. Ich bin ganz Ohr.«

»Hör zu. ›Veränderungen im technologischen Prozeß

... dürfen ... nur mit Erlaubnis des Volkskommissars vorgenommen werden.‹ Verstehst du?«

»Das ist doch nichts Neues.«

»Neu ist etwas anderes. Hör weiter zu: ›Zuwiderhandlungen gegen diesen Beschluß sind als kriminelle Delikte zu betrachten, und Direktoren, Chefingenieure und Cheftechnologen von Werken, in denen solche Verstöße geduldet werden, sind vor Gericht zu stellen.‹ Weißt du, was das bedeutet? Wessen Unterschrift darunter steht, kannst du dir wohl denken?«

»Ich werd den Beschluß selber noch mal lesen.«

»Du solltest ihn nicht nur lesen, sondern ihn dir unter die Glasplatte auf deinem Schreibtisch stecken, damit du von Zeit zu Zeit dein Gedächtnis auffrischen kannst. Und arbeite weiter. Deine ketzerischen Ideen aber vergiß.«

Warum sah Onissimow im Krankenhausbett immerzu diesen Pjotr Golownja vor sich? Wieso kam ihm wieder und wieder Stalin in den Sinn?

Schließlich hatte er doch etwas ganz anderes herauskriegen wollen: Wie konnte er erfahren, welche Krankheit er wirklich hatte?

Dabei wanderten seine Gedanken nicht von ungefähr immer wieder zu dem unverschämten Direktor. Wenn ihm tatsächlich nur noch wenig Zeit blieb ... Dann war es seine Pflicht, neben den Aufgaben, die seine Ehre als treuer Diener des Staates und der Partei ihm zu lösen geboten, auch in bezug auf Pjotr Golownja zu einer Entscheidung zu kommen. So oder so mußte er auch diese Angelegenheit à jour bringen.

Was also, was fehlte ihm wirklich?

42

Onissimows Appartement lag auf der Station für innere Krankheiten, die von Professor Wladimir Petrowitsch Fomenko geleitet wurde.

Der schwerfällige, dickbäuchige Fomenko, der nicht die geringste Ähnlichkeit mit dem eleganten, schlanken Solowjow hatte und obendrein einen Vollbart trug, verstand es, die Härte und Bestimmtheit seiner Entscheidungen durch einen beruhigenden, freundlichen Ton auszugleichen und seinen Patienten Vertrauen und Sympathie einzuflößen.

Seit fast zwei Jahrzehnten in dieser Klinik tätig, kannte er sich sowohl auf seinem Fachgebiet als Internist als auch in jener besonderen medizinischen Buchführung aus, die ganze Bände füllte und immer bereitlag, um bei einer Kontrolle oder Revision vorgewiesen werden zu können. Fomenko hielt sich an das ungeschriebene Gesetz: Wenn ein Mensch stirbt, dann soll er sterben, wie sich's gehört. Die Gewitter, die sich in der Vergangenheit über den Ärzten entluden, hatten ihn verschont. Er wußte, daß seine Kollegen ihn »Pfannkuchen« nannten. Und hatte nichts dagegen. Ja, im stillen sagt er mitunter sogar das Sprüchlein des Pfannkuchens vor sich hin: »Bin der Großmutter entwischt, bin dem Großvater entwischt, der Wolf hat mich nicht gekriegt, und auch du, Schielauge, kriegst mich nicht.«

An einem grauen Oktobertag besuchte der bärtige Professor Onissimow in einem Kittel, unter dem sich seine Rekkenschultern und sein mächtiger Bauch abzeichneten. Onissimow saß, wie zum Dienst gekleidet – in Jackett und blütenweißem Oberhemd mit gestärktem Kragen –, über Zeitungen aus Friedland: Nachdem er ein halbes Jahr dort war, hatte er bereits Texte mit Hilfe eines Wörterbuchs verstehen können.

»Ich freue mich, Sie bei der Arbeit anzutreffen, Alexander Leontjewitsch«, säuselte der Professor. »Wen's zur Arbeit zieht, mit dem geht's aufwärts. Das ist für uns Ärzte das beste Zeichen. Lassen Sie sich mal bei Licht betrachten.«

Das durchs Fenster fallende Licht vermochte die grauen Schatten nicht von Onissimows Stirn, von seinen Jochbeinen und den frischrasierten Wangen zu vertreiben. Es war, als habe der Kranke mit dem Gesicht auf der trockenen Erde gelegen, die eine staubige, graue Spur hinterlassen hatte.

Der Professor aber tat zufrieden.

»Ja, heute gefallen Sie mir schon besser. Ihr Gesicht scheint voller geworden zu sein. Wenn mich nicht alles täuscht, nehmen wir zu?«

Der Schlaukopf von Professor wußte ganz genau, wie sich Onissimows Gewicht verändert hatte, seit er im Krankenhaus war, wollte aber, wie von ungefähr, extra darauf aufmerksam machen.

»Ja«, antwortete Onissimow.

»Na, wunderbar. Und wie schlafen wir?«

»Hier schlafe ich nicht schlecht. Allerdings nur mit Hilfe Ihres Schlafmittels. Dafür, Wladimir Petrowitsch, danke ich Ihnen.«

Onissimow bedankte sich, ohne mit der Wimper zu zukken, obwohl er bisher im Krankenhaus weder Schlafmittel verlangt noch bekommen hatte.

Der »Pfannkuchen« ließ sich sein Erstaunen nicht anmerken, nur seine kleinen Augen wanderten für einen Moment zur Decke.

»Soso«, sagte er. »Also bleiben wir dabei. Und wie ist's mit den Schmerzen? Lassen sie allmählich nach?«

»Die Anfälle sind, glaube ich, seltener geworden. Und der Schmerz läßt schnell nach, wenn ich einnehme, was Sie mir verschrieben haben.«

Der dicke Arzt musterte seinen Patienten rasch und mißtrauisch. Der ins Krankenzimmer verbannte Diplomat lächelte dankbar. Und auch auf die dicken roten Lippen und in die lebhaften, glänzenden Augen des bärtigen Stationsarztes trat ein gutmütiges Lächeln, hinter dem sich Verlegenheit verbarg. »Was Sie mir verschrieben haben.« Was hatte er ihm eigentlich verschrieben? Schmerzstillende Mittel bekam Onissimow vorläufig nicht, soweit war es noch nicht. Bloß was dann? Verflixt noch mal, hatte er das wirklich vergessen? Wieder nahm er Zuflucht zu der Interjektion: »Soso.«

Dann fuhr er fort: »Und nun, mein Teuerster, machen Sie mal den Oberkörper frei. Ich möchte die Lunge und das Herz abhören.«

Onissimow entblößte seine eingefallene Brust. In den letzten Tagen hatte er zwar ein wenig zugenommen, aber die früher unübersehbare Fettschicht war der Krankheit zum Opfer gefallen. Auf dem schmalen, mageren Rücken traten die Wirbel deutlich hervor. Auch die Schultern waren spitz geworden. Der Professor horchte den Brustkorb des Patienten gründlich von allen Seiten ab.

»Ja, ein bißchen rasselt's, da kann man nichts machen. Damit werden Sie sich noch eine Weile herumplagen. So eine Herdpneumonie ist eine hartnäckige Sache. Sie können sich wieder anziehen, Alexander Leontjewitsch. Wir haben Sie genug untersucht und können uns ein klares Bild machen. Es hat keinen Zweck, Sie länger hier, im Krankenhaus, zu behalten.«

Onissimow begriff sofort, was dieses »Es hat keinen Zweck« bedeutete. Er verriet sich jedoch mit keiner Silbe, stellte keine Fragen und machte den Bärtigen nicht mißtrauisch. Der aber fuhr fort: »Wenn Sie nichts dagegen haben, verlegen wir Sie in ein Sanatorium. Das hat auch das Konsilium empfohlen. Jetzt muß die Zeit das Ihre tun. Uns aufdringliche Mediziner brauchen Sie eigentlich nicht mehr.«

Der schwerfällige, freundliche Professor merkte wahrscheinlich gar nicht, wie verhängnisvoll zweideutig seine Worte waren.

»Wir bringen Sie in ›Stschegly‹ unter, Alexander Leontjewitsch. Waren Sie schon mal da? Ein herrliches Fleckchen Erde. Dort wird sich die Natur Ihrer annehmen. Und Ihre Angehörigen können Sie jederzeit besuchen: Mit dem ›Simchen‹« – der Arzt, der gern Diminutiva gebrauchte, bezeichnete ein Auto Marke SIM als »Simchen« – »sind's zwanzig Minuten. Wir behalten Sie etwa zwei Monate da. Vielleicht auch drei. Auch in ›Stschegly‹ sind Sie natürlich unter unserer Obhut. Frische Luft und Ruhe sind für Sie die beste Medizin. Wir helfen der Natur nur ein bißchen nach. Ich verordne Ihnen eine Röntgentherapie, mein Teuerster.«

Onissimows graugelbes Gesicht, das den Hemmzentren bedingungslos gehorchte, blieb völlig ausdruckslos. Er schien dem geschwätzigen Arzt gläubig zu lauschen. Nur für einen Moment senkte er die Lider, damit in seinen Augen kein schmerzliches Verstehen aufblitzte. Röntgentherapie. Mit diesem Wort sagte man ihm, genau wie in Friedland, auf den Kopf zu, was ihm fehlte. Während Onissimow seinen steifen Hemdkragen zuknöpfte, antwortete er: »Ja, das hat man mir schon in meinem Friedland empfohlen. In starken Dosen, nicht wahr?«

Stimme und Atem verrieten ihn nicht, sie blieben unverändert. Der Professor wich einer direkten Antwort aus: »Wir lassen uns nicht gern in die Karten gucken, Alexander Leontjewitsch.«

Der Patient hörte ihm nicht zu Ende zu: »Wenn ich mich recht erinnere, nach Dillons Methode?«

Wieder horchte der Bärtige auf und blickte Onissimow an. Dieser hatte sich halb abgewandt, schaute durchs Fenster auf den verhangenen Moskauer Herbsthimmel und band sich die dunkle Krawatte. Seine Finger zitterten heftig, und die Krawatte hüpfte in seinen Händen, aber der Knoten gelang tadellos.

»Sie haben ein beneidenswertes Gedächtnis, Alexander Leontjewitsch.«

»Danke. Ja, ganz gehöre ich noch nicht zum alten Eisen.«

In seiner dunklen, feingestreiften Jacke bereits wieder wie zum Dienst gekleidet, setzte sich Onissimow an den Schreibtisch und griff mechanisch nach dem spitzen, harten Bleistift. Mit so einem Stift hatte er seinerzeit in Berichten und Meldungen jede Ungereimtheit, jede Ungenauigkeit und jede zweifelhafte Ziffer angestrichen.

Jetzt saß er, die zitternden Finger gegen die Tischkante gestemmt, da und lächelte.

»Die Wärmflaschen tun mir gut, Wladimir Petrowitsch. Sie lindern den Schmerz. Das haben Sie richtig verordnet.«

»Wärmflaschen? Die soll ich Ihnen verordnet haben?«

»Warum wundert Sie das so? Die Verordnung liegt sicher hier noch irgendwo rum.«

Onissimow hatte noch die Kraft, seinen gewohnten ironischen Ton anzuschlagen. Der Professor blickte wieder zur Decke. Hatte er tatsächlich einen solchen Bock geschossen? Hatte er so danebengegriffen und etwas völlig Kontraindiziertes verordnet? Auch wenn's nur um Wärmflaschen ging, war das ein Skandal. Ein Fall fürs Gericht. Zumal obendrein eine schriftliche Verordnung existierte. Er wischte sich mit der dicklichen Hand den Schweiß von der Stirn.

»Ja, ja, ich erinnere mich. Aber uns stehen heute wirksamere Mittel zur Verfügung, mein Teuerster. Lassen Sie mich doch mal einen Blick auf die Verordnung werfen.«

»Die werde ich jetzt kaum finden. Wahrscheinlich hat meine Frau sie mit nach Hause genommen. Sie hebt so was auf.«

Der Patient suchte den trockenen Glanz seiner scharfen, grünlichen Augen, die den Professor anstarrten, nun nicht mehr zu verbergen. Er hatte kein einziges grobes oder verletzendes Wort gesprochen, aber der Arzt duckte sich wie unter einem Peitschenhieb. Seine Wangen liefen bis zum Bartansatz rot an.

»So geht das aber nicht, Alexander Leontjewitsch. Die Unterlagen müssen schon im Hause bleiben. Jetzt, wo ich sie mal brauchte, da . . .«

»Was regen Sie sich so auf? Soweit ich Ihre Bräuche kenne, steht das doch alles auch in der Krankengeschichte. Sie können es nachher nachlesen, wenn Sie wieder in Ihrem Zimmer sind, nicht wahr?«

Jeder Satz verlängerte die Exekution. Onissimows Gesprächspartner, der als vorbildlicher Arzt und Leiter galt, starrte fassungslos auf Onissimows lächelnden Mund, auf die Schatten auf seinem Gesicht und seinen Händen, die darauf hindeuteten, daß er, noch vor einem Jahr der Schrekken von Ministern, dem Tod geweiht war. Der kennt sich aus. Der weiß, wo's langgeht. Er verspürte den dringenden Wunsch, sich, so gut es ging, aus der Affäre zu ziehen und zu verschwinden.

»Soso . . . Jetzt werden wir wirksamer eingreifen. Und gezielter. Verstehen Sie?«

Natürlich hätte Onissimow den aufgeregten Dickwanst noch eine Weile zappeln lassen können, aber er erschlaffte plötzlich und murmelte nur noch: »Ich verstehe.«

In Schweiß gebadet und wie durch die Mangel gedreht, verabschiedete sich der Professor schließlich und verließ das Appartement. Schnaufend stieg er die Treppe zu seinem Arbeitszimmer hinunter. Hier schloß er sich ein und holte die Akte aus dem Schrank, die alle Unterlagen über den Patienten Onissimow enthielt. Er blätterte. Dann kehrte er noch einmal zur ersten Seite zurück und las erneut alles durch.

Verflixt – von Wärmflaschen stand hier kein Wort! Also hatte Onissimow ihm, wie es so schön heißt, einen Bären aufgebunden? Sie müssen schon entschuldigen, mein Teuerster, aber mich sehen Sie so bald nicht wieder.

Onissimow indessen lag, ganz gegen seine Gewohnheit angekleidet, selbst ohne die Krawatte abgelegt zu haben, auf dem breiten, überhaupt nicht in ein Krankenzimmer passenden Mahagonibett und starrte die Wand an.

Das Mittagessen wurde gebracht. Der Patient stand gehorsam auf und aß unlustig. Dann zog er sich um, hängte den Anzug in den Schrank und legte sich im Pyjama aufs Bett. Und wieder starrte er die Wand an.

Am Nachmittag kam seine Frau zu Besuch. Der vorn zugeknöpfte weiße Kittel mit seinen strengen, geraden Linien unterstrich das Straffe ihrer Gestalt und ihres Halses, auf dem der glattgekämmte ergrauende Kopf aufrecht saß. Onissimow stand auf und sagte, um Beherrschung bemüht: »Es gibt was Neues. Ich werde in ein Sanatorium verlegt. Man hat mir eine Röntgentherapie verordnet.«

Und plötzlich spürte er eine merkwürdige Wärme in den Augenwinkeln. Er strich mit der Hand darüber, doch er konnte nicht verhindern, daß Tränen über seine grauen Wangen rollten.

43

Etwa eine Stunde später rief Jelena Antonowna Solowjow, den Chef des Instituts für Innere Medizin, in seinem Arbeitszimmer an. »Nikolai Nikolajewitsch, hier spricht Frau Onissimowa. Entschuldigen Sie, daß ich . . .«

Ihre sonst so tiefe, volle Stimme klang jetzt unnatürlich hoch, aus dem Hörer drangen hastige Atemzüge. Aber trotz aller Aufregung blieb Jelena Antonowna betont höflich.

». . . daß ich Sie behellige. Ich bitte Sie sehr, zu Alexander Leontjewitsch zu kommen.«

Der berühmte Arzt runzelte, da er sich unbeobachtet wußte, die Stirn. Der Fall war klar, keine Hilfe mehr möglich, wozu da noch hinfahren? Und er fragte: »Was ist denn passiert?«

»Er hat heute geweint. Zum erstenmal im Leben hab ich bei ihm Tränen gesehen.«

»Ja, ich kann mir vorstellen, daß es nicht leicht ist.«

»Professor Fomenko hat ihm eine Röntgentherapie verordnet. Und er hat den Professor durch seine Fragen dazu gebracht . . . Kurz, er weiß alles. Als ich ihn besuchte und er mir davon erzählte, kamen ihm die Tränen. Ich bitte Sie, kommen Sie her, sprechen Sie mit ihm. Er sieht Sie gern. Sie sind der einzige, den er jetzt sehen will.«

»Ich weiß nicht. Es gibt da ein Problem. Ich bin für dieses Krankenhaus nicht zuständig.«

Auch das hatte Jelena Antonowna trotz ihrer Aufregung bedacht. »Professor Fomenko bittet Sie ebenfalls darum. Ich spreche aus seinem Zimmer.«

»Na schön. Warten Sie auf mich, ich komme.«

Nach dem Gespräch seufzte Solowjow auf. Er mußte seine heutigen Pläne ändern. Mußte Onissimow beruhigen und dieses psychische Trauma ein wenig mildern. Nach ein paar Anweisungen machte er auf seinem Schreibtisch Ordnung, bestellte seinen Wagen und fuhr schlank, elegant und vital wie immer, einen Hut auf dem grauen Haarkranz, in das Krankenhaus, in dem Onissimow lag. Zugegeben, der berühmte Internist mochte diese privilegierte Heilstätte nicht: Noch in der Stalinzeit hatte er sich einmal die Bemerkung erlaubt, man durchleuchte dort weniger die Patienten als vielmehr die Ärzte. Und obwohl sich seitdem im Land und in der ganzen Welt viel verändert hatte, war, wie Solowjow im Hinblick auf jenes Krankenhaus einmal scherzhaft feststellte, dort alles beim alten geblieben.

Beim Pförtner lag schon ein Passierschein für Solowjow bereit. Im Korridor der zweiten Etage wurde der Arzt und Wissenschaftler von dem bärtigen Stationschef empfangen, der sich schon von der Aufregung erholt hatte und die gewohnte Ruhe ausstrahlte. Er zog den eleganten Kollegen in sein Arbeitszimmer.

»Uff, Nikolai Nikolajewitsch, der Mann macht einem zu schaffen. Er begreift alles. Er durchschaut unser ganzes Theater. Ich gehe nicht noch mal zu ihm rein. Und auch Ihnen kann ich nicht dazu raten.«

»Nach ihm sehen muß ich trotzdem. Wenigstens aus Respekt.«

»Na, wie Sie wollen. Sie sind uns willkommen.«

Fomenko schob dem Gast die Akte auf dem Tisch zu. Auf dem Deckblatt stand: »Krankengeschichte Nummer 2277. A. L. Onissimow.« Die Akte enthielt bereits ein paar Dutzend Seiten. Solowjow blätterte darin. Er fand hier nicht nur die Krankengeschichte (die Anamnesis morbi, wie der Mediziner sagt), sondern auch eine Art Lebensgeschichte (Anamnesis vitae). Die Daten waren Solowjow nicht neu, doch standen sie hier in einem logischen Zusammenhang.

Bis 1937 war Onissimows Gesundheitszustand gut. 1937 hatte er eine akute Gastritis. 1938 gewöhnte er sich das Rauchen an. Der kluge Arzt benötigte dazu keinen Kommentar: In diesen beiden Jahren kam es in Onissimows Anamnesis vitae zu einer unglaublichen nervlichen Belastung, zu furchtbaren Zusammenstößen. Offensichtlich mußte er teuer dafür bezahlen, daß Stalin ihn verschonte und ihm nicht das Vertrauen entzog. Alle möglichen Krankheiten folgten. Arteriosklerose ... Hypertonie ... Endarteriitis. Ambulante Behandlung.

Und dann wieder ein Datum: 1952. Seit diesem Jahr zitterten ihm die Hände. Auch das war eine denkwürdige Zeit.

Solowjow hatte Glück gehabt, er wurde nie als Arzt zu Stalin geholt. Überhaupt hatte ihm das Schicksal eine persönliche Bekanntschaft mit ihm erspart. Onissimow dagegen hatte den alternden HAUSHERRN aus nächster Nähe erlebt und war zweifellos neuen zerstörerischen Zusammenstößen und Erschütterungen ausgesetzt.

Dann folgten wieder Daten. Als Beginn seiner jetzigen Erkrankung gab der Patient das Jahr 1957 an. In den Jahren davor wurde er nicht untersucht. Ihr latentes Stadium hatte die Krankheit vermutlich schon 1956 durchlaufen. Das Jahr 1956. Wieder eine markante Zeitspanne. Aber das war offensichtlich nur ein zufälliges Zusammentreffen. Schluß mit der Soziologie. Nun mußte er noch die Anamnesis morbi überfliegen.

Undefinierbare dumpfe Schmerzen im Brustkorb. Druckgefühl hinter dem Brustbein und Atembeschwerden. Leichter, zeitweilig verstärkter Husten. An der Kopfhaut und in den Achselhöhlen erbsengroße Knötchen. Biopsie der Knötchen: Vorhandensein von Krebszellen. Untersuchung des Sputums: einzelne Krebsgewebezellen. Röntgenbild: auf beiden Lungenflügeln Schatten.

Und zwischen den täglichen Aufzeichnungen die auch von Solowjow unterschriebene Diagnose des Konsiliums: »Doppelseitiger Geschwulstprozeß in der Lunge mit zahlreichen Metastasen. Operation nicht angezeigt.«

Wieder tägliche Aufzeichnungen. Und anschließend folgten in großzügiger Handschrift, als müsse kein Platz mehr gespart werden, die Schlußzeilen: Es ist angebracht, den Patienten in ein Sanatorium zu verlegen und dort eine Röntgentherapie anzuwenden. Auch die Bestrahlungsdosis ist vermerkt. Und eine schwungvolle Unterschrift: Fomenko. Klarer Fall: Die Bestrahlung sollte nur das Gewissen beruhigen. Was hätte man sonst auch tun können?

Nachdem Solowjow die Akte durchgesehen hatte, unterhielt er sich noch eine Weile mit dem Stationschef. Dieser überwand sich und erzählte, wie Onissimow ihn heute ausgetrickst hatte.

»Auch Sie, mein Teuerster, wird er schwitzen lassen, denken Sie an meine Worte.«

»Wer weiß . . . Vielleicht auch nicht.«

Dann verabredeten sie eine gemeinsame Taktik gegenüber dem scharfsinnigen Patienten.

Im Korridor begegnete Solowjow, bereits in weißem Käppi und weißem Kittel – der offene obere Knopf ließ die schwarze Fliege sehen –, Jelena Antonowna. Die roten Flekken auf ihren Hängebacken schimmerten durch den Puder. Die grauen Haare waren nicht so glattgekämmt wie sonst, hier und da tanzte eine Strähne aus der Reihe. Der Verfasser der »Allgemeinen Therapie« hörte sich ihren trotz aller Aufregung präzisen Bericht an.

»Ich will versuchen, ihm ein wenig Balsam ins Herz zu träufeln, Jelena Antonowna. Ich will's versuchen, mehr kann ich nicht versprechen.«

Solowjow stieg die Treppe mit dem Läufer hinauf und klopfte an die Tür des Appartements. Sein Klopfen blieb unbeantwortet. Solowjow trat entschlossen ein.

44

Der erste Raum, das Arbeitszimmer, war leer. Draußen dämmerte es schon, die Gardinen waren zugezogen, auf dem Schreibtisch brannte eine Lampe mit grünem Schirm. In ihrem Lichtkreis lag auf dem preiselbeerfarbenen Stoff, mit dem der Tisch bespannt war, ein aufgeschlagenes Buch.

Solowjow sah sich um. Dann steckte er neugierig die lange, rassige Nase in das Buch. Nanu, das war ja seine »Allgemeine Therapie«. Aufgeschlagen war das Kapitel über bösartige Geschwülste. Und zwar genau auf der Seite, wo von der Euphorie die Rede war, davon, daß Krebskranke besonders empfänglich für Suggestionen seien und bereit, günstigen Auslegungen, ja sogar offensichtlichen oder kaum verhüllten Lügen Glauben zu schenken.

Anscheinend hatte Onissimow diese ihm zweifellos bereits bekannte Seite soeben noch einmal gelesen. Und nach der Lektüre war er hinausgegangen, ohne das Buch zu schließen und wegzuräumen. Das sah ihm ganz und gar nicht ähnlich.

Die Augen des Professors glitten mechanisch über die Zeilen. Hm, das Geheimnis der Euphorie war Onissimow also bekannt. Natürlich erschwerte das seine, Solowjows, Mission. Vielleicht machte es sie auch völlig unmöglich. Trotzdem mußte er es versuchen.

Er warf den Kopf zurück, fuhr sich mit beiden Händen durch den Haarkranz um seine Glatze und rief: »Hallo, Alexander Leontjewitsch!«

Onissimow kam aus dem Schlafzimmer. Er trug einen gestreiften Pyjama mit viel zu breiten Schultern. Der grünliche Schein der Lampe fiel auf sein staubig wirkendes Gesicht. Die eingesunkenen Augen blickten finster drein.

»Guten Tag, Nikolai Nikolajewitsch. Ich freue mich, daß Sie mal nach mir sehen. Setzen Sie sich.«

»Warum ist es hier so dunkel? Da kann einen ja der Weltschmerz packen.«

Der elegante Besucher ging zum Lichtschalter. Ein Knipser, und helles, aber nicht blendendes Licht überflutete den Raum.

Im selben Moment entdeckte Solowjow mit geübtem Blick in Onissimows Gesicht, im linken Mundwinkel, ein neues Knötchen – klein, von der Größe eines Streichholzkopfes, aber sehr dunkel, fast schwarz. Diese winzige, in der Krankengeschichte noch nicht vermerkte Beule bewies, daß die Krankheit trotz der scheinbaren Besserung und der Gewichtszunahme unaufhaltsam voranschritt.

Onissimow trat an den Schreibtisch, blickte auf das aufgeschlagene Buch und schob es zur Seite. Beide setzten sich auf die Couch.

»Darf ich ganz offen mit Ihnen reden, Alexander Leontjewitsch?«

»Es wird Zeit. Darum bitte ich Sie ja schon lange.«

»Also. Ich will es Ihnen nicht verschweigen: Ich komme wieder als Arzt zu Ihnen.«

Onissimow hörte gleichgültig zu, ohne im geringsten zu reagieren.

Solowjow aber ließ sich dadurch nicht entmutigen, sein nächster Satz war wohlberechnet: »Und das aus gutem Grund.«

Überraschend trat ein verlegenes Lächeln auf sein schmales Künstlergesicht.

»Glauben Sie nicht, daß ich mich überschätze, Alexander Leontjewitsch.«

Auch auf diese Äußerung reagierte der Kranke nicht. Trotzdem warf er ein: »Aus welchem?«

»Aus welchem Grund? Es ist so, daß auf dem Konsilium die Meinungen auseinandergingen. Eigentlich stand ich ganz allein mit meiner Meinung da. Neue, gründlichere Untersuchungen aber haben mir recht gegeben.«

Der Verfasser der »Allgemeinen Therapie« phantasierte oder, simpel ausgedrückt, schwindelte voller Hingabe. Etwas hatte er schon erreicht – Onissimow hörte interessiert zu.

»Worin bestanden denn die Meinungsverschiedenheiten?«

»Wenn Sie erlauben, will ich wieder ganz offen reden. Ich hab auf dem Konsilium die Vermutung geäußert, daß Sie keine Pneumonie haben.«

»Das weiß ich selbst.«

»Keine Pneumonie, sondern eine äußerst seltene, schwere Erkrankung – eine Aktinomykose.«

»Wie?«

»Eine Aktinomykose. Eine sehr seltene Krankheit. Hervorgerufen durch einen mikroskopisch kleinen Pilz. Sehr schwer zu heilen. Eine hartnäckige Angelegenheit. Manchmal hat man jahrelang damit zu tun.«

Solowjow schlug die Schöße seines weißen Kittels zurück und holte ein Notizbuch und einen teuren ausländischen Füllfederhalter neuesten Modells aus der Tasche. Er schrieb gut leserlich das Wort »Aktinomykose« auf ein Blatt, riß es heraus, reckte sich und legte es auf den Tisch. Dann erklärte er Onissimow die Krankheit – ihre Ursache, die Symptome, den Verlauf. Plötzlich aber unterbrach er sich mitten im Satz und fragte: »Übrigens, haben Sie nicht zufällig ein medizinisches Nachschlagewerk da? Dort steht das alles ganz genau drin.«

Über den Scharfsinn des Mediziners verblüfft, schwieg Onissimow. Am liebsten hätte er nein gesagt, aber daran hinderte ihn das Vertrauen, das Solowjow ihm wieder einflößte. Für ein Ja war das aufkeimende Vertrauen aber noch zu schwach.

»Auch in meinem Büchlein«, fuhr Solowjow fort, »finden Sie ein paar Worte über diese Krankheit.« Es reizte ihn, sein Buch in die Hand zu nehmen und von dem Abschnitt über Euphorie weiterzublättern, aber sein Instinkt warnte ihn: Mach Onissimow nicht mißtrauisch. Und er rührte das Buch nicht an.

»Wir behandeln die Aktinomykose mit einer Röntgentherapie«, teilte er mit. »In massiven Dosen. Und wir müssen uns auf einen langen, möglicherweise sogar sehr langen Kampf gefaßt machen.«

»Wieso hat Fomenko mir nichts davon gesagt?«

»Das ist hier so Usus, Alexander Leontjewitsch. Man will den Patienten nicht beunruhigen und ihm unerfreuliche Emotionen ersparen. Da ist natürlich was dran. Ich denke an Fälle, in denen die Medizin die Waffen streckt. Aber wir nehmen ja den Kampf gegen Ihr Leiden auf. Einen, ich wiederhole noch einmal, schweren, langwierigen Kampf, in dem sich unsere Erfolge wahrscheinlich mit immer neuen Ausbrüchen der Krankheit abwechseln werden. Sie sind ein tapferer Mann. Und ich bin davon überzeugt, daß die Wahrheit Sie für den Kampf rüsten wird.«

Onissimow hörte aufmerksam zu und merkte gar nicht, wie seine Wachsamkeit eingeschläfert wurde. Er versuchte schon nicht mehr, seinen Gesprächspartner bei Ungereimtheiten zu ertappen und an die Wand zu drücken, er ließ sich täuschen. Allerdings war das auch nicht mehr der Onissimow, wie man ihn seit Jahrzehnten kannte.

Er tippte gegen das winzige schwärzliche Knötchen in seinem linken Mundwinkel.

»Und woher kommen diese Dinger?«

»Das ist eine Talgdrüsenentzündung. Eine selbständige Erkrankung. Wir registrieren bei Ihnen also zwei verschiedene Krankheiten. Obwohl, vielleicht hängt das eine mit dem anderen zusammen.«

Kurz gesagt, Solowjow redete, wie er dem Autor, als er ihm von seinen Begegnungen mit Onissimow erzählte, später eingestand, wissenschaftlich klingenden Unsinn zusammen. Onissimow betastete die hervortretenden Knötchen und fand Solowjows Phantastereien überzeugend.

»Warum hat mich dann ein Chirurg untersucht? Ist denn eine Operation nicht ausgeschlossen?«

»Auch bei Aktinomykose wird mitunter operiert. Aber noch gibt es dafür keinen Grund. Vielleicht entfernen wir die Talgdrüsen. Doch vorläufig warten wir noch. Wir wollen nichts überstürzen.«

»Werden Sie mich im Sanatorium besuchen?«

»Selbstverständlich. Jetzt lasse ich Sie nicht mehr aus den Augen.«

Plötzlich lebte Onissimow auf, setzte sich an den Schreibtisch, zeigte Solowjow die Mappen mit dem Überblick über die Zeitungen und Zeitschriften Friedlands, die man ihm aus dem Außenministerium geschickt hatte, und gab ein paar kuriose Neuigkeiten aus der Landeschronik zum besten. Er fühlte sich wieder als sowjetischer Diplomat in Friedland, den eine Krankheit vorübergehend von dort vertrieben hatte. Der Professor hörte interessiert zu und lächelte. Auf seinen rosigen Wangen entstanden Grübchen. Die Partie heute hatte er gewonnen. Aber er wußte genau: Noch oft genug würden bei Onissimow Munterkeit und Enthusiasmus mit dem nüchternen Begreifen des unvermeidlichen nahen Endes abwechseln. Immer wieder aber würde die Euphorie die Oberhand gewinnen.

Schließlich verabschiedete sich Solowjow. Der Patient begleitete ihn zur Tür.

Alleingeblieben, kehrte Onissimow an den Schreibtisch zurück, nahm das Handbuch, suchte im Register die von Solowjow genannte Krankheit heraus und verschlang den entsprechenden Abschnitt. Anschließend las er ihn noch einmal langsam. Ja, alles deckte sich. Ja, fast hundertprozentig.

45

Das Datum des folgenden Ereignisses in unserer Chronik können wir exakt angeben. Als Orientierung dient uns dabei die Allunionsberatung der Hochöfner in Andrianowka, einem metallurgischen Zentrum im Donbass. Der Eröffnungstag – der 28. Oktober 1957 – war auf den Einladungskarten vermerkt.

Am späten Vormittag des Vortages stieg auf der kleinen, unbekannten Bahnstation Greki, auf der ein Aufenthalt von nur einer Minute vorgesehen war, ein Mann aus dem Schnellzug nach Mineralnyje Wody, der offenbar beabsichtigte, auf die Jagd zu gehen. Hohe, über die Knie reichende Sumpfstiefel, eine abgewetzte, fast schon farblose, ursprünglich braune Lederjacke, eine zerknautschte dunkle Schirmmütze, ein Jagdnetz, ein Patronengurt und eine Doppelflinte im Futteral über der Schulter – das war die sichtlich nicht zum erstenmal benutzte Ausrüstung des Fahrgastes, der hier den Zug verließ. Er sprang leichtfüßig ab und schritt federnd aus, obwohl er, besonders von hinten, seines krummen, breiten Rückens wegen, etwas schwerfällig wirkte. Jetzt drehte er sich um, entdeckte jemanden hinter einem Abteilfenster und winkte ihm. Seine klaren grauen Augen, die jetzt fast kornblumenblau waren, sprühten vor guter Laune. Ein natürliches, beinahe übermütiges Lächeln verschönte das gebräunte Gesicht mit dem etwas schweren Unterkiefer.

Wir hoffen, der Leser hat Golownja junior erkannt. Hier war seine Heimat. In Andrianowka war er zur Welt gekommen und aufgewachsen, hier hatte er mit vierzehn eine Lehre an der Hochofenanlage begonnen. Er, der leidenschaftliche Jäger, hatte schon als Halbwüchsiger und später als junger Mann alle Felder, Schluchten und Wälder im Umkreis von dreißig bis vierzig Kilometern um Andrianowka durchstreift. Und natürlich wußte er längst, daß man von hier, von Greki aus, geradenwegs zum Werkteich und von da zur Unteren Kolonie gelangte – jener Siedlung, die diesen Namen schon trug, als das Werk von Andrianowka noch im Besitz der französischen Generalgesellschaft war.

Ein paar Stunden würde er laufen müssen, und genau das brauchte er jetzt. Morgen würde er, wie in der Tagesordnung angekündigt, einen Vortrag halten, heute aber wollte er von den Hochöfen nichts mehr wissen. Im Zug war übrigens über nichts anderes geredet worden. Kein Wunder, wenn Hochöfner zweier benachbarter Werke mit den gelehrten Brüdern vom Lehrstuhl für Roheisenerzeugung aus dem Dneprowsker metallurgischen Institut zusammensaßen. Und natürlich hatte er, der Direktor der Kurakowka, sich mit ihnen erbitterte Wortgefechte geliefert. Jetzt jedoch hatte er sogar sein Notizbuch, von dem er sich sonst niemals trennte, im Zug gelassen. Er hatte es absichtlich nicht eingesteckt. In diesem Notizbuch waren seine Gedanken über das Werk und ein paar selbstgestellte Aufgaben vermerkt. Einige von ihnen mußte er erst noch durchdenken. Manches konnte er schon in Angriff nehmen. Heute aber wollte er einmal ganz abschalten und seinen Kopf im Wind auslüften lassen, der tüchtig zu blasen schien.

Über den Bahnsteig gellte ein gedehntes Abfahrtssignal.

Noch immer schaute Golownja zu dem Wagen hinüber, in dem er gesessen hatte. Durch die Fensterscheiben nickten die Leute aus der Kurakowka – nur zwei von ihnen waren schon älter, die übrigen mußte man einfach als jung bezeichnen – ihrem Direktor zu, der auf die Jagd ging und ihnen sein Gepäck anvertraut hatte. Der Zug setzte sich in Bewegung, fuhr schneller und schneller. Wenige Minuten später war er verschwunden, und nur ein paar zottige Rauchfetzen hingen noch in der Luft.

Golownja ließ die Bahnhofssiedlung hinter sich und marschierte, die Doppelflinte über der Schulter, am Rand des Asphaltstreifens in Richtung Andrianowka. Nach rechts und links ratterten Lastwagen, hin und wieder rauschte ein Pkw vorbei. Der Tag war sonnig, aber für die Jahreszeit ungewöhnlich kalt. Obendrein windig. Im Schatten mochten es drei oder vier Grad unter Null sein. Auf der Schattenseite der Straßenböschung war das Gras bereift.

Golownja schritt kräftig aus. Hinter der Brücke wollte er in die Steppe abbiegen zu einem nicht allzuweit entfernten kahlen Gebüsch. Aber was war das? Der in der Sonne funkelnde schwarze Wolga, der ihn gerade überholt hatte, stoppte plötzlich und rollte im Rückwärtsgang zu ihm. Die Tür ging auf, und Akademiemitglied Tschelyschew steckte den Kopf heraus. Unter dem Kragen seines grauen Übergangsmantels lugte ein Wollschal im gleichen Farbton hervor. Auch die schöne flauschige Schirmmütze war farblich darauf abgestimmt. Die kleinen Augen blickten Golownja freundlich an. Golownja verneigte sich ehrerbietig.

»Da gucke ich so vor mich hin«, sagte Tschelyschew, »und traue meinen Augen nicht. Ist das nicht Golownja? Und tatsächlich, er ist's! Aber wie soll ich das verstehen?«

Golownja antwortete lächelnd: »Wassili Danilowitsch, ich weiß auch nicht so recht, was ich von dieser Begegnung halten soll.«

»Na, bei mir ist die Sache klar. Ich bin mit dem Flugzeug gekommen. Und jetzt schafft man mich im Eiltempo nach Andrianowka.«

»Das meine ich nicht. Eine erfreuliche Begegnung ist für den Jäger ein gutes Omen.«

»Wie sind Sie denn plötzlich zum Jäger geworden?«
»Ich bin aus dem Zug gestiegen und jetzt . . .«
»Zu Fuß nach Andrianowka?«
»Ich komme schon hin. Vielleicht läuft mir sogar noch ein Stück Wild über den Weg.«
»Ach, hören Sie auf. Was für Wild soll's um die Zeit noch geben? Das haben die hiesigen Experten den Sommer über doch sicher schon ausgerottet. Steigen Sie lieber ein.«
»Danke, Wassili Danilowitsch. Aber wir Jäger sind komische Käuze. Mich überreden Sie nicht.«
»Sie kommen sowieso mit leeren Händen an.«
»Wünschen Sie mir ruhig Mißerfolg. Das ist ein gutes Omen.«
»Ach, Sie . . . Das bringt doch nichts. Ich sag's Ihnen in aller Freundschaft.«
»In aller Freundschaft?« Um Golownjas Mundwinkel zuckte ein Lächeln. »Und Offenheit?«
Tschelyschew mußte plötzlich husten. Seine kleinen Augen verschwanden unter den buschigen Brauen. Golownja aber war nicht mehr zu bremsen.
»Wenn Sie gestatten, Wassili Danilowitsch, will ich mir das notieren.« Immer noch spöttisch lächelnd, tat Golownja, als zücke er sein Notizbuch. Und während er mit einem unsichtbaren Bleistift durch die Luft fuhr, murmelte er: »Ich sage es Ihnen in aller Freundschaft und Offenheit: Sie kommen sowieso mit leeren Händen an. Und jetzt das Datum von heute.«
Dann steckte er das nicht vorhandene Notizbuch wieder ein. Tschelyschew hörte endlich auf zu husten.
»Sie kommen also nicht mit? Na, dann auf Wiedersehen.«
Die Wagentür schlug zu. Aufheulend fuhr der Wagen nach Andrianowka.

46

Bisher hatte sich Golownja junior noch nie erlaubt, Tschelyschew daran zu erinnern, wie er im ersten Kriegswinter im Korridor des in den Ural evakuierten Volkskommissariats sein Notizbuch gezückt und etwas eingetragen hatte. Heute hatte er zum erstenmal auf diesen weit zurückliegenden Vorfall angespielt.

Wie lange war das her? Fast siebzehn Jahre.

Ja, sie begegneten sich am Abend des 7. November 1941, wieder einem Jahrestag des Sowjetstaates. Nach Feiern war damals allerdings niemandem zumute. Das Volkskommissariat arbeitete auch am 7. November. Nur frühmorgens hatten sich alle Mitarbeiter zu Ehren des Jahrestages in der geräumigen Hotelhalle zusammengefunden, die nun voller Schreibtische für die Onissimow unterstellten Verwaltungen und Abteilungen stand, und schweigend der Übertragung der Truppenparade auf dem Roten Platz in Moskau gelauscht. Anschließend hatte ein Rundfunksprecher mit seiner modulationsfähigen Stimme, die allein durch ihren Klang vom Ernst und von der Feierlichkeit dieses historischen Augenblicks zeugte, Stalins Rede vom Vortag verlesen.

Auch Onissimow war aus der dritten Etage in die Halle gekommen und hörte sich zusammen mit seinen Untergebenen die Übertragung an, obwohl er durchaus den erstklassigen Radioapparat in seinem Arbeitszimmer hätte einschalten können. Wie immer sorgfältig gekämmt, verschlossen wie eh und je und durch seine Förmlichkeit distanziert von jedermann, hatte er sich während des Krieges so gut wie nicht verändert. Nur sein Gesicht mit den klassisch regelmäßigen Zügen war etwas dunkler geworden, genauer gesagt, bräunlicher. Dieser düstere Schatten fiel besonders auf, als Onissimow, der nicht daran dachte, seinen Kommandoposten in Moskau aufzugeben, und dort den kleinen, ihm verbliebenen Apparat *kaserniert* hatte, womit er allen ein Beispiel gab, plötzlich den Befehl erhielt, die Hauptstadt unverzüglich zu verlassen. In einem überfüllten Vorortzug fuhr er gen Osten. Hier im Ural aber hatte Tschelyschew, der ständig mit ihm zusammen war, ihn noch kein einziges Mal lächeln gesehen.

Nachdem die Übertragung beendet war, sagte Onissimow kurz angebunden: »An die Arbeit, Genossen! Jeder auf seinen Platz!«

An jenem Tag verlangte er von jedem einzelnen, der sich ohnehin in jener schweren Kriegszeit anstrengen mußte, wohl besonders viel. Selbst mit Tschelyschew, der irgend etwas versäumt hatte, sprach er in scharfem Ton.

Am Abend saß Tschelyschew in seinem kleinen Arbeitszimmer, einem ehemaligen Einbettzimmer, über einer mühseligen Arbeit: über den Plänen für die Unterbringung der evakuierten Werkabteilungen, ihrer *Eingliederung* in die Werke des Ostens. Zum Glück kannte er schon seit den dreißiger Jahren, in denen »Nowouralstal« erbaut worden war, Magnitka, das Kombinat von Nishni Tagil und viele alte, damals ebenfalls von Grund auf modernisierte größere und kleinere Werke.

Er erinnerte sich, daß er sich an jenem Abend des 7. November jede Menge Pauspapierbögen vornahm, auf denen mit weißen und farbigen Linien die Grundrisse verschiedener Werke im Osten aufgezeichnet und mit seinen Anmerkungen übersät waren, und sie immer wieder durchsah.

Die frühen Fröste des Urals hatten das Fenster dick mit Eisblumen überzogen. Man hörte den Schneesturm pfeifen und heulen.

Plötzlich läutete das Telefon. Onissimow rief an: »Wassili Danilowitsch, kommen Sie doch gleich mal zu mir.«

Als Tschelyschew das Arbeitszimmer des Volkskommissariats betrat, sah er zu seinem Erstaunen einen gutgelaunten Onissimow vor sich. Seine Mißstimmung war wie weggeblasen. Sein bräunlicher Teint schien heller geworden zu sein, und seine Wangen waren rosig angehaucht. Auch das überraschende offene Lächeln stand Onissimow gut.

»Setzen Sie sich«, forderte er Tschelyschew auf, blieb selbst aber stehen.

Tschelyschew spürte, wie erregt der Volkskommissar war. Was hatte er nur? Was mochte geschehen sein? Tschelyschew setzte sich und wartete gespannt auf das, was nun kommen würde.

Onissimow stellte die Geduld des Akademiemitglieds nicht auf die Probe und teilte ihm ohne lange Vorreden mit: »Eben hat der HAUSHERR angerufen.« Eine überraschend hohe Tonlage, ein seltsam jugendlicher Klang veränderten für einen Augenblick Onissimows Stimme. »Er hat uns die Aufgabe gestellt, neue Werke zu bauen. Und zwar so, daß sie sich möglichst bald auszahlen. Wir sollen einen Plan ausarbeiten und unsere Vorschläge einreichen.«

Onissimow sprach wieder in sachlichem Ton, fuhr jedoch, noch immer lächelnd, ungewöhnlich redselig fort: »Na, was sagen Sie dazu, Wassili Danilowitsch? Die Deutschen stehen vor Moskau, der HAUSHERR aber erteilt aus ebendiesem Moskau das Kommando: Baut neue Werke!«

Tschelyschew schwieg. Er brauchte etwas Zeit, um das, was er soeben gehört hatte, zu verdauen. Soweit er sich erinnerte, war ihm damals leichter ums Herz geworden.

Nicht selten hatte er sich in jenen wirren, bitteren Wochen gefragt: Halten wir durch? Überstehen wir diesen Krieg, den schrecklichsten und grausamsten, den Rußland je erlebt hat? Solche Fragen quälten ihn, waren ihm stets gegenwärtig, wie beschäftigt er auch sein mochte. Selbst im Schlaf setzten sie ihm zu.

Vor dem Krieg hatte Tschelyschew ausländische Presseerzeugnisse lesen können, die warnend darauf hinwiesen, daß Hitler seine Armeen an der sowjetischen Grenze konzentrierte und jeden Augenblick ein Überfall erfolgen konnte. Als sich diese Warnungen dann bestätigten, hatte er den unklaren Verdacht, daß Stalin an den militärischen Mißerfolgen, an dem ganzen Unglück schuld war. Wie war so etwas möglich: Er hatte das Land auf den Krieg vorbereitet und war, als es dann soweit war, selbst überrascht.

Da er sich diesen verblüffenden Widerspruch nicht erklären konnte, da er keinen Schlüssel dazu fand und natürlich nicht auf jene Formel von den *Persönlichkeitsmängeln* kam, die man, auf Stalin bezogen, erst viele Jahre später gebrauchen sollte, hielt er sich mit solchen, wie er glaubte, müßigen Gedanken nicht auf.

Aber war das Schlimmste wirklich schon vorbei? Die morgendliche Übertragung aus Moskau hatte ihn zuversichtlich gestimmt. Und auch Stalins Anruf bei Onissimow war ein gutes Zeichen. Trotzdem konnte der nach guten Nachrichten lechzende Tschelyschew noch immer nicht erleichtert aufatmen.

»Wenn wir uns an so was ranwagen«, sagte er, »wo nehmen wir dazu heute Maschinen her? Und Bauarbeiter?«

»Dafür ist gesorgt. Berija hat den Auftrag erhalten, den Bau organisatorisch abzusichern. Ihm stehen genug Leute zur Verfügung. Und auch alles andere. Seine Leute haben sich bewährt. Sie werden arbeiten. Hauptsache, es gibt unseretwegen keine Stockungen. Wir müssen exakte Bedarfsmeldungen abgeben und Werkstattzeichnungen vorbereiten.«

Nach wie vor heiter und angeregt, erläuterte Onissimow dem Akademiemitglied die Aufgabe. Jetzt sah er selbst in den Häftlingen hinter Stacheldraht, von denen in den Lagern, wie in einer anderen Welt, Massen konzentriert waren, disziplinierte und – was in der Kriegszeit besonders wichtig war – bewegliche Arbeitskräfte.

Onissimow setzte sich an den Tisch, zog sich einen großen Notizblock heran und entwarf zusammen mit Tschelyschew Baupläne für neue Stahlgießereien. Punkt für Punkt notierte er mit seinem harten Bleistift in gestochener Schrift. Vor allem mußte die erste Ausbaustufe des Rohrwerks von Jushno-Uralsk rasch fertiggestellt und in Betrieb genommen werden. Gleichzeitig galt es in Tscheljabinsk ein Rohrwerk zu errichten – der Standort war ausgewählt und das Projekt fertig. Auch für das Werk in Bakal war ein Projekt vorhanden. Tschelyschew schlug vor, das noch nicht vollendete Kursker Werk – vor dem Krieg war hier mit der Montage der ersten Öfen begonnen worden, man hatte aber damit aufgehört, als die Frontlinie näher rückte – nach Bakal zu verlegen. Onissimow sagte: »Ja, wir buddeln dort alles aus der Erde und transportieren es bis aufs letzte Gramm ab.«

Da trat fast lautlos der kahlköpfige Sekretariatsleiter Serebrjannikow ein. Ohne Hast, aber dennoch rasch ging er zu dem Volkskommissar.

»Alexander Leontjewitsch, Golownja junior ist da. Er wartet im Vorzimmer.«

»Das trifft sich gut. Schick ihn rein.«

Golownja, der aus dem Frost kam, hatte sich noch nicht erwärmt. Sein vom Schneesturm gepeitschtes Gesicht mit der Hakennase, den klaren Augen und dem schweren Unterkiefer war feuerrot. Auch seine Hände, die er offenbar ungeschützt der Kälte ausgesetzt hatte, waren rot. Die braune Lederjacke (war nicht sie es, die ihm später bei der Jagd gute Dienste leistete?) hatte er in der Taille mit einem Riemen zusammengeschnürt, damit der Wind nicht von unten hineinblies. Diesen für eine Art Windschutz benötigten Gurt hatte er vergessen abzulegen, bevor er beim Volkskommissar eintrat.

»Grüß dich«, sagte Onissimow. »Wen willst du hier mit dieser Aufmachung beeindrucken?«

»Ich bin gestern aus Orsk abgefahren. Da war's warm. Hier bei Ihnen dagegen herrscht Frost«, sagte Golownja ächzend.

»Setz dich. Hast du den Bericht über die Evakuierung des Werkes mitgebracht?«

»Darum bin ich ja hier. Wir sind erst vorgestern damit fertig geworden.«

»Sind alle Ausrüstungen komplett? Ist nichts verlorengegangen?«

»Was verloren war, haben wir wieder ausfindig gemacht, Alexander Leontjewitsch. Auch Ihre Kontrolleure haben den Bericht abgezeichnet. Die Unterlagen paßten nicht in meine Aktentasche, ich mußte sie in einem Koffer verstauen. Soll ich ihn holen?«

»Das hat Zeit.«

Onissimow erkundigte sich nach der Unterbringung der Arbeiter, nach der Lagerung und der Beschaffenheit der im Dneprgebiet demontierten und abtransportierten Aggregate und danach, was davon bereits wieder montiert oder an einem neuen Platz aufgestellt war. Eigentlich war er längst über alle Einzelheiten *informiert* und wußte ganz genau, daß die Munitionsabteilung der Kurakowka in Slatoust wiederaufgebaut war, daß sie schon Stahl walzte und stanzte, obwohl der Walzstraße noch das Dach fehlte. Er blieb jedoch seinem Prinzip treu und überprüfte erneut alle vorliegenden Informationen.

Tschelyschew erinnerte sich, daß Onissimow in den fieberhaften Tagen und Nächten in Moskau, als die Werke aus dem Süden evakuiert wurden, noch gründlicher, noch pedantischer geworden war. Immer wieder erlebte Tschelyschew, wie Onissimow telefonisch von Golownja junior, der unter dem Donner der Geschütze Güterzug auf Güterzug aus der Kurakowka losschickte, verlangte, jede kleine und große Kiste zu kennzeichnen, gemeinsam mit den Eisenbahnern Protokolle, Quittungen und Frachtbriefe auszufertigen und keinen Waggon ohne Begleitposten wegzulassen. Dorthin, mitten ins Höllenfeuer, schickte Onissimow in Militärflugzeugen Mitarbeiter seines Apparats, um die Evakuierung zu kontrollieren. Und einmal wusch er Golownja den Kopf, als einer seiner Abgesandten ihm mitteilte, daß ein Bunkerstutzen und Teile eines Greiferkrans im Eifer des Gefechts unmarkiert abtransportiert worden waren. Onissimow führte folgendes Markierungssystem ein: Jedes Einzelteil eines bestimmten demontierten Aggregats wurde mit dem gleichen Buchstaben gekennzeichnet, an den sich eine Ziffer anschloß. Einen zweiten Anranzer handelte sich Golownja ein, weil ein Bagger, dessen Raupenkette gerissen war, nicht mit verladen wurde. Schließlich verließ der letzte Zug die Kurakowka. Die Verbindung bestand noch, Golownja meldete, er werde auch die Lastwagen mit den Sprengpionieren abfahren lassen, die ihre Mission erfüllt hätten, und bat um Erlaubnis, mit ihnen das Werk zu verlassen. Onissimow erwiderte: »Nein. Kümmere dich noch um etwas anderes: Ruf die Arbeiter zusammen, die noch nicht evakuiert wurden, und laß sie antreten. Marschiere mit ihnen los. Führe sie als Marschkolonne in den Donbass.«

Wenn Tschelyschew aus dem Munde des Volkskommissars solche Kommandos vernahm, blickte er ihn unwillkürlich unter seinen vorspringenden Brauen hervor bewundernd an und sagte sich: Wir werden siegen.

Golownja junior verließ die Kurakowka tatsächlich zu Fuß. Und nicht allein.

Im Ural aber mußte auf strikte Anweisung des Volkskommissars all das, was evakuiert worden war, nicht nur komplett montiert werden, nein, es war auch ein detaillierter, durch Belege erhärteter Bericht über die Evakuierung anzufertigen – über jeden ausgegebenen staatlichen Rubel, über jede Maschine und jede Kabelrolle des Werkes verlangte Onissimow Rechenschaft.

Beschädigte und unterwegs abgekoppelte Waggons wurden auf den Abstellgleisen der Bahnhöfe ausfindig gemacht. Die Markierungen wurden entziffert, jedes Zeichen überprüft und mit den Papieren verglichen. Eine Sonderkommission, der auch Revisoren des Volkskommissariats angehörten, unterschrieb alle möglichen Protokolle, Inventarlisten, Schadensmeldungen und so weiter. Nach dieser mühseligen Kleinarbeit konnte Golownja endlich mit seinem Bericht vor Onissimow treten.

Nachdem Onissimow Golownja gründlich befragt hatte, kam er hinter dem Schreibtisch hervor, ging ein paar Schritte, zog eine hellblaue Pappschachtel mit Papirossy Marke »Belomor« aus der Tasche (im Krieg war die Produktion seiner Lieblingszigaretten eingestellt worden) und hielt sie Golownja überraschend hin.

»Hier, nimm! Bei dem Trubel hast auch du dir sicher das Rauchen angewöhnt?«

Wieder spürte der schweigend zusehende Tschelyschew, daß Onissimow ungewöhnlich erregt war. Der strenge Volkskommissar bot sonst nie seinen Untergebenen Papirossy an.

»Irrtum, Alexander Leontjewitsch. Ich rauche nicht. Danke.«

Onissimow riß ein Streichholz an, machte einen tiefen Zug und stieß den Rauch wieder aus. Und Tschelyschew hörte nun zum zweitenmal die Worte: »Eben hat der HAUSHERR angerufen.«

Jetzt waren diese Worte an Golownja junior gerichtet. Ohne seine freudige Erregung zu verbergen – sie drang nur leicht gedämpft durch den Panzer, den Onissimow stets und ständig trug –, erzählte er noch einmal: Es ist beschlossen worden, neue Werke zu bauen, und zwar so, daß sie sich möglichst bald auszahlen. Offensichtlich wiederholte er Wort für Wort Stalins Formulierung. Der große Kopf auf dem kurzen Hals wandte sich Stalins Porträt an der Wand zu.

»Verstehst du, welche Perspektive er für unser Land sieht?«

Der Volkskommissar setzte sich, stand aber gleich wieder auf, um auf und ab zu laufen.

»Was machen wir nun mit dir? Na, wir werden schon was für dich finden. Du bist ja praktisch ohne Portefeuille angereist.«

Er lachte über seinen eigenen Witz. Genauer, er stieß ein paar abgehackte, kollernde Laute aus. Laut zu lachen war nicht sein Fall. Jedenfalls notierte Tschelyschew damals in seinem Heft, Onissimow habe bis dahin in seiner Gegenwart noch nie laut gelacht.

»Also, Genosse Ex-Direktor oder Direktor ohne Portefeuille, wo setzen wir dich denn nun ein? Was schwebt dir selber vor?«

»Ich bin bereit, dort zu arbeiten, wo ich gebraucht werde.«

»Und wenn ich dich nicht als Werkdirektor einsetze?«

»Meinetwegen. Ich hätte auch nichts dagegen, an die großen Öfen, sagen wir, nach ›Nowouralstal‹, zu gehen.«

»Nein, da haben wir genug Leute. Würdest du auch nach Bakal gehen?«

»Wohin?«

»Nach Bakal. Da gibt es im Grunde noch gar nichts. Vorläufig bloß einen unberührten Birkenhain als Baugelände. Aber ein Projekt haben wir schon. Und auch einen Direktor und einen Chefingenieur.« Onissimow nannte ihre Namen. »Die Landmesser haben, soviel ich weiß, irgendwo ihre Pfähle eingeschlagen und die Hauptachsen abgesteckt. Und jetzt ziehen wir den Bau zügig hoch. Eine interessante Sache. Bist du einverstanden, als Leiter der Hochofenanlage dorthin zu gehen?«

»Ja.«

»Wenn das so ist, dann mach dich an die Arbeit. Fahr zuerst auf die Baustelle und dann in die Tscheljabinsker Filiale des Staatlichen Projektierungsinstituts für Hüttenwerke. Sieh dir das Projekt gründlich an.«

Während Onissimow Punkt für Punkt Golownja juniors

Aufgaben konkretisierte, drückte er auf den Klingelknopf. Serebrjannikow trat *unverzüglich* ein.

»Hör mal, wir müßten doch im Lager noch irgendwelche Wintersachen haben.« Onissimow sagte »müßten« und »irgendwelche«, obwohl er genau wußte, wie viele Halbpelze und Filzstiefel in den Vorratsräumen des Volkskommissariats lagerten. »Können wir den Leiter der Hochofenanlage des Werkes in Bakal« – er wies mit dem Kopf auf Golownja – »einkleiden?«

Das würdevolle Gesicht des vorbildlichen Sekretariatsleiters war ganz aufmerksam.

»Ja, Alexander Leontjewitsch.«

»Dann kümmere dich darum.«

Serebrjannikow verschwand. Onissimow sagte zu Golownja: »Geh und kleide dich ein. Du fährst auf die Baustelle nach Bakal und nach Tscheljabinsk, und dann kommst du wieder zu mir. Den Bericht laß hier, übergib ihn auf meinen Befehl. Wir gehen ihn ohne dich durch.«

48

Der frischgebackene Leiter der Hochofenanlage hatte es jedoch nicht eilig, den Raum zu verlassen. Sein Gesicht brannte zwar noch immer, war aber nicht mehr feuerrot. Die langen Finger mit den breiten, gleichsam plattgedrückten Kuppen, an denen kurze, kräftige Fingernägel glänzten, hatten fast wieder ihre normale Farbe.

»Alexander Leontjewitsch, ich hab eine Bitte an Sie.«

»Schieß los.«

»Gestatten Sie mir, an einem der Öfen meine Vorrichtung anzubringen.«

»Kommst du schon wieder damit. An einem solchen Tag wollte ich eigentlich nicht mit dir streiten, aber was bleibt mir anderes übrig. Ich hab deinen Artikel im ›Stahlschmelzer‹ gelesen. Na, dem Redakteur hab ich einen strengen Verweis erteilt. Wozu bringt er diese« – er rang sichtlich um einen milden Ausdruck – »wunderlichen Einfälle von dir?«

Trotzdem versuchte Golownja, den Volkskommissar zu

überzeugen, er sagte, die Kosten für seine Vorrichtung seien innerhalb eines so großen Bauvorhabens minimal, ja fielen überhaupt nicht ins Gewicht.

»Hör auf!« schnitt Onissimow ihm das Wort ab. »Setz dir und mir keine Raupen in den Kopf. Ich dulde keine Abweichungen von den Zeichnungen des Projektierungsinstituts. Das sind die besten amerikanischen Standards. Und sie wurden nicht ohne Grund ausgewählt. Wassili Danilowitsch ist da ganz hart geblieben.«

Tschelyschew brummte: »Wenn wir den Leuten freie Hand lassen, geht alles drunter und drüber.«

»Also Schluß damit«, sagte Onissimow. Er überwand seine Gereiztheit und lächelte wieder anziehend und offen. »Laß dich einkleiden und fahr los! Den Befehl über deine Ernennung schicken wir dir nach.«

Als Tschelyschew nach etwa einer Stunde aus Onissimows Zimmer kam, sah er Golownja junior im Korridor wieder. Er trug bereits einen nagelneuen, noch mit Lederstaub überpuderten, knielangen Halbpelz und faltenlose graue Filzstiefel. Eine Pelzmütze mit Ohrenklappen hielt er in der Hand, die schon in einem dicken Wollhandschuh steckte. Golownja, der mit krummem Rücken wie sein Vater dem Akademiemitglied entgegenging, reckte sich plötzlich und legte die freie Hand, als wolle er salutieren, an den rötlichen Schopf.

Beide blieben stehen. Tschelyschews kleine Äuglein blickten Golownja freundlich an.

»In Onissimows Gegenwart wollte ich mich nicht zu Ihrem Artikel äußern«, sagte Tschelyschew. »Ich hab ihn aber gelesen.«

Tschelyschew meinte die Veröffentlichung in der Zeitschrift »Stahlschmelzer«, in der Golownja ausführlich, mit Zeichnungen und Berechnungen, sein Verfahren zur Beschleunigung des Hochofenprozesses beschrieben hatte.

»Gelesen und?«

»Ich sage Ihnen in aller Freundschaft und Offenheit: Dabei kommt nichts raus, junger Mann.«

Erstaunlicherweise schien das Golownja nicht zu betrüben. Er streifte die Fäustlinge ab, klemmte sie unter den Arm, holte rasch Notizbuch und Bleistift unter dem Halbpelz hervor und erklärte mit einem spöttischen Lächeln, das er sich offenbar nicht verkneifen konnte: »Wassili Danilowitsch, wenn Sie erlauben, will ich mir das notieren. ›In aller Freundschaft und Offenheit: Dabei kommt nichts raus, junger Mann.‹ Richtig so? Sie haben doch nichts dagegen?«

»Hm . . . Bitte.«

»Und jetzt das Datum: 7. November 1941. Eines Tages werde ich Sie daran erinnern, Wassili Danilowitsch.«

Golownja hob den Kopf von seinem Notizbuch. Und wieder sah Tschelyschew seine munteren, kornblumenblauen Augen, sein dreistes, spöttisches Lächeln und die schräge Narbe auf der Stirn.

Eben in diesem Augenblick befreite sich Tschelyschew endgültig von der inneren Ungewißheit, die ihn so lange gequält hatte, und gelangte ein für allemal zu der Überzeugung: Wir werden siegen! Das war der letzte Anstoß gewesen, den er gebraucht hatte. Nicht der Anruf aus Moskau, von dem der an jenem Abend so verwandelte Onissimow ihm erzählt hatte.

Jetzt erst gelangte er von einem vagen Empfinden zu der festen Überzeugung. Ja, wenn dieser junge Mann, der alles mögliche gesehen, der sein Werk unter Beschuß evakuiert, die verödete Kurakowka zu Fuß verlassen hatte und im Güterwagen durch halb Rußland gefahren war, wenn dieser Mann seelenruhig erklärte: »Eines Tages werde ich Sie daran erinnern, Wassili Danilowitsch«, dann bedeutete das . . . Das bedeutete, daß er eine unübersehbare Zeit vor sich liegen sah. Vor sich und vor uns!

Tschelyschew war so aufgeregt, daß ihm der Brustkorb weh tat. Er hielt den Atem an – endlich konnte er voll durchatmen – und ging ohne ein weiteres Wort in sein Arbeitszimmer.

Und dann passierte folgendes.

1945, schon nach der großen Siegesfeier, fuhr oder, genauer gesagt, flog Tschelyschew an der Spitze einer Gruppe von Metallurgen über den Ozean.

Und unter anderen Neuigkeiten brachte er auch diese mit: In einigen Hochöfen Amerikas wurde ein Verfahren und eine Konstruktion angewandt, wie Golownja junior sie erstmals in der Kurakowka eingeführt hatte. Und die Produktivität der Öfen erhöhte sich dadurch tatsächlich. Offensichtlich wurde dieses Verfahren allmählich von allen Hochofenanlagen Amerikas übernommen.

»Da hab ich einen Fehler gemacht«, bekannte Tschelyschew aufrichtig.

Onissimow nahm diese Neuigkeit ungerührt auf und ließ kein Wort der Reue verlauten. Von Pjotr Golownja aber, der wieder an alter Stelle, in der neu erstandenen Kurakowka, Direktor geworden war, hatte er nun eine bessere Meinung. Und er gab Anweisung, seine Vorrichtung in zwei, drei Werken zu erproben.

Golownja aber ließ nicht locker. Er nutzte jede Gelegenheit, um zu erklären, daß sein Verfahren kaum angewandt und äußerst schleppend übernommen werde.

Und 1952 – zufällig ausgerechnet zur selben Zeit, als sich Onissimow Lesnychs Öfen wegen Stalins Zorn zugezogen hatte – wandte sich Golownja junior schließlich mit einer Beschwerde ans Zentralkomitee. Auf die Geschichte dieses Zusammenstoßes – hier soll das Wort in seiner direkten Bedeutung gebraucht werden –, des Streits zwischen dem Werkdirektor und dem Vorsitzenden des Staatlichen Komitees, können wir in diesem Roman nicht eingehen: Das würde seinen Rahmen sprengen. All die mitunter verblüffend wechselvollen Auseinandersetzungen will ich in einem der folgenden Bände meiner Serie ungekürzt, in ihrer Verkettung mit den großen Fragen der Zeit, schildern, wobei ich mir, soweit wie möglich, den objektiven Blick des Forschers bewahren möchte. Tschelyschews Tagebuch wird mir dabei wieder eine Hilfe sein.

Jetzt brachte der Wagen den vor sich hin dösenden Tschelyschew nach Andrianowka. Verflixt, hatte Pjotr es ihm doch heimgezahlt. Dabei hatte er diesen Zwischenfall nie wieder erwähnt. Der Mann besaß Charakter! Was aber führte er hier im Schilde? Wenn er nun ... Der kriegte das fertig!

49

Am Abend saß Tschelyschew in seinem stillen, gut geheizten Zimmer im Gästehaus.

Früher, als er hier in Andrianowka noch Chefingenieur des Werkes war, wohnte er auch eine Zeitlang in diesem einstöckigen, alten Blockhaus. Und später stieg er, wenn er auf seinen Reisen in den Donbass die Werke abklapperte, oft hier ab.

Nach seiner heutigen Ankunft in Andrianowka hatte Tschelyschew den ganzen Tag unter Menschen verbracht, zwei Kurzversammlungen abgehalten, mit alten Bekannten gesprochen, rasch einen Rundgang durch das Werk gemacht, beim Direktor Mittag gegessen und sich endlich, um auszuruhen, in dieses gemütliche, warme Zimmer zurückgezogen. Hier hatte er den Anzug gegen einen Pyjama vertauscht und sich kurz hingelegt.

Morgen sollte er die Eröffnungsansprache auf der Beratung der Hochöfner im Stadttheater halten. Was sollte er da sagen?

Ihm fiel die Veranstaltung ein, auf der er, der Jubilar, sich kürzlich für die Glückwünsche bedankt hatte. Was man auch sagen mochte, der fünfundsiebzigste Geburtstag war schon ein Ereignis. Aus diesem Anlaß hatte er – und nicht zum erstenmal – den Leninorden erhalten. Die Zeitungen brachten sein Foto. Eine Festveranstaltung fand ihm zu Ehren statt. Ihm blieb nichts anderes übrig, er mußte in dem überfüllten Saal im grellen Licht der Scheinwerfer auf die Bühne gehen. Tschelyschew, der auch auf seine alten Tage die Schüchternheit, unter der er in jungen Jahren furchtbar gelitten hatte, nicht überwinden konnte, wäre weiß Gott an diesem Tag lieber weit weg von Moskau gewesen. Dann wäre dieses Datum ohne ihn vorübergegangen. Um ehrlich zu sein, waren seine Fluchtgedanken jedoch nicht nur auf die Schüchternheit zurückzuführen. Tschelyschew hatte ganz einfach Angst, die Jugend könnte womöglich auf der Jubiläumsveranstaltung durch Abwesenheit glänzen. Und er müßte zu seiner Schande erkennen, daß er für die junge Metallurgengeneration nicht mehr interessant war und sie ihn nicht mehr brauchte. Weiß Gott, er wäre lieber weggefahren. Aber daraus wurde nichts, man ließ es nicht zu. Und schließlich lief auch alles bestens. Die jungen Leute füllten den Rang und die hinteren Parkettreihen, ja selbst an den Wänden drängten sie sich. Vor Rührung kam Tschelyschew in seiner Rede vom Hundertsten ins Tausendste. Sicher enthielt sie auch greisenhafte Belehrungen und Ungereimtheiten – wer wüßte nicht, was Tschelyschew als Redner taugte? –, trotzdem hörte alles mucksmäuschenstill zu. Jener Abend bestätigte gleichsam seinen alten, in keinem Stellenplan enthaltenen Titel: Chefhochöfner des Sowjetlandes. Als er in den still gewordenen Saal schaute, nahm er sich vor, nicht zu heucheln und ohne jedes Pathos etwas ganz Wichtiges zu sagen, was man normalerweise nicht ausspricht.

»Ich bin dankbar dafür«, erklärte er ziemlich zusammenhanglos und nicht sonderlich forsch, »daß ich am Marsch des alten Rußland in ein neues Rußland teilnehmen durfte. Das halte ich für das größte Glück meines Lebens.«

Dann kam er auf die Wunder zu sprechen, die er in seinem Metallurgendasein erlebt hatte. Die Zeit der ersten Fünfjahrpläne. In dem verwüsteten, rückständigen Land entstanden mächtige Werke, wie sie Kurako einst in der »Hochofenakademie« an den baufälligen Öfen von Jusowka vorgeschwebt hatten. Von einem solchen Aufschwung aber hatte nicht einmal er zu träumen gewagt. Das mußte man einfach als Wunder bezeichnen.

Verblüffend war auch das zweite Wunder, die zweite Überraschung. Tschelyschew erzählte den Versammelten, wie die von den zurückweichenden Hitlertruppen zerstörten Werke im Donbass und im Dneprgebiet 1943 ausgesehen hatten. Alles war hier dem Erdboden gleichgemacht, alles hatte sich in unförmige Haufen aus Ziegelsteinen und durch Detonationen verformte Eisenteile verwandelt. Man konnte nicht daran glauben, das wieder aufzubauen. Aber nur wenige Jahre waren nötig, um die total zerstörten Werke mächtiger und schöner als je wieder erstehen zu lassen.

Tschelyschews Rede auf der Festveranstaltung wurde in der Zeitung abgedruckt. Die Redaktion verblüffte den Jubilar durch die Überschrift »Die dritte Überraschung«. Obendrein hatte sie noch – durchaus nicht in Tschelyschews Sinn – ein paar Lobeshymnen auf einige Reformen der Neuzeit hinzugefügt. Der alte Mann begriff allerdings, daß er selbst Anlaß dazu gegeben hatte, indem er in seiner Rede auf die überraschenden Neuerungen in der Produktion verwies, die auch er, der Direktor des Forschungszentrums für Metallurgie, manchmal unterschätzt habe.

Als Tschelyschew die Korrekturfahnen zum Abzeichen erhielt, berührte ihn das zwar unangenehm, er ließ es aber wie gewöhnlich nicht auf einen Streit ankommen und zeichnete den Artikel ab.

Gestern hatte er diese Zeitungsnummer in Onissimows Krankenzimmer auf der Couch liegen sehen. Das war ihm peinlich gewesen. Er erinnerte sich, daß Onissimow den Blick auffing, den er auf die Zeitung warf, und sich abwandte, daß er so tat, als habe er das nicht bemerkt.

Verflixt, in der Hektik war Tschelyschew gar nicht dazu gekommen, sich sein Tagebuch vorzunehmen und seine Begegnung mit Onissimow zu schildern. Die Pflicht gebot ihm, das jetzt zu tun. Außerdem mußte er auch noch seine heutigen Eindrücke zu Papier bringen.

Ächzend holte er das Heft, das ihn auf allen Wegen begleitete, setzte sich an den Tisch und griff nach dem Füllfederhalter.

50

Verwenden wir noch einmal die Aufzeichnungen Tschelyschews, der nicht müde wurde, seiner selbst auferlegten Pflicht nachzukommen: Zeugnis abzulegen von seiner Epoche, von dem neuen Land, in dem er lebte.

Tschelyschew war also zu dem uns bekannten Appartement hinaufgestiegen und hatte Onissimow im Arbeitszimmer angetroffen. Die Ordnung, die sonst stets bei Onissimow herrschte, war anscheinend durch Reisevorbereitungen gestört. Auf dem Stuhl und auf dem runden Tisch lagen je ein offener Koffer, teilweise schon voller Schnellhefter, Bücher und Kleidungsstücke.

»Wie Sie sehen, bin ich beim Packen«, erklärte Onissimow munter. »Ich siedle nach ›Stschegly‹ über.«

Er empfing das hochaufgeschossene Akademiemitglied, das vorschriftsmäßig in einem weißen Kittel trug, mit freundlichem Lächeln. Tschelyschew kam es so vor, als mustere ihn der Kranke einen Augenblick lang scharf, als versuche er, in seinem Gesicht zu lesen und etwas zu enträtseln. Vielleicht das Geheimnis seiner Krankheit. Aber gleich darauf verschwand dieser unruhig forschende Ausdruck wieder aus den grünlichen Augen, und Onissimow lächelte erneut. Er sah gar nicht schlecht aus. Jedenfalls nicht so schlecht, wie Tschelyschew erwartet hatte. Der aschgraue Ton in dem gelblichen Gesicht wirkte nicht erschreckend. Im linken Mundwinkel saß jedoch ein dunkles Knötchen von Erbsengröße. Die Krankenschwester, die Tschelyschew ins Zimmer brachte, hatte ihn darauf vorbereitet: Lassen Sie sich nichts anmerken, wenn Sie Knötchen in seinem Gesicht sehen. Dort an der Stirn, direkt am Ansatz des noch immer nicht ergrauten Haars, saß noch ein Knötchen.

Auch etwas anderes fiel Tschelyschew sofort auf: Der kranke Onissimow ließ sich nicht im geringsten gehen. Die nur leicht eingefallenen Wangen waren frisch rasiert. Wie einst im Dienst, trug er einen gut gebügelten Anzug; und auch der sorgsam geknüpften dunkelgrauen Krawatte war er treu geblieben.

»Kommen Sie«, fuhr Onissimow fort. »Jetzt kann ich Ihnen persönlich gratulieren.«

Natürlich erinnerte sich Tschelyschew: Auf der Jubiläumsveranstaltung war auch Onissimows Glückwunschtelegramm verlesen worden.

»Danke, danke ... Das hab ich Gott sei Dank überstanden.«

Tschelyschew folgte Onissimows einladender Geste und setzte sich auf die Couch. Das Kissen darauf war unter einem Stapel Zeitungen begraben. Und da sah Tschelyschew zufällig obenauf die Nummer der »Iswestija«, in der sein Artikel abgedruckt war. Peinlich berührt, guckte er weg und zog ein finsteres Gesicht. Und plötzlich begegnete er von neuem Onissimows Blick. Der wandte sich ungerührt ab, als hätte er nichts bemerkt. Tschelyschew betrachtete das als ein Zeichen dafür, daß Onissimow jetzt über gewisse Themen nicht sprechen wollte, daß er, wie um sich zu schonen, bestimmten Wahrheiten auswich.

Na ja, auch Tschelyschew würde versuchen, den Kranken nicht zu verletzen.

»Ich hab schon gehört, daß Sie umziehen wollen, Alexander Leontjewitsch. Das ist gut.«

Onissimow fragte wie beiläufig: »Haben Sie mit dem Arzt gesprochen?«

»Ja, ich hab mich erkundigt, wie's Ihnen geht.« Tschelyschew hatte tatsächlich vor seinem Besuch bei Onissimow den bärtigen Stationschef aufgesucht: der hatte bedauernd gemurmelt: »Inoperabel.« – »Ich hab mich erkundigt und bin jetzt beruhigt. Sie sind in guten Händen und bekommen die beste Medizin, die's gibt: frische Luft. Bald sind Sie wieder ganz gesund.«

»Kaum. Das ist eine langwierige Krankheit.«

»Halb so wild. Glauben Sie mir, wenn sich die Ärzte Sorgen um Sie machten, würden sie's nicht riskieren, Sie ins Sanatorium zu schicken. Ein Risiko geht dieses Völkchen nämlich nicht gern ein.«

Tschelyschew machte es sich auf der Couch bequem und streckte die langen Beine von sich. Seine ungezwungene Haltung wirkte auf Onissimow mehr als beruhigende Worte. Er lächelte auch tatsächlich wieder freundlich und gewinnend. Nur das erbsengroße Knötchen im linken Mundwinkel ließ das Lächeln ein wenig schief geraten.

Verflixt, ein Thema mußte Tschelyschew noch anschneiden, das ... das er einfach nicht mit Schweigen übergehen durfte.

»Ich hab auch eine Reise vor, Alexander Leontjewitsch. Morgen fliege ich nach Andrianowka zu einer Beratung von Hochofenexperten.«

»Aha. Davon müssen Sie mir ausführlich erzählen, wenn Sie zurück sind. Einverstanden? Woran arbeiten Sie jetzt eigentlich, Wassili Danilowitsch?«

Im stillen bewunderte der Gast Onissimows Haltung. Solche Selbstbeherrschung bei einer so schweren Erkrankung!

Er ersparte Tschelyschew und sich das unangenehme Gespräch über die dritte Überraschung.

»Ach, Arbeit kann man das kaum nennen. Ich drücke mich ständig auf Sitzungen herum. Zwei-, ja mitunter sogar dreimal am Tag. Aber ich will mich nicht versündigen. Nicht immer scheuern wir uns umsonst den Hosenboden durch. Mitunter geht's auch um wichtige Dinge. Heute zum Beispiel . . .«

Tschelyschew war dabei, die drückende Verlegenheit zu überwinden – die heiklen Themen schienen hinter ihm zu liegen –, und er erzählte: Heute haben sie die Sinterspezialisten angehört. Das sind jetzt die Helden des Tages: Sie haben die Produktion eines selbstgängigen Sinters aufgenommen. Darüber hat die Forschungsgruppe heute berichtet. Während Tschelyschew auf alle möglichen Einzelheiten einging, sah er plötzlich die kleinen grauen Hände Onissimows, der neben ihm saß. Die eine Hand preßte die andere. Tschelyschew erinnerte sich: So saß Onissimow früher da, wenn er das Zittern seiner Hände verbergen wollte. Und er besann sich. Was war nur in ihn gefahren? Wie hatte er vergessen können, auf welche Schwierigkeiten diese Neuerung zu Onissimows Zeiten stieß.

Ach, jetzt wußte er, worüber er unbesorgt sprechen konnte: über das Hüttenkombinat an der Scheksna. Das würde Onissimow interessieren. Tschelyschew brach den Bericht über die Sinterspezialisten kurzerhand ab und erzählte, daß eine vom Ministerrat gebildete Kommission endlich alle Zweifel hinsichtlich dieses Kombinats ausgeräumt habe. Der Kranke belebte sich, sogar sein Gesicht schien frische Farbe zu bekommen. Vor etwa einem halben Jahr war ein Artikel erschienen, in dem behauptet wurde, das Werk an der Scheksna, in dessen Nähe es weder Kohle noch Erz gab, werde immer unrentabel bleiben, und es sei ein Fehler gewesen, es zu bauen. Diese Behauptung belastete Onissimow lange Zeit. Einst hatte er in höherem Auftrag *die Frage vorbereitet*, im Norden ein neues Hüttenzentrum zu errichten. Er hielt Dutzende von Beratungen ab, prüfte kritisch jede Ziffer, holte immer wieder das Rechenbrett aus dem Schreibtisch, klapperte mit den Kugeln und rechnete Kostenpläne, Bilanzen und Voranschläge durch. Er gelangte zu der Überzeugung: Der Bau ist ökonomisch zweckmäßig. Und er erhielt von oben grünes Licht.

Jetzt erkundigte er sich interessiert nach Einzelheiten auf der Tagung der Kommission und nach den Formulierungen des Beschlusses.

Tschelyschew erzählte: Entschieden wurde der Streit eigentlich durch die Metallurgen von der Scheksna selbst. Sie bewiesen in der Praxis, daß sie ohne Verluste arbeiten konnten, und erreichten an den Hochöfen den höchsten Raumausnutzungsgrad in der Geschichte der sowjetischen Metallurgie. Das hatte ihre hohe Arbeitskultur bewirkt – nicht irgendein einzelnes Verfahren, sondern der gesamte Komplex einer modernen Technologie.

So etwas hörte Onissimow gern. Arbeitskultur. Technologisches Können, Exaktheit im Detail. In diesem Sinne hatte er, der ausländische Werke gut kannte, der »Deutsche«, wie Sergo ihn im Scherz einst nannte, die Metallurgen jahrelang unermüdlich erzogen.

Aber wieder biß sich Tschelyschew auf die Zunge. Das Gespräch hatte von neuem eine gefährliche Wende genommen. Schließlich konnte er Onissimow nicht erzählen, daß die Metallurgen dieses nördlichen Kombinats viel Neues in ihre Technologie aufgenommen hatten, daß sie mutiger als andere jenes Verfahren anwandten, das Golownja junior so hartnäckig propagierte.

Zu Tschelyschews Überraschung sprach Onissimow von selbst diesen Namen aus: »Um etwas möchte ich Sie noch bitten. In Andrianowka werden Sie doch sicher mit Pjotr Golownja zusammentreffen. Er soll mal vorbeikommen, wenn er in Moskau ist.«

Auch das sagte er wie von ungefähr. Eine beiläufig ausgesprochene Einladung. Seine Hände waren noch immer ineinander verkrampft.

»Werd's ausrichten, Alexander Leontjewitsch.«

Onissimow stand mit einem Ruck auf.

»Bleiben Sie ruhig sitzen, Wassili Danilowitsch. Ich aber packe, wenn Sie nichts dagegen haben, weiter.«

Tschelyschew erhob sich ebenfalls. Die Zeitung mit seiner

»Dritten Überraschung« lag nach wie vor unberührt auf dem Kissen.

»Auf mich warten auch noch Reisevorbereitungen. Ich gehe dann. Gute Besserung, Alexander Leontjewitsch.«

»Ich werd mir Mühe geben. Vergessen Sie mich nicht. Ich erwarte Sie in ›Stschegly‹.«

Das Akademiemitglied drückte mit seiner knochigen Pranke die kleine Hand des Kranken, spürte ihr Zittern und verließ erleichtert das Zimmer.

51

Im dunkelblauen Pyjama saß Tschelyschew im Gästehaus am Tisch und schrieb konzentriert. Die Deckenleuchte hatte er ausgeschaltet, die Tischlampe aber schien hell auf das Heft, in dem er rasch mit seiner nicht besonders gut leserlichen, greisenhaft schwachen Handschrift Zeile für Zeile füllte.

Ein Klopfen an der Tür unterbrach ihn.

»Herein.«

Er schrieb den Satz zu Ende, hob den Kopf und sah Golownja junior vor sich.

Golownja war bereits gewaschen und umgezogen und hatte gegessen. Er trug wieder den eleganten rotgesprenkelten Anzug, in dem Tschelyschew ihn schon im Ministerium gesehen hatte. Das hellblaue Hemd war frischgewaschen, die Schuhe strahlten in festlichem Glanz – all das verriet die fürsorgliche Hand einer Frau. Im matten Schein der Tischlampe wirkte sein Haar nach dem Duschen dunkel, der rötliche Schimmer war fast verschwunden. Die eine Hand hielt er hinter dem Rücken versteckt. Er konnte sich ein Lächeln nicht verkneifen.

»Wassili Danilowitsch, gestatten Sie, Ihnen zu Ihrem Jubiläum zu gratulieren.«

»Ach, man hat mir heute schon genug gratuliert. Es wird Zeit, daß das aufhört.«

»Aber mein Glückwunsch ist nicht alltäglich. Ich komme nicht mit leeren Händen.« Golownja holte hinter seinem

Rücken einen schweren Erpel mit bunt schillerndem Gefieder hervor. »Hier, bitte, Wassili Danilowitsch.«

»Nicht doch! Was soll ich damit? Also haben Sie doch was geschossen? Das hätte ich nicht gedacht. Ganz und gar nicht.«

»Heute kommt mir das gut zupaß. Das ist noch ein Beispiel für Ihre ›dritte Überraschung‹.«

»Ach, das wäre dann schon die vierte.«

»Warum nicht? Wir werden Sie schon noch zum Staunen bringen, Wassili Danilowitsch. Und wahrscheinlich mehr als einmal.«

»Womit denn? Packen Sie ruhig aus, wenn Sie schon einmal damit angefangen haben. Was haben Sie wieder ausgeheckt?«

»Ach, eine ganze Menge. Aber das muß erst ausprobiert werden. Zu diesem Zweck haben wir in der Kurakowka beschlossen, die Kupolöfen durch kleine Hochöfen zu ersetzen.«

Mit dem schweren Erpel in der Hand erläuterte Golownja hingerissen seine Idee. Die Kupolöfen sind veraltet. Da muß man das Roheisen umschmelzen, erneut Koks verbrennen, zusehen, wie man den Schwefel los wird, und erhält auch wieder Schlacke. Sind da kleine Hochöfen nicht besser? Dort werden wir Roheisen für die Gießerei schmelzen, und gleichzeitig nutzen wir sie für alle möglichen Experimente. Versuche, Versuche – das ist's, was ein Erfinder braucht. Wir sollten das Recht auf Experimente proklamieren. Und dieses Recht, wie's der Marxismus fordert, materiell untermauern. Das ist der Sinn der kleinen Hochöfen. Selbst die Mittel haben wir dafür schon abgeknapst, Wassili Danilowitsch.

Ein wahrer Ingenieur! dachte Tschelyschew plötzlich. Und erst eine Sekunde später fiel es ihm wieder ein: Ebenso hatte Kurako einst ihn, den jungen Tschelyschew, betitelt. Also konnte er ruhig abtreten: Nachfolger waren zur Stelle. Aber warum sollte er nicht noch eine Weile weiterleben?

Und der alte Mann sagte: »Das sieht ja wahrhaftig so aus, als würde ich die vierte Überraschung noch erleben.«

»Natürlich!«

Dieses Wort unterstrich Golownja durch eine schwungvolle Handbewegung. Und plötzlich lächelte er mit einem Blick auf seine Jagdbeute.

»Gestatten Sie, Wassili Danilowitsch, daß ich diesen außerplanmäßigen Erpel hier irgendwo deponiere.«

»Nein. Was soll ich damit?«

»Nehmen Sie ihn meinetwegen mit nach Moskau. Oder lassen Sie ihn für die Leute aus der Kurakowka als Abendessen servieren.«

Golownja sah sich um, entdeckte auf der Couch eine Zeitung und legte den Erpel darauf.

Unwillkürlich mußte Tschelyschew an die Couch mit dem Zeitungsstapel in Onissimows Krankenzimmer denken. Und ohne jeden Zusammenhang sagte er bedrückt: »Ach ja, Onissimow. Haben Sie gehört? Es ist hoffnungslos. Er stirbt. Ich war gestern bei ihm.«

Golownja nahm diese Nachricht schweigend auf. Tschelyschew fuhr fort: »Er hat mich gebeten, Ihnen auszurichten, daß Sie mal bei ihm vorbeikommen sollen, wenn Sie in Moskau sind.«

Golownja blieb weiter stumm. Seine Lippen waren fest zusammengepreßt. Unter seinen Wangenknochen arbeitete es. Die starken Falten schienen noch tiefer zu werden.

»Sie müssen zu ihm gehen, Pjotr Afanassjewitsch.«

Noch immer antwortete der Direktor der Kurakowka nicht.

»Ich will dann nicht länger stören«, sagte er schließlich mit finsterer Miene.

Breitschultrig und mit krummem Rücken verließ er den Raum.

»Eine harte Nuß«, murmelte Tschelyschew und machte sich wieder ans Schreiben.

Eine Stunde später stieg Tschelyschew in Hut und Mantel die Steinstufen des Gästehauses hinab in die Nacht von Andrianowka, die ein roter, zuckender Schein erhellte. Den Chefhochöfner zog es ins Werk.

1960–1964

Publikation und Vorbereitung des Textes:
Tatjana Bek

Neuerscheinung '89

WLADIMIR TENDRJAKOW
ANSCHLAG AUF VISIONEN

Roman
Aus dem Russischen von Ingeborg Schröder
Mit einem Nachwort von Ralf Schröder
304 Seiten · Leinen · 9,00 M

Selbst die allerbesten Absichten können sich in ihr Gegenteil verkehren, wenn die sozialhistorischen Strukturen »nur ökonomisch« sind und nicht zugleich das Menschliche, Sittliche freisetzen. Zu dieser Erkenntnis gelangt der Moskauer Physiker Grabin. Beunruhigt von den Auswirkungen gesellschaftlicher Stagnation und angesichts der Wirkungslosigkeit von Moral- und Vernunftappellen entschließt er sich zu einem umstrittenen Experiment: Er füttert seinen Computer mit allen Daten der Weltgeschichte und testet mögliche Entwicklungsvarianten. Hätte sich die Menschheit ohne die Bergpredigt anders entwickelt? Welchen Wechselwirkungen unterliegt ein jeweils geltender Moralkodex? Tendrjakows (1923–1984) Nachlaßwerk ist ein tiefgründiger sozialistischer Faust-Roman voller Alltagsdramatik und unbeirrbarer Wahrheitssuche.